Florence Aubenas est grand reporter pour *Le Monde*, après l'avoir été pour *Libération* (de 1986 à 2006), puis *Le Nouvel Observateur* (de 2006 à 2012). Elle a publié notamment *La Méprise. L'affaire d'Outreau* (2005) et *Le Quai de Ouistreham* (2010), qui a rencontré un immense succès, en France et à l'étranger.

Après-guerre(s)
Années 90, chaos et fragiles espoirs
(en collaboration)
Autrement, 2001

Résister, c'est créer
(avec Miguel Benasayag)
La Découverte, 2002 et 2008

La Fabrication de l'information
Les journalistes et l'idéologie de la communication
(avec Miguel Benasayag)
La Découverte, 2007

Grand reporter
Petite conférence sur le journalisme
Bayard, 2009

Le Quai de Ouistreham
Éditions de l'Olivier, 2010
et « Points », n° P2679

En France
Éditions de l'Olivier, 2014
et « Points », n° 4187

Florence Aubenas

LA MÉPRISE

L'affaire d'Outreau

Éditions du Seuil

TEXTE INTÉGRAL

ISBN 978-2-7578-2010-0
(ISBN 2-02-078951-5, 1ʳᵉ publication)

© Éditions du Seuil, octobre 2005

à ma sœur Sylvie
et à mon frère Olivier

Merci à tous ceux de *Libération*
et à tous ceux d'« Outreau ».

F. A.

Préface

C'était une histoire qui fait peur : dans le nord de la France, des ogres et des ogresses avaient abusé de petits enfants pendant des années, et en avaient même tué certains. Ils étaient dix-sept – en tout cas, ceux qui avaient été capturés.

C'était une histoire simple : elle avait commencé par des parents qui violaient leurs quatre fils au cinquième étage sans ascenseur de l'immeuble des Merles, à Outreau. Des voisins, puis des commerçants, puis des notables, puis des gérants de sex-shop avaient fini – disait-on – par transformer le huis clos familial en réseau international.

Le journal *Libération*, où je travaille, m'a envoyée couvrir le procès de Saint-Omer où comparaissaient ces dix-sept monstres-là en mai 2004. Au fil des audiences, une autre histoire a petit à petit pris la place de la première : celle d'une erreur judiciaire. Il était une fois un juge qui s'était laissé embarquer par les accusations d'enfants, puis celles de leur mère, puis celles d'un couple de voisins, puis d'autres encore, qui tous lui avaient fait croire à une histoire simple et qui fait peur.

Ce fut un choc de le comprendre. Treize des dix-sept accusés se disaient innocents. Sept furent acquittés, six firent appel de leur condamnation. Seuls les parents et le couple de voisins (qui a reconnu les faits) acceptèrent le verdict.

En rentrant de deux mois d'audience, j'avais décidé de faire un livre avec toutes ces histoires, qui, à force de se démultiplier, finissaient par donner le vertige.

J'étais allée à Boulogne-sur-Mer, à Samer, à la Tour du Renard. Je rédigeais à partir de mes notes prises aux Assises, d'entretiens faits avec les uns et les autres, de documents – parfois d'extraits – sortis du dossier judiciaire dont je dispose en intégralité. Parce qu'elle est le produit de notre époque et de notre pays, parce que s'y croisent nos peurs et nos fantasmes, parce que nous y avons tous participé chacun où elle nous a trouvés, cette affaire dépasse largement le strict cadre judiciaire. À Outreau, des pauvres ont été arrêtés parce qu'ils étaient pauvres, des notables parce qu'ils étaient notables, un chauffeur de taxi parce qu'il avait un taxi, un curé parce qu'il était curé, une boulangère parce qu'elle vendait des baguettes. On a cru des enfants parce que c'étaient des enfants. On a cru des coupables parce qu'ils se disaient coupables. En revanche, on n'a pas cru des gens qu'on accusait de pédophilie parce qu'ils étaient accusés de pédophilie. On n'a pas fait confiance à l'enquête d'un policier belge parce qu'il était un policier belge. Des mis en examen ont été lynchés parce qu'ils étaient mis en examen, la presse parce que c'est la presse puis plus tard un jeune juge parce que c'est un jeune juge.

De façon effrayante, cette affaire a sommé chacun d'entre nous de justifier qui il était. Outreau a ce pouvoir des histoires simples et qui font peur : chacun s'y retrouve et chacun s'y perd.

Le livre était presque achevé, lorsqu'il m'est arrivé, à moi aussi, une histoire. Je suis partie en Irak le

15 décembre 2004. Je devais y rester un mois et terminer le livre à mon retour, pour le procès en appel prévu en mai 2005 aux assises de Paris.

J'ai été enlevée le 5 janvier à l'université de Bagdad. En captivité, là-bas, je ne pensais pas que je finirais le livre. Non pas qu'il ne m'intéressait plus, mais j'étais persuadée que je ne serais jamais rentrée en France au moment où les Assises auraient lieu. Après, le rideau retomberait sur Outreau, plus personne ne voudrait en entendre parler.

Quand on est enfermé, un rien peut vous briser. Je ne voulais plus penser à cette affaire à laquelle il me fallait désormais renoncer. Pendant ces mois-là, je me suis donc efforcée de ne plus jamais avoir Outreau en tête. C'était une entreprise délibérée. J'effaçais chaque visage, chaque souvenir, chaque mot dès que, par hasard, l'un d'eux m'apparaissait.

Je suis rentrée le 12 juin 2005. Les Assises avaient été reportées, le manuscrit interrompu était dans mon ordinateur et moi, j'avais réussi ce que je voulais : j'avais tout oublié d'Outreau.

J'ai été surprise en relisant ce que j'avais écrit. Comment un accusé avoue ce qu'il n'a pas commis ou pourquoi un magistrat acte des déclarations si farfelues qu'elles feraient rire les enfants, ces choses qui me semblaient compréhensibles mais obscures, ces ténèbres-là m'étaient devenues étrangement familières.

J'ai recommencé le livre.

Paris, 6 septembre 2005.

Note de l'auteur.

En vertu de la loi du 29 juillet 1881, les prénoms des mineurs victimes d'une agression sexuelle ont été modifiés. Pour préserver la vie future de tous les autres enfants, nous avons également changé leurs noms, même s'ils ne sont pas considérés comme victimes.

Certains adultes nous avaient également demandé de modifier leur identité. Dès lors, par souci d'homogénéité, tous les patronymes ont été remplacés. Seules sont citées sous leur véritable nom les personnes directement impliquées dans l'affaire, que ce soient des professionnels (magistrats, policiers, avocats...) ou des accusés.

Dans la mesure du possible, l'orthographe originale des courriers et des écrits a été gardée, ainsi que la syntaxe des propos rapportés.

1

Myriam est descendue la première et, lui, Thierry, était derrière. Certains croient se souvenir qu'il a trébuché au premier étage et qu'un policier l'a rattrapé. Dans tout l'immeuble des Merles, les portes s'ouvrent, claquent dans un bourdonnement de ragots et de téléviseurs. Un peu plus tard, quelques veinards assistent à la perquisition, des cassettes vidéo sorties de l'appartement à pleins sacs-poubelle, cent, deux cents, trois cents boîtiers chargés à bras-le-corps dans les fourgonnettes de police.

Dans le hall, les femmes parlent d'un trafic de cassettes. « Thierry vendait ses films de cul dans les étages quand il n'arrivait pas à finir le mois. Vous vous souvenez ? » Puis, la rumeur court que Myriam et Thierry inondaient la planète de leurs performances sexuelles à travers Internet. En bas du bâtiment, les jeunes se marrent. « Le Gros Delay qui surfe sur le Net ? Il ne doit même pas savoir envoyer un e-mail. »

En tout cas, « bien fait pour ce gros porc », dit Franck Lavier, au quatrième étage.

Plus loin, vers le stade, s'étendent des jardins ouvriers pas plus grands que les draps qui sèchent aux fenêtres. Ici, on ouvre les bras, le monde y tient : sept petits immeubles de cinq étages sans ascenseur, ceinturés de

13

pavillons, sur le dos d'un talus, l'école, l'épicier Martineau, la pharmacie, un semblant de bistrot. Il y a des vaches juste derrière l'arrêt d'autobus et, au bout des pâtures, la mer du Nord qui surligne l'horizon.

Quelques retraités soutiennent que ça ressemble à une cité, pareille à celles que montre la télé, « là où la drogue se vend au kilo comme les pommes de terre ». Ça fait rigoler les jeunes gens. Moitié soulagement, moitié regret. « Ici, on n'est pas à La Courneuve, même pas à Paris. » Non, c'est le quartier de la Tour du Renard, Outreau, Pas-de-Calais. Dix ans qu'ils vivaient là, Myriam et Thierry Delay.

Ils s'y sont rencontrés. Thierry faisait la gueule sur le parking, où hurlent maintenant les sirènes de police. Sa copine de l'époque avait refusé de danser avec lui à un anniversaire. Myriam était invitée elle aussi, elle avait couru derrière lui. Elle était toute maigre alors, elle habitait au troisième étage. Thierry avait passé la nuit avec elle et, au matin, Myriam était sûre qu'il retournerait chez l'autre ; les hommes, c'est comme ça. Il n'est jamais reparti. Elle dit : « C'est con, mais on s'aimait. » Leurs gamins sont nés là. Ce sont eux qui les ont dénoncés.

Au commissariat de Boulogne-sur-Mer, le capitaine de police lit à Myriam les accusations de ses fils. Melvin, par exemple. Il s'est mis à raconter aux services sociaux qu'il faisait l'amour avec sa mère. Myriam hausse les épaules. « Bidon, bidon, bidon. » Surtout venant de Melvin, le plus grand de ses quatre, celui qui est d'un autre père. Il a 10 ans. Il vit en famille d'accueil depuis des années. Thierry n'avait plus de patience avec lui. « Melvin m'en a toujours voulu et traitée de putain depuis que je vis avec Thierry. » Quelques mois avant l'arrestation, quand ça a commencé à chauffer vraiment à la maison, les trois autres frères aussi ont été placés. Ils revenaient le week-end. Enfin, parfois.

Du sexe, il y en a eu. Myriam le dit. Mais avec son mari. D'ailleurs, tout le monde fait ça, non ? Avec Thierry, ils ont tourné une vidéo sur le canapé de l'appartement. Ils avaient récupéré la cassette de *La Malédiction de la nonne*, un film d'horreur que Thierry avait déjà regardé une bonne dizaine de fois et qui, de toute manière, ne faisait même pas peur. Ils avaient calé le caméscope sur une chaise avec un oreiller. Lui était nu, elle avait gardé une tunique. Myriam glisse que cette cassette « avec moi exhibée » a eu son petit succès. Elle croit savoir que Thierry en a vendu une copie à quelqu'un de l'immeuble. Elle n'est pas sûre. La vidéo, en tout cas, est dans un meuble vitré, au fond d'une petite pièce, juste à droite en entrant. Et puis, dans la chambre à coucher, on trouvera des menottes, deux godemichés, du lubrifiant et un collier à plumes. Tout le monde aime ça, non ?

Les voisins, Myriam pourrait en parler des heures aux policiers. Les détails se bousculent, une anecdote gonfle l'autre, le ton se fait lourd de respectabilité froissée, de rancœurs indignées, chauffées dans les cages d'escalier. Au quatrième étage, par exemple, Franck Lavier bat sa belle-fille, Marina. Myriam pourrait le jurer. L'autre, Aude, la plus grande, il la sent entre les jambes quand elle sort du bain, soi-disant pour voir si elle est bien lavée. Vous comprenez, non ? Sandrine, sa femme, lui a montré un album de photos d'elle en string.

Pour le reste ? Pour le reste, Myriam rouspète. Les histoires de zizi en plastique débitées par Vlad, son deuxième fils, « c'est du n'importe quoi. Vous rigolez ».

Devant le capitaine de police, elle est à l'aise, pas impressionnée, juste concentrée comme quand les huissiers viennent et qu'elle a la trouille qu'ils saisissent la télé. Ou lorsque le médecin avait tiqué devant le gros bleu sur la figure de Jordan. Il leur avait dit : « Ça va pour aujourd'hui, mais au prochain, je vous dénonce. »

Une fois aussi, quelques mois plus tôt, le tribunal des enfants l'avait contactée. Elle les avait envoyés balader à sa manière, un courrier outré : « Un problème d'alcool et de violence, on ne peut le nier. Mais attouchement sexuel, on n'accepte pas. Il fallait que je mette les pendules à l'heure. » Elle n'avait plus entendu parler de rien, il faut savoir se défendre dans la vie.

Aucun avocat de permanence ne peut se déplacer. Myriam dit qu'elle s'en passera. Le plus rapide sera le mieux. Elle tricote une dernière petite déclaration au juge d'instruction. Rien vu, rien fait, terminé. Le greffier met la date : 21 février 2001. En dessous, Myriam tortille sa signature, une écriture dodue de petite fille avec des majuscules qui tire-bouchonnent.

Elle demande à un policier si on va la ramener chez elle ou si elle doit prendre l'autobus. « On m'a alors dit qu'il fallait aller en prison. D'un coup, j'ai eu peur. Je me suis dit que peut-être c'était quand même assez grave. » Elle pleure, elle veut parler maintenant. Tout de suite.

Fabrice Burgaud est jeune, la petite trentaine, la raie sur le côté, un costume sombre un peu grand qui lui donne un air de novice. Il l'est : Burgaud vient d'arriver au tribunal de Boulogne-sur-Mer, son premier poste. Sur le tableau de permanence où se relaient les trois juges d'instruction, c'est son tour.

2

Au commissariat, dans la pièce à côté, Thierry Delay est interrogé et ça dure depuis des heures. « Vous êtes accusé d'avoir violé vos quatre fils de 1996 à 2000. » Il s'ébroue dans son survêtement. Œil rond. Peu de mots, toujours les mêmes. « Sais pas. Me souviens pas. » Le capitaine de police en a presque les nerfs qui lâchent. « Monsieur Delay, vous répondez "Faux" à toutes les questions posées suite aux déclarations de vos fils. Est-il concevable que ces quatre enfants, âgés de 4 à 10 ans, placés séparément en famille d'accueil, puissent mentir ? » Et là, pour une des rares fois dans la procédure, Delay répond : « Oui. » Un après-midi de printemps, en 2001, il aura une bouffée d'éloquence – l'unique peut-être en trois ans d'instruction – dans le fourgon qui le ramène du palais de justice à la prison. « Je ne me sens pas innocent. Il est possible que cela se soit passé une fois, j'étais sous l'effet de l'alcool. J'ai toujours eu peur du loup, du noir. » C'est tout.

Il y a quand même des choses dont Delay se souvient. L'alcool, par exemple. Les grands jours, il descendait son litre de pastis et ses douze canettes. Ou alors le prix des cassettes porno, en promotion au sex-shop de la rue des Religieuses-Anglaises, à Boulogne-sur-Mer : 100 francs les trois. Ou encore ses collections. Il a fait les cartes téléphoniques. Les étiquettes de bière. Les fèves. Les jouets Kinder. Les obus. Les pièces de monnaie. Les lampes de mineur. À chaque fois, il se passionne. Il part souvent ramasser des fossiles sur la plage derrière le talus, il peut flamber les allocations du mois pour une nouvelle acquisition. Il voudrait tout apprendre sur les reliques romaines, la Seconde Guerre mondiale. Delay pourrait en parler à l'infini, mais avec qui ? Il y a bien ce type de l'immeuble en face par exemple, un ouvrier de marée qui collectionne les timbres. Il est venu quelquefois, l'après-midi, regarder la télé avec Thierry. Ils ont les mêmes goûts tous les deux, les reportages sur des « trucs spéciaux, comme la mort ou les accidents de la route ». Quand le type repartait, Delay n'avait toujours pas réussi à lâcher une parole. L'autre a fini par ne plus revenir. Comme tout le monde. « Quand il n'avait pas bu, Delay avait les yeux timides, qui ne regardaient pas le gars », dit l'ouvrier de marée.

Thierry avait aussi des godemichés, douze dans une mallette marron estampillée en doré « Prestige Collector ». Parfois Myriam est dans la cuisine en train d'en laver un. Thierry trône sur le canapé, 117 kilos moulés dans un short. Elle aussi a grossi depuis qu'ils sont ensemble, presque autant que lui. Des films X passent en boucle sur le magnétoscope. Les cassettes sont rangées dans le petit meuble du salon, méticuleusement classées par genres : animaux, femmes enceintes, sadomaso. La police en a compté 167 en tout.

Ses fils courent autour de lui, moitié nus. La bière se renverse. Delay se lève et crie un coup parce qu'il n'entend plus le film. Si les enfants continuent, il va prendre la tringle à rideau, le balai ou n'importe quoi, et gare à celui qu'il attrape.

Après, il est tout triste. Il se rassoit sur le canapé. Il parle encore moins. On dirait qu'il va pleurer. Myriam a levé les yeux de la PlayStation. Elle lui demande ce qu'ils vont manger ce soir. C'est toujours lui qui s'en occupe. Il se redresse. Tout à l'heure, il ira raconter des histoires à ses garçons, en faisant des voix différentes pour chaque personnage comme dans les dessins animés.

Sa vie avant Myriam, Thierry peine à la raconter. Trois mariages avec ces femmes-là à qui il ne disait rien, rencontrées dans la rue ou une cafétéria. Verrouillé, Delay. Barricadé comme ce cagibi qu'il aménage dans chacun de ses appartements. L'une avait surnommé l'endroit le « Sanctuaire ». Aucune n'avait le droit d'y pénétrer. Il y enferme ses trésors, la clé pend autour de son cou.

À l'une de ses noces, il n'y avait aucun invité. Les parents de la fille n'avaient pas pu venir, ceux de Delay n'avaient pas voulu. Deux de ces femmes ont eu des enfants avec lui. Au bout de quelques mois, toutes ont fini par le mettre dehors. Aucune n'a parlé d'attouchements, d'inceste, de pédophilie. Elles ont eu l'air surprises. L'une a gardé de bons souvenirs. Même le sexe, ça passait. C'était plutôt l'alcool. Et ce mal-être qui le jette hors de lui-même. Dans ces moments-là, il peut flanquer tout l'appartement par la fenêtre. Défoncer la porte du voisin, à coups de poing, à coups de tête, se mettre en sang. Pourquoi ? Qu'est-ce qu'il en sait, Thierry ? Les mots se perdent dans sa barbe. L'œil, à nouveau, se fait rond. Il écarte ses bras, énormes. Ça monte d'un coup, ça le submerge. Ensuite, il ne comprend plus. Dans l'immeuble, quand il était comme ça, « on s'enfuyait dans l'escalier », dit une voisine.

Myriam raconte : « Au début, je l'ai pris parce que j'étais toute seule. » C'était en 1991, elle avait déjà Melvin et le temps lui semblait si long, surtout le soir. Elle n'avait pas de télévision alors, elle descendait chez les voisins. Ils l'aidaient pour les papiers, lui passaient du lait pour Melvin. À la fin, ils n'en pouvaient plus, il fallait qu'ils la chassent parce qu'elle aurait dormi chez eux, en boule sur le canapé si elle avait pu, plutôt que remonter là-haut avec le petit qui s'était remis à pleurer.

Dès le lendemain de leur rencontre, Thierry a apporté toutes ses affaires chez elle. Ses crânes, par exemple, qu'il va déterrer la nuit dans une fosse commune du vieux cimetière de Boulogne avec un copain skinhead. Il les nettoie dans la baignoire, les aligne sur une étagère. Avec un foulard fluo décoré de morts-vivants, un pin's en forme de tibia et une affiche de *Scream*, ça fait la « vitrine de la mort ». Celle-là, il l'a installée au milieu du salon. Il commente : « Ces trucs, ça m'a toujours attiré. » Il en a eu l'idée en regardant une émission sur les catacombes. Myriam, elle, a du mal. Dégoûtée. Mais elle ne crie pas comme les autres femmes. Elle ne se fâche même pas. Elle le console, lui parle tout doucement, elle lui caresse le visage et les mains. « Ces crânes, tu sais, faut aller les rendre tout de suite à qui tu les as pris. »

Alors, pour elle, Thierry bazarde son fourbi d'ossements dans la cave d'un voisin. Il lui écrit des poèmes : « L'oiseau a deux ailes, je n'ai qu'un cœur pour toi. » À elle, il peut tout dire. Il l'aime. Elle va entrer dans le « Sanctuaire ».

Thierry se ferme en public. Myriam s'offre en spectacle. Il cogne, elle négocie. Elle l'a accompagné à l'association d'aide aux malades alcooliques « Vie

20

Libre » quand il a décidé d'arrêter de boire. Lui n'a rien dit, elle a parlé tout le temps. Ils se marient en 1993, après la naissance de Vlad, le premier de leurs trois enfants à tous les deux. Elle explique : « Thierry, j'ai appris à l'aimer. Nous avons eu de très bons moments heureux. »

Aux Merles, on se fréquente volontiers entre voisins. On se prête les perceuses, les tournevis, les cassettes porno, les produits de maquillage, les paquets de nouilles, les jeux vidéo. On se garde les enfants, un tour l'un, un tour l'autre. On boit le café ensemble et plus rarement l'apéritif. Chacun vient avec ses bières, pour éviter les histoires. Thierry et Myriam jouent aux cartes avec le jeune couple du dessous, Karine Duchochois et David Brunet, puis avec Aurélie Grenon et David Delplanque, sur le même palier. Avec Sandrine et Franck Lavier, du quatrième, c'est plus distant mais ils se saluent quand même. Elle énerve Franck surtout. « Myriam, elle est toujours là, à taper l'incruste. On ne sait plus comment s'en débarrasser au bout d'un moment. »

Myriam règne sur l'extérieur. Gère le RMI, les allocations, l'aide au logement, un peu plus de 8 000 francs en tout pour six. Embrouille les commerçants pour acheter à crédit un gaufrier-toaster malgré le plan de surendettement. Convainc les gosses du voisinage d'aller lui chercher du café chez l'épicier Martineau quand ses dettes ont crevé le plafond. Discute avec les instituteurs. Reçoit les travailleurs sociaux qui grimpent régulièrement jusqu'au cinquième étage.

Lui régente l'intérieur. Linge, ménage, cuisine. Il aime changer les meubles de place, décorer, peindre. En prison, Myriam lui écrira : « Je reconnais que tu faisais en même temps le rôle du père et de la mère

21

pour les enfants. Je n'étais pas souvent là pour eux. »
Thierry n'aime pas qu'ils sortent. Il ne veut pas qu'ils
jouent devant l'immeuble comme les autres gamins.
« Il fait trop froid dehors. » Ils restent là, tous ensemble,
collés, entre le canapé et la télé.

Thierry a bientôt 40 ans maintenant. Il avait failli
décrocher un CAP de chaudronnier. Failli se présenter
à un boulot. Failli réussir à regarder son coéquipier
dans les yeux pendant un stage à la municipalité. Failli
aller jusqu'au bout d'une autre formation, dans l'archéo-
logie. Ça avait même failli lui plaire. Et puis il y a ce
quelque chose qui lâche au dernier moment. « J'ai peur
de moi-même. »

Les gens viennent de moins en moins chez eux. Plus
aucun voisin ne passe, tous fâchés, tous brouillés. Les
coups de sang de Thierry ont recommencé, il a versé
de l'eau de javel dans la boîte aux lettres de l'un,
démoli le chambranle de l'autre. Même le président du
Club des numismates du Pas-de-Calais a renoncé à
venir faire des échanges chez lui.

Delay s'est pris de passion pour les puzzles, les plus
grands, ceux qui ont des centaines de pièces et qu'il
assemble tout seul dans le salon. Il aime surtout ceux
qui représentent des fonds marins. Il pense à ce qu'il
achètera au sex-shop de la rue des Religieuses-Anglaises
à Boulogne-sur-Mer. Il y va parfois trois fois par
semaine, sa seule sortie hors de la cité. Il en parle souvent à Myriam. Thierry va mettre un de ses disques de
Mylène Farmer. Il se sent presque bien, il se dit que ça
ne durera pas.

Myriam s'éclipse de l'appartement, dès qu'elle peut,
où elle peut, le plus souvent chez la voisine du premier
étage, Martine Goudrolles. Martine a cinq enfants, quatre
ex-fiancés et un futur, des frères et des sœurs qu'on

ne compte plus. Elles sont amies, elles s'entraident. Pour l'anniversaire de Sandra, au deuxième étage, elles se sont cotisées pour lui offrir un pichet où un sexe d'homme forme l'arrondi de l'anse. On peut passer chez Martine à n'importe quelle heure, il y a toujours quelqu'un. On joue au Nain jaune des heures entières, pariant des pièces jaunes au début du mois, puis plus rien parce que très vite, dans les poches, il n'y a même plus de pièces. Les femmes feuillettent les prospectus des hypermarchés, en pile, près des boîtes aux lettres. Tiens, chez Auchan, les survêtements sont « à prix cassés ». Elles trouvent impossible de laisser passer une affaire pareille. Myriam discute longuement pour savoir à qui elle pourrait emprunter l'argent. Elle ne voit pas, elle est grillée partout, même la mère de Thierry a rechigné la dernière fois.

Myriam se tourne brusquement vers Martine. « Toi, tu pourrais pas me prêter les sous ? » Martine dit que Myriam exagère.

Là-haut, au cinquième, Delay a commencé à s'énerver. Où est Myriam ? Il descend, sonne chez Martine. Il faut voir Myriam courir comme une enfant, se cacher sous les lits des gamins Goudrolles. Parfois Martine arrive à chasser Thierry. Elle cogne comme un homme, c'est peut-être la seule personne aux Merles qui arrive à arrêter Delay. Alors, il s'embusque dans l'immeuble en face et les regarde avec des jumelles, des heures parfois. Il est jaloux, fou de jalousie envers Martine qui joue au Nain jaune avec sa femme. Myriam crie de peur en devinant l'ombre de son mari qui remonte l'escalier.

Quand Thierry a arrêté de prendre les cachets pour sa désintoxication, Myriam a continué à fréquenter l'association « Vie Libre ». Seule, rien que pour sortir de l'appartement, être dehors. Il a recommencé à boire. Il frappe. Il casse tout. Elle pleure et elle le couvre : elle a toujours eu peur qu'il s'en prenne à elle. Il lui a dit que si elle le quitte, il fera un bain de sang, il les tuera tous et lui après. Il a vu une histoire comme ça sur une vidéo. Ou alors aux actualités ? Il ne se souvient plus exactement. De toute manière, c'est pareil, non ?

En prison, Myriam écrira au juge : « Mon mari, j'aurais pu le quitter mais je l'aimais. » Et de nouveau, cette peur, son angoisse à elle : se retrouver seule. En 1995, quand Melvin, l'aîné, ne s'entendait plus avec Thierry, elle l'avait placé aussitôt. Il fut le premier à être violé l'année suivante. Il avait 6 ans.

3

De la fenêtre des Delay tombe un orgue électrique qui s'écrase en bas, sur le parking. Suivent, dans l'ordre : la console de jeux vidéo, le téléphone, la friteuse. Dans l'appartement, Thierry s'est mis à lacérer un blouson de Myriam. Voilà les hurlements, maintenant. Il l'insulte. Elle appelle à l'aide. Dans la cage d'escalier, nul ne bouge. Myriam raconte volontiers aux voisines comment Thierry la bat. Le lendemain, ils se promènent main dans la main sur les talus de la cité. Alors s'il fallait monter chaque fois que quelqu'un a dépassé sa dose de bière…

Il est midi, le 25 février 2000, un an avant l'arrestation des Delay. Cette fois, Myriam a appelé les services sociaux à Boulogne-sur-Mer. Là-bas aussi, depuis dix ans, ils connaissent par cœur la famille Delay. Leur vie s'étale sur des centaines de pages, un dossier touffu à s'y perdre, une invraisemblable accumulation de rapports, de mesures d'intervention, d'enquêtes où apparaît à tour de rôle tout ce que la France compte d'aides à l'enfance, de médecins, de magistrats, de professeurs, de policiers.

Combien sont-ils, les travailleurs sociaux à s'être hissés en soufflant dans les étages de l'immeuble des Merles, chez les Delay ou d'autres ? À peine dans le hall, des gosses les bousculent, galopent devant eux pour avertir de leur arrivée. Alors, dans les appartements, les lumières s'éteignent une à une, les télés se taisent, même les bébés sont sommés de pleurer moins fort. Les visiteurs sonnent. À chaque palier, derrière chaque porte, les familles jouent à ceux qui ne sont pas là. Seuls quelques battants s'entrebâillent, à regret. Les travailleurs sociaux sont reçus sur le seuil par des regards fuyants et des lèvres pincées, par des « Tout va bien » et des « Y a rien à dire ». Comment se fait-il qu'on les aime si peu ?

Dieu merci, au cinquième étage des Merles, il y a les Delay. Chez eux aussi, la scène se répète, toujours la même, de mois en mois. Myriam ouvre en grand, comme si elle n'attendait qu'eux. Elle est contente de les voir, explique-t-elle. Elle les fait asseoir sur le canapé. Les travailleurs sociaux regardent autour d'eux et, immanquablement, s'exclament : « Comme c'est joli chez vous ! » Thierry a fait une nouvelle décoration, il a mis des housses fantaisie aux coussins, arrangé sa nouvelle collection de fossiles, passé l'aspirateur autour de la table et des chaises style rustique, imitation chêne ancien. Dans la chambre des parents, un couple nu, grandeur nature, s'enlace sur une fresque naïvement peinte par-dessus le revêtement mural de la société des HLM. Dans celle des enfants, c'est une meute de loups qui occupe tout un mur.

Myriam sert le café, clair comme du thé, et mène la conversation.

Elle raconte sa vie. Les voisins bâillent en l'écoutant, la chassent. Les éducateurs, non. Les larmes leur montent aux yeux quand elle explique comment son père l'a emmenée de Boulogne-sur-Mer, sa ville natale, jusque tout là-bas, en Algérie, d'où vient leur famille.

C'était en 1980, elle avait 14 ans. Il l'a mariée pour 20 000 francs à un cousin, quelque part du côté d'Oran. Son époux la battait. Elle est prête à se déshabiller, à l'instant même, pour montrer les cicatrices de ce qu'elle a enduré, les coups de couteau, les brûlures de cigarette.

On la calme. On la fait rasseoir.

« Encore un peu de café ? »

Puis Myriam retrace avec entrain le soir où son mari algérien est rentré ivre en menaçant de s'en prendre à la petite fille dont elle venait d'accoucher. Pour épargner l'enfant, Myriam s'est sacrifiée. Elle a offert son propre dos aux sévices.

« Vous voulez voir les traces ? »

Elle a laissé la petite à Oran quand elle a divorcé. Son mari venait de prendre une deuxième femme. Au consulat de France, ils lui ont donné un billet d'avion pour rentrer à Boulogne-sur-Mer. Elle était enceinte, Melvin est né ici. Elle dit : « Quand je ferme les yeux, c'est comme une cassette vidéo qui se met en marche. »

Maintenant, Myriam pleure. Les travailleurs sociaux doivent la consoler. Ils le font de bon cœur : pour une fois qu'ils tombent sur quelqu'un qui accepte de collaborer avec eux... Cela fait longtemps que Thierry, lui, est retourné aux hippocampes de son puzzle géant. Personne ne l'a entendu s'éclipser.

Myriam plonge ses grands yeux noirs dans ceux de ses visiteurs, bouleversée à la pensée que l'un d'eux pourrait arrêter de l'écouter et tout à coup la planter là. Ce regard, c'est ce qu'elle a de mieux. Elle serait la première à rire si on lui disait qu'elle est séduisante, cette dame trop grosse aux cheveux trop courts, plaqués sur le crâne sans coquetterie. Quelque chose, pourtant, se dégage d'elle que les travailleurs sociaux auraient bien du mal à définir mais qui les empoigne. Maintenant, ils pourraient rester là des heures, à l'écouter. Myriam soupire : elle est contente d'avoir enfin quelqu'un à qui parler, en qui elle peut avoir confiance. Elle voudrait tant être aidée, supplie qu'on ne la laisse pas tomber. Elle reconnaît ce qu'on veut. Qu'elle s'en tire mal à la maison. Qu'elle n'arrive pas à s'occuper des enfants.

Les enfants, justement. Les signalements s'accumulent depuis des années. Melvin, l'aîné, pleure pour ne pas rentrer chez lui le week-end. Il veut faire du karaté pour « régler son compte à Thierry ». Il urine sur les lits et les jeux. « Éventuels troubles sexuels ? » s'interroge une éducatrice. À partir de 1998, cette même interrogation revient sans cesse pour chacun des quatre enfants.

Sur le canapé, Myriam soupire. Coupe la parole : elle est au courant, explique-t-elle. Vlad s'est fait agresser dans les caves de l'immeuble par un monsieur avec un gros chien qui vient tous les jours dans le quartier pour rencontrer sa fiancée. Voilà pourquoi le petit est perturbé, elle l'a déjà expliqué à toutes les voisines.

Myriam hoche la tête et reprend doucement son monologue. Elle dit qu'elle quitte l'appartement dès qu'elle le peut, laissant ses fils à son mari. Il lui coûte de devoir tout partager avec les gamins, de ne pas pouvoir penser seulement à elle. Elle le répète. C'est difficile désormais de l'arrêter, elle veut s'accuser encore, grisée par la stupéfaction qu'elle sent monter chez ses interlocuteurs. Par-dessus les tasses à café vides, les visiteurs posent de moins en moins de questions. Sidérés. « La manière dont vous parlez, on dirait de l'exhibitionnisme », risque un jour une assistante sociale. Myriam ne relève pas. Elle est lancée, toujours plus loin. Elle aurait préféré ne pas avoir de gosses, au fond. Elle le martèle. Et puis, les yeux noirs dans ceux des visiteurs : « Je suis une mauvaise mère. » Dans le salon des Delay, la phrase tombe dans un silence que chacun lui laisse rompre.

Myriam passe aux promesses.

Elle dit qu'elle va commencer une thérapie, c'est décidé.

Elle va faire des démarches administratives pour arranger la situation.

Elle va obliger son mari à arrêter de boire.

Elle va porter plainte au commissariat pour l'agression de Vlad.

Elle va se prendre en main. Qu'on ne s'y trompe pas : elle est une battante.

On lui fait remarquer qu'elle s'était déjà engagée à tout ça à la dernière visite. Elle le reconnaît bien volontiers. Non, elle n'a rien fait depuis. Elle secoue la tête, l'air contrit. Ah, si, elle allait oublier : en fait, ils ont fini par aller à la police pour le type avec le chien dans la cave. Le monsieur a protesté. On en est resté là, classé sans suite.

Pour le reste, Myriam va s'en occuper cette fois, c'est sûr. Elle remercie longuement les visiteurs. Elle aurait encore des choses à dire et attend avec impatience le rendez-vous suivant.

Les travailleurs sociaux ont toujours du mal à s'extraire de chez les Delay. Ce n'est que dans l'escalier qu'ils se souviennent d'avoir finalement parlé bien davantage de Myriam que de ses enfants, but initial de leur visite. Tant pis, ce sera pour la prochaine fois. Il n'y a plus qu'à rédiger le rapport, encore un, qui s'ajoutera aux autres. L'un se conclut avec enthousiasme :

« M. et Mme Delay sont en capacité d'apporter de bonnes choses à leurs enfants. »

Ce 25 février 2000, à côté de la console vidéo explosée sur le parking de la Tour du Renard, Myriam sanglote. « Mon mari est devenu fou. J'ai peur. Venez nous chercher. »

C'est elle qui demande que les trois derniers garçons soient aussi placés. La Direction de l'enfance et de la famille du Pas-de-Calais accepte. Motif : « Le père alcoolisé a saccagé l'appartement. Il n'est pas violent avec les enfants mais le climat est néfaste. »

Deux des frères, Brian et Vlad, se retrouvent ensemble chez Corinne Bertrand, assistante maternelle à Samer, un village de l'autre côté de Boulogne. Vlad va avoir 8 ans. Il a peur du noir. Il a peur du mari de Corinne Bertrand. Il a peur de son fils. Il a peur de tous les hommes. Il ne sait pas se laver tout seul. Il mange sale, avec les mains. Il avale toute la nourriture qu'il trouve sans que nul ne puisse l'arrêter. Il est obèse. À six heures du soir, il veut se coucher. S'endort d'un coup, comme drogué. Se réveille à cinq heures du matin. Hurle. Les jours où ça ne va pas, il se couvre le visage de ses excréments. Brian, lui, peut rester des journées entières assis sur un lit. Il répète en se balançant, comme un jouet mécanique : « C'est bien, papa a pris ses cachets pour pas boire… C'est bien, papa a pris ses cachets… » Il est le plus petit, il a 4 ans.

Corinne Bertrand encaisse le choc sans broncher. Il n'y a même pas un mois qu'elle a décroché l'agrément de l'Utass (Unité territoriale d'action sanitaire et sociale), l'institution chargée du placement des enfants. Les deux frères Delay sont les premiers à lui avoir été confiés. « On m'avait prévenue : il y a un problème de boisson et de violence avec le père. Il fallait que je veille aux traces de coups quand ils rentraient de chez les parents après la visite du week-end. » Elle n'en a jamais vu. Les Delay l'ont reçue une fois dans leur salon, à la Tour du Renard. Elle a bu le café clair comme du thé, assise sur le canapé à côté de Myriam. Elle l'a trouvée gentille. « Rien à critiquer. Il n'y avait jamais de retard pour rendre les gamins le dimanche. »

C'est à Jordan, le troisième, celui qui peut chanter *Petit Papa Noël* des heures durant devant la télé, qu'on découvre le dos bleu de coups, un soir, après une visite à la Tour du Renard. De son côté, Corinne Bertrand interroge Vlad. Il trépigne. Il est nerveux, parfois plus personne n'arrive à le raisonner. Il faut menacer de le priver de dessert pour qu'il se calme enfin. Vlad pleure. Jordan n'avait pas le droit de parler de ça, ça va être terrible, papa sera très fâché. L'enfant dit : « Oui, j'ai peur de mon père. » Un rapport suggère de suspendre les week-ends chez Myriam et Thierry. La justice ne réagit pas. Les visites se poursuivent.

En septembre, Vlad n'est plus inscrit à la petite école de la Tour du Renard. Juste avant de partir, il est allé voir son instituteur. Il lui a dit : « Tu ne veux plus de moi. C'est ça ? » Depuis la maternelle, « de graves troubles de comportement » sont signalés dans les dossiers scolaires de chacun des fils Delay. « Vlad se déshabille en classe, se masturbe, bave, devient incontrôlable. » Il mime des scènes de sodomie. Il embrasse son frère sur la bouche, cherche à le déshabiller, le tripote. Il parle souvent de secrets qu'il ne peut pas dire. Jordan, lui, se « comporte comme un petit animal, se traîne par terre, hurle, se montre sale ». Dans le quartier, l'instituteur voit des enfants arriver le matin fatigués, pas toujours soignés. Des Vlad, ou des tout comme, il a l'impression d'en avoir toujours deux ou trois dans chaque classe. Une fois, il avait convoqué Myriam Delay. Des années plus tard, il s'en souvient encore. À lui aussi, elle avait parlé de son parcours, de sa vie, son mariage en Algérie, Thierry qui buvait. « C'était très émouvant. Il me revient à présent qu'elle n'avait abordé aucun autre sujet qu'elle-même. »

En septembre 2000, Vlad fait sa première rentrée à Samer. Très vite, Corinne Bertrand, son assistante maternelle, est convoquée. En pleine salle de cours, le petit garçon a baissé son pantalon et, sans gêne aucune, il s'est mis un crayon dans le derrière. Puis, d'un geste ample, il l'a fait sentir aux élèves, rassemblés en cercle autour de lui. Une autre fois, il a déchiré son cahier de récitations. Samer n'est pas Outreau. Ici, dans ce village où tous les jeunes cadres de la région rêvent de s'établir, le comportement de Vlad a créé un certain émoi. À l'instituteur, Corinne Bertrand répète ce qui lui a été expliqué : c'est la faute au père, qui boit et qui cogne.

Quand approchent les congés de la Toussaint, le petit garçon demande : « Dis-moi, tata, ces vacances-là, ça fait combien de dodos chez papa et maman ? » Corinne Bertrand a pris le calendrier et compte devant l'enfant. Un, deux, trois… le petit devient rouge… quatre, cinq, six… de plus en plus rouge… sept, huit. Vlad ne tient plus. Il crie : « Papa me fait l'amour ! » Elle se souviendra toute sa vie de ce jour-là. « Quand il s'est mis à parler, je l'ai cru tout de suite. On sentait qu'il l'avait vécu. »

Dans sa famille d'accueil, Jordan demande où sont rangés les « films X ». Il voudrait aussi voir des cassettes d'horreur, comme à la maison. Et ils se lâchent, l'un après l'autre, mot après mot, les quatre fils Delay, même le tout-petit, Brian, qui dit à l'assistante maternelle : « Tu connais Myriam ? C'est ma mère. Quand on va le raconter, elle va dire que c'est nous qui mentons. Mon père, il va aller dans sa chambre et il va pleurer. »

Corinne Bertrand demande à Vlad : « J'espère qu'il n'y a pas d'autres personnes ? »

Vlad répond : « Attends, tata, je vais compter. »

Elle est suffoquée. Elle n'arrive plus à le regarder, elle doit partir en courant dans sa chambre reprendre ses esprits.

Le petit garçon se met à énumérer les noms de ceux qui lui « faisaient des manières, les mêmes choses que mes parents, tu sais ». Les services sociaux demandent à Corinne Bertrand de les consigner. Elle transcrit en vrac, en phonétique, une liste de prénoms – imprécis parfois : « un Francis ou un François ? » –, huit personnes au total qui évoluent toutes dans le microcosme des Delay autour de l'immeuble des Merles. L'ouverture d'une procédure judiciaire est demandée à partir du 5 décembre 2000.

L'affaire suit son rythme. Lent. Très lent. Il faut à nouveau trois bonnes semaines pour que le droit de visite des parents soit cette fois suspendu. Puis deux de plus pour que les premières vérifications pour « agressions sexuelles » commencent. Au centre hospitalier de Boulogne-sur-Mer apparaissent sur l'écran informatique les onze hospitalisations en urgence de Jordan et les neuf de Brian. En trois ans, ils ont accumulé les diarrhées, inflammations des testicules, traumatismes crâniens.

Quand la police les entend en janvier, les petits répètent leurs dénonciations. Ils ajoutent même quatre noms supplémentaires, des adultes de la Tour du Renard, mais, cette fois, ils parlent aussi d'enfants, quatre ou cinq peut-être. Ceux-là, ils les désignent comme victimes : « Ils étaient là. Ils ont vécu la même chose que nous. »

Le juge Fabrice Burgaud, c'est la nouvelle génération de magistrats, la jeune garde tout juste diplômée. Il sait que, pendant des décennies, la justice a renvoyé chez eux avec une paire de claques les gamins qui avaient osé se plaindre d'agressions sexuelles. Maintenant les choses commencent à bouger un peu, l'École de la magistrature organise même des programmes spécialisés sur l'enfance maltraitée. Et surtout, il y a eu le choc de l'affaire Dutroux, en Belgique, en 1997. Là-bas, magistrats et enquêteurs s'étaient fait lapider, étiqueter « salauds » et « incapables », tous dans le même sac, accusés d'avoir laissé enlever, martyriser et tuer des petites filles alors que les preuves s'accumulaient contre Dutroux. La Belgique entière s'était enflammée, certains évoquaient un réseau international à la solde de puissants intouchables, affamés de petits enfants. Des centaines de milliers de personnes étaient descendues dans la rue au bord de l'insurrection contre ces magistrats « incapables de protéger les gamins ».

Depuis, la traque des réseaux pédophiles est devenue un enjeu politique lourd, en France aussi. Circulaire de l'Éducation nationale en 1997, renforcement de l'arsenal judiciaire l'année suivante, puis « États généraux de la protection de l'enfance » : de tabou absolu, les violences sexuelles contre les mineurs sont devenues presque sans transition « priorité d'action gouvernementale ». Dans la magistrature française, les règlements de comptes ont commencé, un juge a publié un « J'accuse » en première page des journaux pour dénoncer ceux de ses collègues qui classent les plaintes sans suite.

Feuilleter l'épais dossier social de la famille Delay paraît dans ce contexte un cas d'école – ces gamins qui se débattent face à des institutions aveugles et sourdes. Les parents nient, comme toujours. Un expert a bien été désigné, mais les constatations de violences sexuelles ne peuvent être formellement établies quelques semaines après qu'elles ont été commises. Bref, on se retrouve dans le schéma classique propre à ce type d'affaire : parole contre parole, parents contre enfants, sans presque aucune preuve tangible pour permettre à la justice de les départager.

Cette fois, l'affaire a commencé à basculer au lendemain de l'arrestation de Myriam. Dans le bureau du juge Burgaud, elle se met à parler. « J'avoue avoir regardé des cassettes X avec les gamins. Mon mari entrait dans la pièce et les enfants pleuraient parce que mon mari leur faisait des trucs. Je l'ai vu. Mon mari m'a dit qu'il me tuerait. J'avoue avoir fait l'amour avec lui en présence de mes enfants. J'avoue avoir monté sur mon fils Melvin en 1997. J'avoue aussi que certains appareils ont dû servir aux enfants. Pourquoi je l'ai fait, j'en sais rien. Je regrette beaucoup. J'espère que les enfants vont me pardonner. Je voudrais m'en sortir. Regarder des cassettes tous les jours, ça rend fou. »

Puis viennent les promesses.

Elle va entamer une thérapie.

Elle va prendre un appartement à Armentières, tout près de l'hôpital, et s'en sortir avec l'aide « des spycatres et de Dieu ».

Elle va le faire cette fois, elle le jure.

Le juge l'interroge sur les autres noms donnés par ses fils, un réseau peut-être.

Myriam se tait. Elle dit qu'elle ne sait pas.

Dans l'épopée administrative et judiciaire des gamins Delay, Burgaud ne veut pas être un de ces juges montrés du doigt pour avoir enterré le martyre de petites victimes. Il veut l'inverse, que son affaire soit l'anti-Dutroux. Il dit que lui ira jusqu'au bout. « Les enfants ne sont pas des menteurs. » Cette phrase, il la répétera des centaines de fois à tous ceux qu'il recevra dans son bureau pendant toute la période de son instruction. Il la mènera comme une croisade.

4

Des uniformes au petit matin dans l'immeuble des Merles, des bruits de godillots dans l'escalier, des « Ouvrez, police » criés à travers les portes, des femmes échevelées qui traînent des gamins endormis vers des fourgonnettes. « Ils nous ont pris tous à la fois. On ne savait pas ce qui se passait. Tout le monde pleurait, même maman », raconte un enfant.

Le 6 mars 2001 à l'aube, une soixantaine de voisins sont embarqués. L'opération est spectaculaire. C'est la première fois en France qu'un coup de filet à la manière de la brigade des stups ou de l'antiterrorisme est exécuté dans une affaire de pédophilie.

Cela leur fait drôle de se voir emmener comme ça, tous ensemble, l'immeuble des Merles en entier ou presque. Tous ceux dont les frères Delay ont donné les noms, enfants ou adultes, victimes ou abuseurs supposés se retrouvent pêle-mêle dans le jour qui se lève. En cas de doute, les familles entières ont été embarquées, certains sont emmenés comme témoins, d'autres comme suspects, mais nul ne sait encore à quelle catégorie il appartient. Le commissariat de Boulogne-sur-Mer finit par ressembler à un foirail. Dans les couloirs, ça court, ça pleure. De main en main passent des biberons au lait froid et des paquets de cigarettes.

Les soupçons des policiers pèsent sur six personnes, dont les noms sont revenus dans les listes des quatre frères Delay ou dans celle de Myriam : Thierry Dausque, un ex-fiancé de Martine Goudrolles du premier étage, Aurélie Grenon et David Delplanque du cinquième, Sandrine et Franck Lavier du quatrième, Jean-Marc, un handicapé qui vient tous les après-midi fumer sa cigarette sur le parking en bas des Merles.

Entre les auditions, les adultes se croisent, pâles, pas rasés. Regard par en dessous, méfiant et curieux à la fois, chacun prompt à lorgner qui s'est fait ramasser et pourquoi. Certains essayent d'écouter aux portes, mais le bourdonnement des télécopieurs couvre tout. Au-dessus du bureau d'un policier, une fille sur un poster tend sa bouche vers l'objectif et comprime ses seins nus à pleines mains.

Séparés des parents, seize enfants sont entendus, un par un, de 7 h 25 à 17 h 15.

« Est-ce que des messieurs et des dames t'ont fait des vilaines choses ? »

« Est-ce que tu as déjà vu la quéquette à papa ? »

Un policier demande à Joseph Tarté, un des cinq gamins de Suzette au troisième étage : « Tu connais les Delay ? » Et lui, 8 ans : « Ouais. Un bruit court dans le quartier qu'ils se sont fait embarquer pour pédophilie. Je ne sais pas ce que c'est. »

Puis Dorian Courant, 6 ans : « Chez les Delay, il n'y a que des cassettes malhonnêtes. Une fois, je jouais à la Nintendo avec Vlad et il m'en a montré une. » Le capitaine : « Et qu'est-ce qu'il y avait dessus ? » Le gosse hausse un sourcil étonné : « Ben, du cul, vieux. Quand je suis parti, Mme Delay m'a demandé si ça m'avait plu. J'ai dit non. Alors elle m'a traité d'aveugle et elle m'a dit : "Rentre chez toi." »

Marina Lavier explique que c'est maman qui leur donne le bain. « Et qui vous punit ? » Pas de réponse. « Et tu aimes bien ton papa Franck ? » Marina : « Non, je ne l'aime pas. »

S'il fallait se conformer aux nouvelles circulaires pour « recueillir la parole de l'enfant », on demanderait à chacun des gamins s'il souhaite que son audition soit filmée ou non. On peut rêver. Pour ne pas y passer la nuit, le capitaine et un de ses hommes se partagent le travail, mais il n'y a qu'une seule caméra dans tout le commissariat. De toute façon, elle marche mal, surtout le son. Deux entretiens sur seize seulement sont enregistrés.

À la Tour du Renard, le quartier a plongé dans la folie. On ne parle plus que de « ça ». On ne pense plus qu'à « ça ». Du hall au parking, les rumeurs ont enflé toute la journée. Il y aurait un réseau, dit-on, avec au moins cent cinquante personnes, et, bientôt, une mesure va s'abattre sur la cité : tous les enfants seront retirés à leurs parents et placés par l'Utass. Quelques-uns dans l'immeuble parlent de déménager. Certains le feront.

Ceux qui n'ont pas été embarqués guettent ceux qui, relâchés, reviennent un à un dans la cité. En bas de l'immeuble des Merles, des femmes entourent Martine Goudrolles du premier étage et Suzette Tarté du troisième qui sortent du taxi. Pour ce qui est des ragots, elles en ont appris de belles, là-bas à Boulogne. Des films vidéo étaient tournés chez les Delay avec Aurélie Grenon dans des poses – comment dire ? – plus que chaudes. Vous avez bien entendu ? « Brûlantes. » Vous voyez qui est Aurélie ? La petite blonde qui vit au cinquième avec David Delplanque. Son rottweiler aboie toute la journée dans l'appartement. Martine croyait que c'était un doberman, mais elle doit confondre avec celui d'avant qu'ils avaient rendu parce qu'il les mordait. Quelqu'un lâche : « Pas étonnant. Aurélie était maquillée comme une prostituée. On voyait bien qu'elle voulait coucher avec tous les hommes. » Puis Martine raconte comment les policiers lui ont raconté que les Delay violaient leurs enfants avec leurs propres jouets. « Vous vous rendez compte ? » Et dire que Myriam était sa meilleure amie, qu'elles jouaient au Nain jaune ensemble.

Tiens, voilà Roselyne Godard. La belle aubaine ! On va pouvoir tout raconter de nouveau. « Vous ne savez pas ce qui nous arrive, Roselyne ? » C'est reparti, la rafle, les jouets, les cassettes, les Delay. Et n'oublions pas Aurélie-la-brûlante.

Roselyne connaît tout le monde à la Tour du Renard, ça fait des années qu'elle vient en camionnette vendre du pain, de la confiserie, de la bière. Elle répète : « Ne me dites pas que c'est Myriam. Je l'aimais bien. » Myriam lui avait un jour servi le café sur son canapé, elle lui avait parlé de l'Algérie, le mariage avec le cousin, les coups. Roselyne avait été émue. Il y a quelques jours, elle a reçu une convocation de la police. Elle n'a pas le temps en ce moment, le commissariat l'a déjà relancée deux fois.

À la petite école de la Tour du Renard aussi, la cour de récréation bourdonne de noms, de blagues, de trouilles. « T'as vu Jimmy ? Il est impliqué dans des histoires coquines. » Il a été embarqué au commissariat. « La honte », disent les autres. « La preuve qu'il est un dégueulasse », comme Marina, Valentin, Dorian, Amélie, Valérie ou Julian, tous ceux qui ont été entendus par la police. Ce sont des « trous du cul mal percés ». Des « pédophiles ».

Eux aussi, ils ne parlent plus que de ça, les gamins. Un instituteur demande à sa classe : « Est-ce que vous savez au moins ce que ça veut dire, pédophile ? » Tout le monde rit : évidemment qu'ils le savent. Ils veulent tous répondre en même temps :

« C'est quand on est tout nu. »

« C'est quand on fait l'amour. »

« C'est quand les parents font des bêtises. C'est quand ils vont en prison. »

« C'est quand on suce. »

« C'est quand on enferme des enfants. »

« C'est quand on kidnappe des enfants. »

« Non, c'est quand on tue des enfants. »

Et puis un élève se lève de derrière son pupitre, la main à l'entrejambe. Il crie au maître : « Vas-y, viens, suce-moi. » Les autres s'y sont mis aussi. Melody, la première de la classe, s'est plantée au milieu de la rangée. Elle danse et se passe la langue sur les lèvres. Son voisin scande : « Oui, oui, c'est bon. Enfonce-le-moi encore. » Derrière, on entend des « Ahhh, ahhh, ahhh », des claquements de faux baisers, des bruits de succion. « Et ta mère, elle est bonne ? Je peux la baiser, ta mère ? »

Dans la plupart des écoles, il a été demandé aux instituteurs d'être plus attentifs sur les signalements d'abus sexuels. Un programme de « prévention » a été lancé, avec des petits films. Beaucoup d'enseignants ont peur. Les salles des professeurs aussi sont traversées de ragots, de rumeurs. Il paraîtrait que, vers Calais, un maître a été accusé par ses élèves de les abuser. Et un autre à Lille, et à Paris, partout. Qui peut reconnaître le vrai du faux ? Et si la police débarquait aussi chez les instituteurs ? L'un d'eux se souvient que

« c'était une période confuse où nous ne savions plus très bien comment nous comporter avec les enfants ».

Le bilan de la grande rafle paraît maigre, à la fin de la journée. Le rapport de police note qu'aucun des seize enfants n'a fait de déclarations particulières : rien n'est exploitable. Seule Mélissa Delplanque tient des propos qui « peuvent paraître équivoques » : un bain qu'elle aurait pris chez les Delay.

Quant aux adultes, tous ont été relâchés sauf trois : un couple, Aurélie Grenon et David Delplanque, puis Thierry Dausque, un des quatre ex-fiancés de Martine Goudrolles. Il dit : « Maintenant, nous sommes fâchés. À peine j'étais sorti, il y avait déjà un autre gars dans la maison. Un coup, elle est bien. Un coup, elle gueule. »

Devant le juge, Dausque continue à nier, comme devant les policiers.

Fabrice Burgaud lui demande : « Thierry Delay parlait-il de sexe ? »

Dausque : « Non, pas spécialement. Par exemple, s'il voyait passer une fille par la fenêtre, on en parlait comme tout le monde, comme quand on demande : "Qu'est-ce que t'as fait avec cette gonzesse ?" ou "T'as vu celle-là, là-bas ?". Il m'a prêté quatre ou cinq cassettes porno, je ne les ai pas regardées en entier parce qu'on voyait mal, il n'y avait pas la couleur parce que mon magnéto a deux têtes et le leur quatre. »

Le juge : « Vlad Delay vous accuse de mettre votre sexe dans sa bouche. »

Dausque : « Dans ma famille, on n'a jamais fait ça. Quand j'étais avec Martine Goudrolles, je faisais toujours la même chose. Mon frère venait jouer aux cartes l'après-midi et il repartait avec le bus de 19 h 20. Après, je me mettais devant la télé. Quand la police est venue me chercher, je ne savais même pas que c'était pour ça. »

Dausque a une petite réputation de cavaleur et une grosse de buveur. Tout l'immeuble l'a vu sonner discrètement chez la jolie voisine du second ou dormir saoul dans l'escalier. Quand Martine Goudrolles a été entendue par les policiers, elle s'est plainte devant eux que Dausque faisait trop de différences entre ses fils. « Il n'en avait que pour Luigi, qui est de lui, et pour Julian aussi, qui est d'un autre. Il les chargeait d'aller acheter ses bières et ses cigarettes. Je ne veux plus le voir. » En sortant, elle a un pincement : « Je crois que je l'ai enfoncé. »

Dausque a 26 ans, pas de travail. Il est sur un coup, mais rien n'est fait : un stage à la boucherie chez Champion, grâce au piston d'une tante qui connaît le chef de rayon. Quelques années plus tôt, il a pris trois mois de prison avec sursis pour le vol d'un pack de bières chez Leclerc. C'est son seul antécédent judiciaire.

Il est mis en examen et conduit en prison.

Le soir n'est pas encore tombé quand avouent Aurélie Grenon et David Delplanque. De tous ceux pris dans la rafle, ils sont les seuls.

5

Aurélie Grenon aime les rottweillers, Mike Brant et David Delplanque. Avant de le rencontrer en 1998, elle sortait peu. Son père l'avait emmenée à une ou deux soirées sans alcool à Saint-Étienne-du-Mont, à côté de chez eux.

Au commissariat de Boulogne-sur-Mer, le policier a commencé par la ficelle la plus usée d'une garde à vue en France : « Si tu avoues, tu rentres chez toi ce soir. Sans ça, c'est trente ans de prison. »

Aurélie tient cinq minutes et quelques sanglots. « M. Delay était à l'initiative, mais Mme Delay était loin d'être contre. Nous avons commencé à faire l'amour, mais chacun avec son partenaire. Par la suite, nous sommes venus à faire l'amour à quatre. Les enfants étaient souvent enfermés dans leur chambre. » Thierry avait posé un verrou extérieur, mais parfois il laissait ouvert. « Alors, les enfants venaient nous voir. M. Delay les incitait : "Ça vous apprendra pour plus tard." Mme Delay mimait l'amour avec eux. Au début, cela ne m'enchantait pas avec des enfants. Il est arrivé à David Delplanque, mon concubin, de le faire et à moi aussi, sous sa contrainte. Je couchais surtout avec M. Delay. Avec Mme Delay, je n'étais pas trop partante pour avoir des relations avec une femme, mais c'est arrivé. Les Delay m'ont dit : "De toute façon, il n'y a pas que vous. Plein d'adultes font ça." Ils racontaient avoir fait la même chose avec David et Karine, Franck et Sandrine Lavier. »

Dès que les policiers annoncent à Delplanque les aveux d'Aurélie, il se met à parler lui aussi : « Les Delay cherchaient visiblement le contact. Thierry ne parlait que de sexe. Sa femme aussi était portée sur la chose. Nous nous sommes pris au jeu ou plutôt on est tombé dans le piège comme des imbéciles. En général, les gamins ne voulaient pas. Mais M. Delay criait, alors ils finissaient par se laisser faire. On l'a peut-être fait dix fois. » Les deux couples se sont fréquentés six mois. Puis ils se sont brouillés, comme tout le monde, avec les Delay, une histoire de réveillon de Noël annulé au dernier moment, en 1998. Thierry a défoncé leur porte un jour de bière parce que le chien d'Aurélie aboyait. David avait appelé les policiers, ils n'étaient pas venus.

Delplanque a fait son service chez les parachutistes, à Tarbes. Ne s'engage pas. Puis le regrette. Il en avait le physique, quelque chose de carré dans le menton et les épaules. Après, quand il a demandé à rempiler, on lui a dit que c'était trop tard. Il a voulu inviter ses copains de régiment dans le Nord, ils lui ont dit que c'était trop loin. Tant pis. Ce sera Sylvie Discours, une petite blonde frisée d'Outreau, à deux rues de là où il a grandi. Il lui laisse deux gamins, Mélissa et Valentin, quand elle lui demande de faire ses bagages et de quitter l'immeuble des Alouettes, un des sept bâtiments de la Tour du Renard. Il était temps. Le grand amour s'annonce de l'autre côté du parking : Aurélie et ses 18 ans. En avant pour l'immeuble des Merles juste en face, trois pièces et un chômage pour deux, en août 1998.

De temps en temps, Delplanque décroche un intérim. Il est content, surtout quand il s'agit d'un remplacement comme agent de sécurité. On a davantage de chances de le trouver en bas du bâtiment, discutant PlayStation pendant des journées entières.

Parfois, David fait le con. Tout l'argent part en jeux vidéo, mention spéciale pour ceux avec des militaires. Alors, c'est Maman Delplanque qui leur apporte la gamelle. Parfois, elle met une part pour Aurélie, mais plus petite, elle ne peut pas s'en empêcher. Ça la rend folle de voir son grand fils à plat ventre devant cette « petite vicieuse ». Il l'épouserait tout de suite si elle le laissait faire.

Aurélie sait effiler le regard derrière les cils baissés. Delplanque s'affole de jalousie, Aurélie se récrie : « Qu'est-ce que j'y peux si je plais, si les hommes se retournent sur moi ? » Delplanque a 23 ans, nuque rasée et mèches longues devant, le petit bouc au menton, le survêtement de marque.

Après l'arrestation, Maman Delplanque écrit à son fils en prison :

> Il faut que tu te bat car pour nous, tu es innocent. Ça n'est pas la peine que tu sacrifies ta vie pour cette putain d'Aurélie car c'est à cause d'elle que tu es là. Quand elle s'est vue perdue, elle a avoué tout ce qu'elle avait fait en même temps, elle t'as mis dans son vice, dans tous ses débats car elle est coupable, s'est incroyable tout ce qu'elle a pu faire. De toute manière, il leur faut des pigeons tu as été battu au poste de police, tu as signé sous la force car on t'a enfoncé. Dans ton immeuble, ils disent que tu n'y est pour rien mais certains m'ont dit que d'autres de tes voisins n'étaient pas clairs.
>
> Maman.

Delplanque joue celui qui n'a pas compris. Il répond comme s'il partait pour toujours : il a déjà fait ses adieux, un renoncement au monde extérieur.

Maman,
Est-ce que tu peux me rapporter des vêtements, des caleçons neufs et des chaussettes. Si tu passes à l'appartement, si tu peux laver à terre, merci, s'il te plait, tu pourras prendre la grande télé, les deux scopes, la play avec les jeux et les cd.

Il pense que, maintenant, « c'est carrément mal parti pour le mariage avec Aurélie ».

Pendant l'instruction, les interrogatoires de Delplanque ne durent jamais bien longtemps. Il suffit d'insister un peu, il dit « Oui », « Oui » à tout ce que lui demande le juge, « Oui » plutôt que raconter une nouvelle fois le salon des Delay, Thierry qui a mis une de ses cassettes X, catégorie Partouze, et balance les trois blagues de cul qui vont avec. Puis le canapé et dessus les Delay qui affichent une bonne dizaine d'années de plus qu'eux sans parler des kilos, surtout Myriam dont les jeunes de l'immeuble se moquent parce qu'elle essaye toujours de se faire inviter à leurs fêtes. Les « Oui » de Delplanque ne semblent jamais une délivrance pour lui. Il dit « Oui » comme on se damne.

L'avocate de Delplanque, Fabienne Roy-Nansion, raconte souvent que « le plus important, pour David, c'était d'être de retour à la maison d'arrêt à l'heure de la soupe ». Disparaître dans sa cellule. S'allonger sur le lit. Ne plus bouger. Rester là. Sombrer.

Quand il est seul, méthodiquement, il déchire une après l'autre toutes les pièces d'instruction qui lui parviennent. « Ça me fout par terre de lire ça. » Surtout quand ça parle de Mélissa et Valentin, ses enfants à lui. Sa fille a 6 ans. C'est elle qui a tenu aux policiers les « propos équivoques » : « Papa et Aurélie m'ont touché mon devant et mon derrière. » Un jour où le juge Burgaud s'était fait un peu pressant, Delplanque a fini par reconnaître l'avoir violée.

6

Près de Boulogne-sur-Mer, sur la place du village de Samer, un manège à l'ancienne tourne devant l'église, gracieusement enchâssée dans l'alignement des maisons. Des ruelles s'embobinent à flanc de colline, il y a des fleurs en bac sur les trottoirs, la Fête des fraises au mois de juillet, et des agences immobilières prospères vendent à la jeune bourgeoisie qui monte les dernières maisons pittoresques de la région.

Corinne Bertrand, l'assistante maternelle de Vlad et de Brian Delay, habite plus bas, à la sortie du bourg. Là, près de la salle de sport, des constructions neuves tracent des rues géométriques derrière des jardinets. Dans le pavillon, Vlad Delay guette le moment où le mari et le fils de Corinne vont sortir de la pièce. En revanche, Ludivine, la fille de la famille, ne le gêne pas. Le petit garçon n'a même pas l'air de remarquer sa présence. Alors, quand les hommes sont loin, l'enfant se place tout près de son assistante maternelle. Il se met à parler, voix basse, regard au sol, mots qui tombent au goutte à goutte. Il vient d'avoir 9 ans, il raconte la Tour du Renard.

Vlad est le plus âgé des trois garçons que Myriam et Thierry ont eus ensemble. Il a toujours été le fils préféré. Il frappait Melvin, l'aîné, qui a deux ans de plus pourtant. Il lui disait qu'il n'était pas chez lui dans la famille Delay, que Thierry n'était pas son vrai père, qu'il ne devrait pas être là. Il jouait à l'appeler « Omar », son prénom ramené d'Algérie, celui des registres d'état civil, avant que Thierry l'adopte et le rebaptise Melvin. Cela faisait rire les parents. Tout ce que disait Vlad faisait rire les parents.

Melvin se laissait faire. S'il se mettait à répondre, Vlad commencerait à crier, puis Myriam dirait qu'elle est débordée, qu'elle n'en peut plus, et elle descendrait encore chez Martine Goudrolles. Alors Thierry tournerait dans l'appartement. Il hurlerait contre Melvin : « Pourquoi tu fais toujours tout pour m'énerver ? » Pleuvraient les coups. Comme souvent, ça tomberait sur Jordan, le troisième, qui n'entend pas venir les claques à cause d'un problème aux oreilles.

Les derniers temps, quand il revenait chez ses parents, Melvin restait en pyjama toute la journée. Il mangeait seul dans sa chambre ou alors à table, mais avant tout le monde. Ses frères regardaient la télé, lui n'y avait pas droit. Myriam raconte : « Il ne me réclamait jamais rien, même pas un verre d'eau. »

Oui, à la Tour du Renard, Melvin préférait vraiment se laisser faire. De toute manière, il avait été placé bien avant les autres. Sa mère lui avait souvent expliqué la situation : « Melvin, je ne peux quand même pas sacrifier mon mariage pour toi. »

Petit à petit, Vlad, l'enfant adoré, s'est mis à tout faire comme Thierry. Il battait sa mère. Elle courbait le dos en le voyant s'approcher. Vlad se faufilait dans le lit de ses deux petits frères. Il baissait leur pyjama. Il leur disait : « Laisse-toi faire. » Les autres obéissaient. Vlad était devenu de plus en plus gros. Au début, Thierry s'énervait. Puis il a commencé à en avoir peur, lui aussi.

Après les films d'horreur, Thierry Delay aimait mettre des ongles de sorcière, un masque de bête et entrer dans la chambre des fils. Il poussait des cris. Les enfants sanglotaient de terreur. Il leur disait qu'il lui suffisait de claquer des doigts et des monstres arriveraient. Aujourd'hui, Melvin pense que ce n'était peut-être pas vrai. Vlad, lui, avait commencé à se déguiser comme son père. « La peur et le sexe étaient les deux lois qui régissaient la vie de la maison Delay », dira un expert.

Dans le pavillon de Corinne Bertrand à Samer, Vlad s'est mis à parler de plus en plus souvent, n'importe où, n'importe quand. Sa voix s'est affermie depuis que ses parents ont été arrêtés.

Des personnages toujours plus nombreux peuplent désormais ses récits, plus de vingt « qui lui ont fait des manières ». Vlad dit qu'il n'y a pas de raison que la police ne vienne pas les chercher eux aussi, puisqu'ils ont fait pareil que ses parents. « Ces bonshommes iront en prison, c'est bien calfeutré, ils pourront pas sortir. »

De temps en temps, Corinne Bertrand doit lui demander de se taire : elle se sent soudain étourdie, oppressée par les histoires du petit garçon, surtout quand elle est en train de préparer le repas. Elle n'arrive pas toujours à se souvenir de tous ces gens, de toutes ces choses dont il lui parle. Il y en a tant, elles sont si tristes. Il faudrait qu'elle prenne un cahier, qu'elle note tout de suite, mais elle a les mains dans l'évier. Parfois, elle dit à Vlad d'écrire lui-même, ce sera plus simple.

Le juge et les services sociaux ont beaucoup insisté auprès des assistantes maternelles des enfants Delay : il n'est plus question de laisser perdre une seule de leurs révélations. Depuis 1996, il y a eu trop de ratés dans le dossier, trop d'inattentions, trop de rapports qui donnent envie de crier : « Pourquoi n'avez-vous rien fait ? » Il faut surveiller comme le lait sur le feu ces gamins que personne n'a jamais écoutés. Tout ce qui peut les mettre en confiance pour les aider à parler doit être tenté ; chaque cauchemar, chaque toux, chaque souffle doit être consigné. De toute manière, les enquêteurs n'ont pas le choix : la procédure repose pour l'essentiel sur les dénonciations des quatre frères. Sans eux, il n'y a plus d'affaire.

Au commissariat, deux albums photos ont été constitués : l'un avec les portraits des adultes mis en cause, l'autre avec ceux des enfants, victimes supposées. Quand un policier les montre à Vlad, un flot sort maintenant de sa bouche. Une certaine « Roselyne » faisait les mêmes gestes que son père : « Je veux qu'elle aille en prison avec son mari. » La dernière fois qu'elle est venue, elle l'a frappé avec une pelle de jardin de son père. « Elle faisait l'amour avec nous. » Faire l'amour ? « Oui, faire l'amour. C'est quand on met des cassettes porno, des totes dans la bouche ou des sexes en plastique dans le derrière. »

Le policier : « Est-ce que Roselyne mettait des baguettes de pain dans ton anus ? »

Vlad : « Oui et elle les mangeait après. »

Ses frères aussi passent dans le bureau du capitaine. Jordan, 7 ans, soutient, lui, que Roselyne la Boulangère ne leur faisait rien, mais son mari, si. Brian, 4 ans, dit l'inverse. C'est elle – et elle toute seule sans son mari. De son côté, Melvin, qui avait parlé le premier de Roselyne, affirme maintenant qu'il n'a rien vu : Vlad lui a raconté ce qu'elle faisait. En tout cas, une chose est sûre, dit Melvin : Vlad sait. C'est à lui qu'il faut tout demander, il connaît les noms de tous ceux qui ont fait quelque chose.

Par hasard, il se trouve que la famille où est accueilli Melvin depuis plusieurs années habite le village de Samer, comme Corinne Bertrand. À la rentrée, Melvin et Vlad sont dans la même école, on les voit discuter ensemble à la récréation. « Parfois, on est presque comme de vrais frères », s'émeut Melvin. Depuis qu'il n'est plus le seul des enfants Delay à être placés, Melvin s'entend bien mieux avec Vlad. Melvin répète volontiers : « Si Vlad n'avait pas parlé, on était tous morts. Les coupables doivent être punis. C'est Vlad qui l'a dit. »

Dans la vie des enfants Delay, rares sont désormais les jours où « l'affaire » ne surgit pas soudain au détour du quotidien, d'une rue, d'une phrase. En rentrant de l'école, l'un affirme que son maître l'ennuie. « Il me pose des questions sur ce qui s'est passé au commissariat. » Et cette petite fille, qu'il aperçoit près du manège de Samer ? Elle lui rappelle Priscilla, une amie de sa classe aux Merles, qui aurait été victime comme lui. À Outreau, Melvin tombe en arrêt devant une maison, rue des Tilleuls. Là vivrait un autre coupable, le petit en est certain, il reconnaît la balançoire dans le jardin.

Les « tatas » des quatre frères ont pris l'habitude de se téléphoner entre elles. Peu à peu, elles entrent dans ce monde judiciaire. Il les intimide et les attire à la fois. Les voilà prises dans une tourmente dont elles n'auraient pu concevoir l'importance et elles y tiennent un rôle fondamental. Alors, elles se soutiennent. Comparent ce que disent chacun de « leur » fils Delay, se consultent sur les noms cités par l'un ou l'autre, se conseillent sur la manière de rédiger les courriers.

Chaque nouvel élément est transmis par écrit aux services sociaux, qui le communiquent au tribunal, qui le transmet aux enquêteurs, qui sont chargés de le vérifier : Priscilla, le maître d'école, la balançoire…

Parfois, Corinne Bertrand gronde doucement Vlad : « Est-ce que tu me dis bien la vérité ? » L'enfant se fâche comme il sait se fâcher, des colères terribles pareilles à celles qu'il avait à la Tour du Renard. Elle le calme. Elle lui demande : « Pourquoi moi ? Pourquoi tu me dis tout ça à moi ? » Il la fixe. Il lui dit que c'est parce qu'il l'aime. « Moi aussi, je t'aime », répond-elle. C'est une femme dévouée et timide, elle détourne la tête pour que Vlad ne voie pas ses larmes d'amour et de douleur. Avant d'être assistante maternelle, Corinne Bertrand était femme de ménage chez un médecin. Elle se sent désignée, élue, pour cette tâche immense et effrayante : être la dépositaire des paroles de l'enfant martyr.

7

À la Tour du Renard, c'est l'heure où les adultes viennent d'emmener les enfants à l'école. Certains sont déjà remontés chez eux se mettre devant le feuilleton, hommes et femmes ensemble. Seuls ceux qui ont du travail, c'est-à-dire une minorité, quittent la cité le matin : ici, une famille sur quatre en moyenne compte un salarié, au sens classique du terme. Beaucoup d'enfants n'ont jamais vu leurs parents travailler. Dans le quartier, toute la vie a fini par s'organiser autour des gamins.

Les enfants sont les seuls à avoir des horaires, des emplois du temps, des obligations. Ils vont à l'école, ils ont des rendez-vous chez le médecin, ils prennent le bus pour aller en colonie avec le centre aéré, jusqu'en Belgique parfois. Les enfants font les courses, parce que les commerçants du quartier – y compris l'épicier Martineau rue de la Meuse – se sentent mal à l'aise de les renvoyer même quand les parents ont des dettes. Les enfants vont et viennent, ils ont des relations sociales, une vie en dehors de l'immeuble, de la cité. Ils ramènent des éclats de cet autre monde avec lequel les adultes ont de moins en moins de contacts.

Même quand ils n'ont rien à faire, les enfants ont toujours envie de quelque chose. Ils veulent aller à la plage derrière le talus. Ils veulent aller au McDo près du centre Leclerc, plus bas vers la rivière. Ils veulent des baskets de marque.

Les adultes ne bougent presque plus. Avant, quand ils étaient jeunes, eux aussi allaient à la pêche aux moules, chercher des dents de requin dans les falaises, tirer à la carabine dans un garage, réparer une mobylette sur le parking. Leurs désirs se sont éteints doucement, un à un. Maintenant, ils sont là, immobiles devant les immeubles, la journée béante devant eux. Près des boîtes aux lettres crevées, il est d'usage d'attendre le facteur qui n'apporte pas souvent quelque chose, mais « ça fait une activité ». Parfois, quelqu'un pousse jusqu'à une administration chercher un papier. Il revient vite.

Ce devait être l'époque de la série *Amour, gloire et beauté*, mais le feuilleton du moment, l'obsession générale, c'était « l'affaire ». Tout le monde préférait rester près des boîtes aux lettres dans le hall, à l'affût de nouvelles, de rumeurs et – qui sait ? – d'une autre opération de police. Cela faisait longtemps que les adultes n'avaient connu pareille excitation.

Des gyrophares tournent au milieu des immeubles, les policiers brandissent des listes. Ils cherchent à identifier les gens dont les enfants Delay ont donné les noms : un François S., un Julien, une Karine, un Marc D. et un Marc tout court, dont ils ne savent s'il s'agit du même, un Jean-Marie et un Jean-Manuel – qui ne font eux aussi peut-être qu'un –, un Jeoffrey ou un Gaëtan, un David qui pourrait être ou ne pas être Delplanque, déjà en prison. Inlassablement, les voisins sont interrogés sur ces annuaires enfantins qui grouillent d'indications, mais incompréhensibles : listes de prénoms portés parfois par quatre ou cinq habitants du même bâtiment, de patronymes aux mêmes consonances. Dans cette région de fin des terres, ces falaises en cul-de-sac adossées à la mer du Nord, certains s'en vont, mais peu arrivent depuis que le travail est rare. Pas de brassage, de mélange, on reste entre soi, entre gens d'ici, qui se ressemblent jusque dans leurs noms.

Au bas des immeubles, chacun regarde les policiers monter et descendre les escaliers, passer des Merles aux Rossignols, des Mésanges aux Hirondelles, des Alouettes aux Pinsons, et pour finir aux Mouettes. Ils prennent des notes, tournent sur le parking, hésitent, demandent encore, repartent. Martin, un des prénoms livrés par Vlad sans autre précision, est-il le même Martin que ce Martin Ledoux, un employé municipal dénoncé par un collègue qui l'accuse de s'intéresser aux vidéos et aux majorettes depuis que l'affaire a éclaté ? S'il s'agit de ce Martin Ledoux-là, il a une petite fille, Priscilla. Or une Priscilla a également été signalée comme victime par un des fils Delay (mais lequel ?) qui habiterait en face des Merles et fréquenterait la même école des Tilleuls. Et qui connaît ce « Jean-Marc », « un handicapé » qui aurait violé tout le monde, féroce, cruel, vénal, payé par Thierry Delay pour le sodomiser ? Or, un Jean-Marc Couttard âgé de 40 ans, vivant dans un pavillon en bordure de la Tour du Renard, a été arrêté dans la rafle du 6 mars. Il est handicapé mais « trop pour ce qui lui est reproché », note un enquêteur. Couttard ne pourrait monter seul l'escalier jusqu'à l'appartement des Delay au cinquième étage, ni s'habiller ou se déshabiller. Il a été relâché. Y aurait-il un autre Jean-Marc, handicapé, mais moins que Couttard ?

Plus les policiers fouillent, plus la confusion s'installe. Le jour d'après, ils reviennent, cherchent cette fois un « boulanger », sans savoir s'il s'agit d'un monsieur qui fait le pain, d'un nom de famille qui recouperait celui d'un certain Maurice Boulanger – également cité par les enfants – ou de l'époux de Roselyne Godard, surnommée « la Boulangère » parce qu'elle vendait entre autres des baguettes. Or les enfants Delay ont précisé que son mari à elle s'appelait Marc (s'agirait-il dès lors de Marc D. ?) et qu'ils ont six petits. Selon Melvin, il vit aux Mouettes ; selon Vlad, dans une maison à Boulogne. En fait, l'homme qui vit avec Roselyne depuis vingt-six ans s'appelle Christian, ils n'ont qu'une fille et il n'est pas boulanger, mais garagiste.

Le temps passe et la Tour du Renard, minuscule huis clos de sept immeubles plantés en carrés, se transforme en un labyrinthe sans fin où l'enquête s'épuise.

Le 3 avril 2001, enfin, les policiers ont l'impression d'avoir atteint un morceau de terre ferme : la dénommée Karine Duchochois. Elle a 24 ans, est caissière chez Cora en banlieue parisienne. Avant, elle habitait aux Merles juste en dessous de chez les Delay, avec son ancien compagnon, David Brunet. En garde à vue, un policier demande à Karine si elle a fait l'amour avec Vlad et caressé Jordan : « Vous me sciez. Je suis incapable de faire ça. Avec Mme Delay, j'avais une relation de voisinage, du style "T'as pas du sucre ?". Elle était chiante, toujours à demander quelque chose. Elle venait pleurer chez moi et, maintenant, elle dit que je fais des trucs avec ses gosses. Pour faire des partouzes avec les Delay, faudrait en avoir envie. Lui, c'est un gros cochon et elle, c'est pas Pamela Anderson. »

Karine Duchochois est mise en examen.

Maintenant, à la Tour du Renard, toutes sortes de plaisanteries circulent. Les gens se regardent dans les yeux, comme on joue à « Je te tiens par la barbi-

chette ». Et brusquement, l'un montre l'autre : « Tu es
le prochain que la police viendra chercher. » Puis ils
rient. Dans l'escalier, on commente les noms de ceux
qui ont été arrêtés, ceux qui vont sûrement l'être ou
ceux qui devraient déjà l'avoir été. Chacun a son idée
sur qui pourrait sembler louche et on en débat avec
fougue. Au bout d'un moment, on finit par ne plus
savoir qui est réellement suspecté. Tout s'embrouille,
la tête vous tourne. Chacun essaye de se remémorer qui
a été reçu dans l'appartement des Delay, mais, en cher-
chant, la plupart des voisins réalisent alors y être allés
eux-mêmes, une fois ou l'autre. « On ne peut pas toujours dire non, n'est-ce pas ? » Et qu'est-ce qu'on avait
vu de ces histoires de cassettes et de partouzes dont
toute la cité bavarde maintenant ? Les gens des autres
bâtiments le demandent sans cesse : « Comment ça se
fait que vous ne vous soyez pas rendu compte ? » Est-
ce qu'on était aveugle ou fou de n'avoir rien aperçu,
au moins deviné ?

Le 10 avril, une semaine plus tard, c'est Roselyne
Godard, « la Boulangère », qui est arrêtée et empri-
sonnée.

Pendant des années, Roselyne avait patiemment gravi
les échelons administratifs dans des entreprises de marée
à Boulogne-sur-Mer. À 43 ans, elle avait décidé qu'un
plan de restructuration serait sa chance. Roselyne s'était
enthousiasmée pour les best-sellers de Paul-Loup Suli-
tzer, elle voulait monter sa « boîte », devenir chef d'entreprise et rencontrer le succès. Elle disait : « J'ai de
l'ambition. »

Roselyne avait pensé vendre sur les marchés, se spé-
cialiser dans la brocante, tenir une baraque à frites...
Mais c'est un ami de son mari qui avait fini par lui donner
« le truc marketing » qui la conduirait, espérait-elle, à

la réussite : une camionnette de confiserie dans les cités. « Tu verras, là-bas, ils mangent plus de bonbons que de viande », avait dit l'ami.

Roselyne arrivait à la Tour du Renard en klaxonnant. Elle se garait sur le bout de parking en face des Merles. Dans le fond de la camionnette luisaient les bocaux alignés, un aménagement bricolé le dimanche par Christian, son mari garagiste. Les gamins se rassemblaient par grappes. Roselyne vendait des friandises de toutes sortes, dont certaines variétés rares et prisées qui ne se trouvent qu'en Belgique. Les souris caramel-chocolat, vendues à l'unité, étaient considérées comme sa spécialité et elle en écoulait des kilos par semaine. Les enfants recevaient gratuitement un bonbon, sur présentation d'une bonne note. C'était une des opérations publicitaires dont Roselyne était le plus fière.

Elle avait rajouté un petit stock d'épicerie, des pâtes, des canettes et ces baguettes bien sûr qui lui valurent son surnom. Elle faisait crédit, sinon mieux valait vendre ailleurs qu'à la Tour du Renard. Ceux du quartier se sont vite rendu compte qu'elle n'avait pas l'habitude. Elle avait trop vite pitié. Les gens lui racontaient inlassablement leurs histoires qui, toutes, se terminaient de la même façon : « On n'a plus rien à manger. Tu pourrais pas nous dépanner, Roselyne ? » Elle écoutait gravement, elle avait vraiment l'impression que les gens venaient la voir parce que c'était elle, Roselyne, sur qui ils pouvaient compter, et pas seulement une personne de plus à baratiner pour lui extorquer quelque chose.

Elle inscrivait les comptes sur un cahier noir et avançait la marchandise sans chicaner. Certains arrivaient même à lui soutirer de l'argent en liquide.

Roselyne avait bon cœur, elle aimait aussi l'afficher, un côté scout. Elle disait faire ça pour que les enfants aient à dîner et qu'on rembourserait le mois suivant. La Tour du Renard n'était pas son monde, mais ça lui plaisait, ces confidences murmurées au milieu des friandises. Elle se sentait indispensable et elle en était fière. « Cela m'a touchée, cet univers à part, écrasé par la vie. J'avais l'impression de servir à quelque chose, je suis sûre que j'avais une place importante dans la vie de ces gens. Ils ne connaissaient pas le nom du président de la République, mais celui de Roselyne la Boulangère. Et cela me restera toujours, malheureusement. »

Cela a commencé avec des ardoises de 100 ou 200 francs. Quelques-uns la faisaient lanterner en lui reversant de petites sommes, mais, de partout, ça s'est mis à grimper vite. Ils étaient une bonne quinzaine à la Tour du Renard à avoir leur nom sur le cahier noir. Myriam Delay devait dans les 2 000 francs. Une dame du troisième, 5 000.

Au bout de quelques mois, en 1999, Roselyne n'arrivait plus à boucler ses comptes. Elle a essayé de récupérer son argent en courant dans les étages, mais chacun lui expliquait avoir des dettes plus urgentes. Personne ne se gênait avec elle. Elle n'était pas du genre à envoyer les huissiers, comme l'épicier Martineau. On dit que lui, il sait se faire respecter : son père, déjà, vivait de la cité. Martineau se souvient que le magasin vendait alors du steak tous les jours, « et du bœuf, pas du cheval ». Les hommes travaillaient tous, ouvriers, petits fonctionnaires. « Il y avait même des comptables et un kiné. Ça comptait pour eux, ce qu'ils mettaient dans leur assiette. En ce temps-là, on était mal jugé si on ne mangeait pas riche. »

Roselyne restait parfois jusqu'à minuit, une heure du matin, en bas des immeubles, à écouler ses canettes de bière aux groupes de jeunes, espérant se refaire à la manière d'une joueuse qui accumule les déveines. Les gens devenaient fuyants avec elle, ils la regardaient se noyer dans les comptes du cahier noir.

Elle est d'abord tombée malade. Puis elle est revenue. Elle s'était mise à la confiserie pour les fêtes et les baptêmes, vendue sur commande selon une méthode commerciale particulière qui – elle en était persuadée cette fois – ne pourrait que marcher. Elle ne venait plus qu'un jour par semaine livrer chez Martine Goudrolles, qui lui servait d'intermédiaire dans la cité.

De temps en temps, Roselyne en profitait pour tenter de relancer ceux qui lui devaient de l'argent. On l'entendait monter les escaliers en toussant parce qu'elle fumait trop. On la laissait sonner sans ouvrir et on riait sous cape.

Roselyne Godard était gentille. Ici, personne n'aurait dit le contraire. Dans un journal local qui relatait son arrestation, un article disait « trop gentille ». Le papier avait circulé de main en main. Chacun se regardait. C'est vrai, au fond. Les voisins se souvenaient de sa camionnette sur le parking, juste en face de chez les Delay. « Comme par hasard et jusque tard dans la nuit, parfois. C'est bizarre, non, pour une vendeuse de bonbons ? » Et quand Roselyne montait dans les étages, qui pourrait dire vraiment ce qu'elle allait y faire ? Pourquoi cette femme s'accrochait-elle à la Tour du Renard ? Elle savait bien y avoir été arnaquée. Pourquoi retourner ici pour sa deuxième entreprise ? « En tout cas, elle ne viendra plus rien réclamer », a dit quelqu'un. Dans le cahier noir, il avait 420 francs de dettes.

Roselyne a quelque chose de masculin, une silhouette râblée, un visage carré, cheveux raides et courts avec une frange taillée à mi-front comme un petit garçon. Elle vient de Berck, a vécu à Hesdin-l'Abbé, juste derrière Boulogne. Finalement, qui la connaissait vraiment ici ? On ne l'appelle plus que « la Boulangère » depuis que quelques-uns du quartier ont appris par des policiers que les frères Delay l'accusent de leur mettre des baguettes de pain dans le derrière. Dans le hall, une femme se fâche. « Vous vous rendez compte ? Faire ça à nos enfants à nous alors que nos enfants, c'est tout ce qu'il nous reste ! » Il paraît que « la Boulangère » nie. Un homme rigole. « Ouais, c'est ça. De toute façon, ils nient tous. »

De temps à autre, quelqu'un regarde l'heure : avec toutes ces histoires, il ne faudrait pas manquer la sortie des classes, onze heures et demie. Les vrilles d'une perceuse déchirent l'air, là-haut dans les étages, et en bas, près des poubelles, un jeune type fait pétarader en écho le moteur de sa mobylette. Des chiens se mettent à aboyer. La perceuse repart. La mobylette répond. Dans le bâtiment « les Mésanges », deux voisins se battent à la chaîne stéréo. Chaque fois que l'un monte le son, l'autre le pousse plus fort encore. Passe un bus pour Boulogne-sur-Mer, presque vide. Les sans-emploi ont droit à un tarif spécial. « Mais on irait quoi faire là-bas ? »

Pour le déjeuner, on enverra un gamin chez l'épicier Martineau, chercher des frites surgelées et des saucisses de Francfort, format cocktail en boîte de conserve, pour ceux qui ont les moyens.

8

Mourad, mon frère,
Je t'écris pour te donner de mes nouvelles. Il fallait
que je te dis où je suis : en prison de Loos et Thierry
à Longuenesse. Je l'ai dénoncer. J'ai tout di ce qu'il
avait fait aux enfants et se que moi j'ai fait. Il fallait,
je pouvais plus. Peux-tu m'envoyer un mandat pour
que je peux cantiner ? Si tu veux pas, c'est pas grave
mais ne m'oublie pas. Moi et Thierry c'est fini. Je
vais demander le divorce. Il cachait dans une malette
12 gonichets. Les enfants ont vécu des attouchements
sexuels. J'ai été battue Mourad. Tu peux pas savoir.
Tu es tout ce qu'il me reste, ne m'abandonne pas. Je
suis très faible et fragile. Je vais me prendre en main je
suis encore sous le choc de tout ce que j'ai vécu et fait.
Je vous aime, Myriam.

Au printemps 2001, cela fait plusieurs semaines que
Myriam est en prison et, à l'horizon, elle ne voit plus
que son frère Mourad. L'appartement et les meubles
des Delay sont en train d'être liquidés, les enfants sont
placés. Elle a écrit à tout son petit monde, à Martine
Goudrolles, l'amie du Nain jaune, à l'association « Vie
Libre », à deux voisines du troisième, à sa belle-mère
Janine et à sa belle-sœur Isabelle. Personne n'a répondu,

personne n'a réclamé de permis pour lui rendre visite au parloir de la maison d'arrêt. Maintenant, elle ne voit pas qui le ferait.

À part Mourad, justement.

Il est le dernier de sa famille à qui elle parle encore depuis la mort de leur père, Mohamed Badaoui. Il était venu d'Oran peindre des coques de bateau à Boulogne-sur-Mer. Le frère et la sœur ne se sont pas vus depuis un moment, mais le fil n'est pas rompu. Ils se sont toujours tenu les coudes, dépannés d'un billet ou deux. Rien à voir avec les trois sœurs aînées, parties de Boulogne comme on s'enfuit, tirées d'affaire avec mari et profession.

La plus âgée, Nadia, est entendue en tant que témoin pendant la procédure. Elle se trouve tout embarrassée par cette bouffée de malheur qui vient soudain la rattraper dans un gros bourg des Alpes, où elle est secrétaire. Elle se souvient du divorce des parents, la belle-mère qui ne s'occupait pas d'eux et encore moins de Myriam, la dernière-née, la détestée, qui passait plus de temps dehors qu'à la maison. À 14 ans, quand son père l'a emmenée en Algérie pour des vacances, Myriam était toute contente. Elle était toute contente aussi de la grande fête donnée en son honneur, là-bas. Myriam avait confiance en son père, elle a toujours été candide. Ce n'est qu'à la nuit, au moment où elle a senti la main d'un jeune homme dans son lit, qu'elle a compris : la grande fête était la cérémonie de son mariage. Nadia dit : « Cela ne nous serait pas arrivé à nous. Nous étions plus méfiantes. »

La famille est éparpillée quand, en 1991, Myriam revient, dix ans plus tard, après son divorce. C'est encore Nadia qui parle : « Nous nous sommes revues peut-être quatre fois depuis. Je peux vous affirmer que ma sœur a dû être très malheureuse pendant son enfance, mais je ne peux pas dire que je l'ai vraiment connue. Nous avons vécu quelques années côte à côte, c'est tout. »

Parfois, dans un magasin à Boulogne-sur-Mer, Myriam croisait sa mère, Noëlle, une Française, qui n'a jamais quitté la ville. Nouveau mari, nouveaux enfants, nouvelle vie. Bonjour, Bonjour. Au revoir, Au revoir. La mère et la fille sont fâchées, ça remonte à si loin qu'elles ont oublié pourquoi.

Mourad ne répondra jamais à la lettre de sa sœur. Aux premiers remous de l'arrestation, il a décampé de la région, avec femme et bagages. Myriam est seule à nouveau, tout à fait seule. Elle a 34 ans. Elle dit : « J'en ai marre que personne me comprenne. Je veux repartir à zéro. » Tout le monde l'a fait dans sa famille. Pourquoi pas elle ?

À la prison, Myriam s'empresse devant ses codétenues, un peu plus devant les gardiennes et plus encore devant les gardiennes-chefs. Elle s'inscrit à tout ce qu'elle peut, les « cours d'école », l'informatique, la couture. « À la maison, je n'avais plus le droit de rien sauf des relations qui ne me faisaient plus aucun plaisir. Parfois, j'étais même obligée de mettre de la glace dans un gant de toilette tellement j'étais échauffée. » Elle soupire. « Mon mari, c'était une vraie bête, six à sept relations par jour. Quand ça n'allait plus par-devant, il me retournait, clac comme une crêpe, pour continuer par-derrière. » Elle parle, elle parle de plus en plus, elle parle jusque tard dans la nuit dans la fumée des cigarettes de ses codétenues. Personne ne la rabroue, personne ne se moque d'elle comme les voisins aux Merles. Au contraire. On lui demande des détails. Le mardi après-midi, elle s'est inscrite en

« psychothérapie ». Elle dit : « Ici, on m'écoute, on me comprend. C'est ma famille. »

En cellule, Myriam ne se trouve finalement pas si mal. Elle a connu les foyers, après son divorce. « C'était super. La prison, ça ressemble un peu. Je me sens mieux que chez moi. » Un expert lui fait passer un test projectif, le Rorschach, où il s'agit d'exprimer ce qu'évoque chaque dessin. Jamais, de toute sa carrière, l'expert n'avait obtenu de tels résultats. « Mme Delay recherche sciemment des perceptions sexuelles sans tenir aucun compte de ce que représentent les planches que nous lui présentons. » Quelles que soient les figures, elle donne les mêmes récits. « Là, je vois le derrière d'un de mes fils. » Ici, « c'est un anus ». Sur cette autre, « une position que mon mari me faisait prendre ». Ou bien, « une scène érotique ». L'expert dit que Mme Delay n'a aucune obsession particulière. « Elle pense que c'est le type de réponse qu'on attend d'elle et tente de se conformer au désir de celui qui l'interroge, comme un bon élève à l'école. Elle abonde toujours dans le sens de l'autre, quitte à aller trop loin. »

À chaque interrogatoire, le juge d'instruction Fabrice Burgaud la sermonne. Il est persuadé qu'elle n'a pas tout avoué, il croit en un réseau plus vaste que le cercle familial des Delay, quelque chose d'inouï – quoique encore confus – mais que laissent entrevoir les listes de noms donnés par les enfants. Pourquoi, sur ce point, les petits garçons inventeraient-ils ? Ils sont, au contraire, les seuls jusqu'ici à dire la vérité face à ces adultes qui cherchent sans cesse à se dérober. Myriam avait commencé par nier avant de reconnaître son propre rôle dans les viols. Aurélie Grenon et David Delplanque aussi.

Alors, pourquoi le reste ne serait-il pas vrai, *aussi* ?

« Les enfants ne sont pas des menteurs », répète le juge.

Et Myriam, « la bonne élève », benoîtement : « Les enfants ne sont pas des menteurs. » Puis elle se reprend : « Mais attention, faut pas non plus qu'ils disent ce que j'ai pas fait car parfois les enfants disent oui et après ils disent non. J'ai tout dit, pourquoi voulez-vous pas me croire ? Dois-je mentir ? Dois-je dire ce que j'ai pas fait ? »

Son avocat de l'époque lui a promis qu'elle comparaîtrait libre à son procès. Elle est sûre d'être bientôt relâchée, elle a commencé à réfléchir à ce qu'elle fera « dehors », bientôt. L'avenir s'appelle Marcel. Il est veilleur de nuit dans un foyer pour SDF à Lille. C'est le frère d'une codétenue, qui a fait l'entremetteuse. Myriam dit : « Je sais que c'est ridicule, mais je vis une seconde jeunesse. Je me sens comme une enfant de 16 ans. » Marcel l'aimera. Ils se marieront. Elle sera heureuse. Elle y croit, comme elle a cru à la grande fête en Algérie, à la vie avec Thierry. Cela fait deux mois à peine qu'elle a été arrêtée et elle se laisse emporter vers cette autre vie.

Elle se rêve à Lille dans un logement de la mairie. Une assistante sociale passerait de temps en temps. Une association l'aiderait à décrocher non pas un travail – elle ne l'imagine pas –, mais ce qu'elle nomme une occupation. « Je voudrais faire quelque chose de bien de ma vie. »

Quant à ses quatre fils, elle n'est pas sûre de les revoir. Elle a écrit à Melvin, l'aîné, qu'elle est en voyage, et pour longtemps. « Tu es l'ange qu'on m'a donné mes Maman t'a cassé tes ailes. » Elle répète souvent que, de toute manière, les enfants ne lui pardonneront pas. Elle l'espère même, leur demande de ne pas le faire. À leur place non plus, dit-elle, elle ne pardonnerait pas.

Alors, ils ne seront que tous les deux, elle et Marcel. Il est sa chance, elle en est convaincue. De toutes ses forces, elle veut le rejoindre maintenant, tout de suite. Elle a demandé au juge Burgaud l'autorisation de correspondre avec Marcel. « Je l'aime. Je lui ai dit que mon but, c'est m'en sortir. Même si je prends beaucoup, ça me fera réfléchir que la prochaine fois il faudra que je parle, mais il n'y aura pas de prochaine fois. Il y aurait une machine à remonter le temps, je ferais ma vie autrement. J'espère qu'on ne me jugera pas d'avoir un correspondant, ça n'a rien à voir dans l'histoire. »

Elle a demandé à un magistrat s'il était envisageable qu'elle sorte en liberté provisoire. Elle a compris que oui, à condition de collaborer avec la justice.

Elle vient de déposer une demande quand Fabrice Burgaud la convoque de nouveau, le 2 mai 2001. Elle lui dit qu'il est juge d'instruction, mais qu'elle est sûre qu'au fond de lui il a de la gentillesse. Elle le supplie de l'accepter, à genoux, dit-elle. Elle veut le faire, physiquement, mais un gendarme l'oblige à se relever. Elle reste là, encombrante, implorante, gênante presque, rôle qu'elle connaît si bien, toujours à la merci d'un plus fort, d'un plus brutal dont elle guette les volontés et les lubies.

« Il faut parler », dit le magistrat.

Elle ne comprend pas ce qu'il veut entendre de plus. Elle dit ce qu'elle pense qu'il faut dire.

« Le monsieur du sex-shop, rue des Religieuses-Anglaises à Boulogne-sur-Mer, voulait monter une affaire pour attouchements d'enfants. C'est un homosexuel. Il travaille de nuit. Thierry est allé le voir. Ils ont pris des photos et tourné des cassettes avec les enfants. Puis, le patron du sex-shop est venu à la Tour du Renard avec un berger allemand. Il voulait que je fasse l'amour avec le chien, je n'ai pas voulu. Le monsieur n'était pas content parce qu'il avait payé mon mari. Il a proposé que je me prostitue. »

C'est ce qui s'est passé, raconte-t-elle, avec des Anglais, débarqués spécialement pour elle à l'immeuble des Merles. Les enfants, eux, auraient dû partir en Belgique pour d'autres photos et puis « ça ne s'est pas fait. Ma main au feu que mon mari faisait partie d'un réseau pédophile, avec au moins une quinzaine de personnes, c'est pour ça la Belgique. Je pense qu'il devait retrouver là d'autres enfants et d'autres grandes personnes. Je sais que je risque gros mais je vous aiderai jusqu'au bout. Mon mari et le monsieur du sex-shop dirigeaient ».

Pendant l'interrogatoire, le juge et l'accusée avancent à tâtons. Il lui dit que les enfants ont parlé d'une boulangère. Elle répond : « S'ils le disent. » Il lui demande : « Qui est-ce ? » Elle pense que « ce doit être la patronne de "La Tarte aux Pommes" parce que c'était la pâtisserie la plus près de chez nous ».

Le juge lui parle de Roselyne Godard. Il vient de l'arrêter. « Vlad dit qu'elle le sodomisait avec du pain. »

Myriam : « Ah bon. C'est pour cela qu'il avait le derrière tout abîmé. Elle montait à l'invitation de mon mari, je ne savais pas pourquoi. Au lieu de le payer, elle déduisait l'argent de ce que je lui achetais. Quand je voulais la rembourser, elle disait : "T'en fais pas, c'est déjà fait." »

Myriam racontera que c'est comme ça que cela a commencé. « Les enfants donnaient des noms, le juge revenait me chercher et me disait que c'était vrai. Je le croyais, alors je continuais derrière. Je trouvais injuste que je porte toute seule le fardeau si il y avait tout ce monde. »

Pour les Lavier, interpellés puis relâchés lors de la rafle du 6 mars, Myriam dit maintenant qu'elle en est sûre : ils y étaient.

9

Le père de Thierry Delay était mineur de fond. Il
s'était approprié la cave de son pavillon dans la cité
ouvrière de Bully-les-Mines, personne ne pouvait y
entrer. Il cachait des photos de femmes nues dans la
boîte à graines des canaris. « C'est moi qui l'a découvert », dit Thierry. Sa mère commente : « Certains
hommes aiment regarder cela. »

Pendant trente ans, Janine a été femme d'ouvrage
chez un dentiste, de cinq heures du matin à neuf heures
du soir. Quand les magistrats l'interrogent, après l'arrestation de son fils, elle ponctue chaque question d'un
« ouiiiiiiiiiiiiiiiiiiii », strident et modulé comme le cri
d'un oiseau.

Ouuiiiiiiiiiiiii, Thierry, enfant, devait manger seul
enfermé dans sa chambre.

Ouuuuiiiiiiiiii, le père était violent avec le fils.

Ouuuuuuiiiiii, plus tard, le père faisait comme si le
fils n'était pas là quand Thierry passait en visite.

Ouuuuuuuuiiiiiiiii, un jour c'est le fils qui a battu le
père quand celui-là lui a reproché, comme à chaque
fois qu'ils se voyaient, d'en être à son quatrième
mariage.

Ils se sont presque réconciliés quand Thierry lui a
offert trois cassettes porno un lundi de Pentecôte.

La mère n'en est toujours pas revenue. « Des cassettes porno ! Je voulais pas avoir ça à ma maison. On est dans le brin[1] avec ces trucs-là. Non ? »

Quand le fils a eu 8 ans, le père s'est mis à abuser de lui, une fois par semaine, dans la chambre du haut. Mais de cela, il ne faut parler ni à la famille ni aux inconnus. « De toute manière, on ne dit pas de mal d'un mort. Il n'est plus là pour se défendre », explique la mère. Le père s'est pendu dans la maison un jour d'été 1999. La mère reprend : « Ils sont comme ça dans leur famille : d'autres l'avaient fait avant lui. »

Depuis que Thierry est en prison à Longuenesse, la mère ne rate pas un parloir. Parfois, Isabelle, la sœur, vient aussi. Tout a été si différent avec elle. Isabelle est restée chez ses parents jusqu'à 25 ans, elle travaille dans l'Éducation nationale ; Nicolas Nord, son mari, est cadre commercial. Ils se connaissaient depuis l'enfance, ils habitent un pavillon, tout près de chez la mère, ils ont un enfant, ils vont avoir 30 ans.

Deux ou trois fois, Isabelle et Nicolas étaient allés boire l'apéritif à la Tour du Renard. Thierry qui vit d'aides sans chercher de travail, Thierry qui ne téléphone à sa mère que pour lui demander de l'argent, Thierry qui étale sa collection de cassettes X au milieu du salon, Thierry dont les quatre fils hurlent sans que rien les fasse taire : non, Nicolas n'aimait pas son beau-frère. Quant à Myriam, ils ne se fréquentaient pas davantage, mais ne se disputaient pas non plus.

Maintenant, la catastrophe est là, énorme. Thierry est assis derrière la vitre du parloir, et eux sont en face, sur le banc des visiteurs.

La mère demande à Thierry s'il a besoin d'un pull.

1. « Être dans le brin » : être dans la merde, en argot du Nord.

Il fait l'œil rond. Pourquoi ? Il en a un. « D'autre, j'n'ai pas besoin. »

La mère regarde autour d'elle dans la prison. Elle dit : « Y a que des hommes ici[1]. »

Thierry : « Ben oui. »

La mère : « Y a de tout. Des voleurs, des violeurs. Et avec elle, avec Myriam, comment ça allait ? »

Thierry : « Ça allait couci-couça. »

La mère : « Mais pourquoi t'arrives pas à te tenir avec les femmes ? C'est tout de même la quatrième. »

Thierry : « Y a un problème. »

La mère : « Mais alors tu te rappelles plus de tes conneries ? »

Thierry : « Non, rien du tout. »

La mère : « On a marre de tout ça. On se demande quoi. On est naze. On sait pas si c'est vrai, si c'est pas vrai. Et vos problèmes, vous les avez depuis quand ? »

Thierry : « Problèmes de quoi ? »

La mère : « Ben ça arrive tout seul, d'un coup, pouf-pouf ? T'es bizarre, hein. »

Thierry : « Je sais pas, moi. »

La mère lui dit que des familles ont été emmenées, à la Tour du Renard.

Thierry : « Emmenées où ? »

La mère : « Ben, elles sont incarcérées. »

Thierry : « Qui c'est qui est incarcéré ? »

La mère : « Tes voisins à droite. »

La sœur se met à rire et la mère aussi, son rire étrange comme un cri. Elles disent : « C'est des pédophiles », et elles rient encore.

---

1. Le juge Burgaud a ordonné de mettre sur écoute les conversations au parloir entre Thierry Delay et sa famille. Les transcriptions sont archivées au dossier d'instruction.

La sœur : « Tout à l'heure, il va plus rester personne dans la résidence. »

La mère : « Ouais, tout le monde il va être incarcéré. Il paraît que Vlad, il s'est mis un crayon dans le derrière. T'as déjà vu ça, toi ? »

Thierry : « Qui c'est qui t'a dit ça ? »

La mère : « Ça vient de l'école. Alors t'auras violé tout le monde d'après ce que j'ai compris ? »

Thierry : « Ben, peut-être. »

Au parloir, Janine, la mère, se penche vers son fils : « Tu sais, Myriam, elle avait aussi écrit au président de la République. » C'était quand les enfants avaient été placés. Et puis maintenant, elle écrit au juge. Tout le temps.

Delay, lui, n'a reçu de sa femme qu'une lettre ou deux depuis leur arrestation. C'était pour lui demander le divorce :

> Je vais être franche : toi et moi, c'est fini. Tu ne parles même pas de ce que tu as fait. Thierry, je préfère te le dire, je connais quelqu'un d'autre, je corresponds avec lui. Ne m'écris plus, je te répondrai pas. Tes qu'une pourriture. Comment j'ai pu rester avec toi. ADIEU.

Thierry s'étrangle. « Elle écrit, c'est bien. Elle écrit toutes les semaines au juge d'instruction. Y va peut-être n'avoir marre d'elle aussi parce qu'elle répète toujours la même chose. »

Et Thierry pleure de jalousie au parloir de la prison. Il les déteste, le juge, Marcel, le président de la République, tous ceux à qui Myriam écrit et pas lui. Il ne veut plus rien faire en prison, sauf aller au Centre biblique et calligraphier d'interminables poèmes dédiés

à Myriam sur des pages décorées comme des parche-
mins.

> Tes lèvres sur les siennes, ça me prend plein de haine.
> Je maudis Marcel qui me prend la femme que j'aime.
> Moi, je ne suis qu'un outil usager qu'on jette à la fer-
> raille après usage. Je ne verrai pas les enfants grandir,
> c'est cassé comme une poupée de porcelaine. Elle est
> détruite et la meilleure colle du monde ne pourra pas
> recoller les morceaux. Tu me mets tout sur le dos. Je
> suis encore amoureux de toi. J'ai envie de mourir.
> PS : Tu as la télé ? Ti amo.

10

Ça devait être deux ou trois ans plus tôt, les jeunes des Merles avaient voulu faire une émeute comme dans les banlieues chaudes. Ils avaient mis la musique trop fort, vers minuit, pas même un samedi soir. Quand les policiers ont fini par arriver, les jeunes ont ouvert la fenêtre et les ont bombardés de canettes. Ils criaient : « On va vous niquer votre mère. On est au moins cinquante ! » Ils devaient être une dizaine, pas plus, ils se sentaient redoutables, ils lançaient des défis, ils espéraient un grand assaut, les lacrymogènes, peut-être même une voiture qui flambe et les caméras de télévision pour le final.

C'était l'époque des policiers de proximité, aucun ne s'était énervé. Ils avaient palabré des heures avant de se résigner à embarquer les deux ou trois plus excités.

« C'est quand on est jeune, ça fait des super-souvenirs », s'émeut Sandrine Lavier. Elle y était le soir de l'émeute, ses longs cheveux blonds sur les épaules, son ensemble jean fantaisie avec incrustations sur les cuisses et broderies sur les fesses. Elle avait 20 ans alors et déjà deux enfants. Pour Aude, l'aînée, le père était « alcoolique et jaloux. Même les services sociaux l'ont reconnu plus tard : il venait bourré aux droits de visite ». Elle l'a quitté pour un autre, le père de Marina. « Un gars à problèmes lui aussi. Au début, ça allait, mais, vu le quartier, il s'est mis à boire. » On l'a retrouvé mort en bas de l'escalier, il n'avait pas 18 ans, il était ivre, croit-on. Ses copines disent : « Sandrine, elle est bien, physiquement s'entend. Elle pourrait se sortir qui elle veut. » Sandrine adorait la Tour du Renard. « On était entre jeunes, on s'amusait. On avait tous plus ou moins retrouvé des collègues d'école, on était tout le temps les uns chez les autres. L'été, on s'arrosait d'eau en bas des bâtiments. On se passait la lampe à pétrole quand l'électricité avait été coupée chez l'un ou l'autre. »

Sandrine a rencontré Franck Lavier en octobre 1998, à une autre fête aux Merles. Il était déjà venu en visite à la Tour du Renard. Son cousin connaissait une fille sourde dans la cité : on disait qu'elle ne parlait que quand un garçon lui faisait « ça ». « Vous comprenez ce que je veux dire ? » Franck et son cousin étaient arrivés un soir par le canal des marins, en buvant des canettes. La fille sourde était chez elle. Le cousin a commencé pendant que Franck continuait à la bière. Il s'est endormi d'un coup, jusqu'au matin. Finalement, il n'a jamais su comment ça se passait avec la fille sourde.

Cette fois, il accompagne un copain qui veut draguer Sandrine. « Moi j'aimais les femmes plus âgées, rapport à l'expérience. En fait, c'est Sandrine qui m'a dragué. » Franck a des yeux bleus, une réputation de cavaleur. Il dit que ça a été le coup de foudre.

Franck a posé ses valises dans son appartement à elle, au quatrième étage des Merles, juste en dessous de chez les Delay. Myriam, surtout, les agaçait. « Elle s'accrochait, elle voyait qu'on faisait la fête, elle voulait venir avec nous », dit Lavier.

Sandrine a quatre enfants maintenant. Les deux derniers, Sabrina et Colas, sont de Franck. Elle dit qu'il est temps d'« arrêter les dégâts : il me faut une vie impeccable ». Franck s'est inscrit dans une boîte d'intérim, avec mention « disponible même le dimanche ». Il a retiré des arêtes de saumon à la pince à épiler dans une usine. Il a passé le balai dans un entrepôt. Il a décroché le permis de conducteur d'engins. Il est « prêt à tout pour avoir un vrai métier d'homme, comme un caméléon dans la jungle. Je veux travailler ». Franck aime parsemer sa conversation d'expressions qui claquent. En les disant, il relève le menton, écrase sa cigarette sous la semelle compensée de ses chaussures bleu pétrole, bordées de grosses coutures à l'anglaise. Un débardeur découvre les ailes de la chauve-souris tatouée dans son dos. Franck trouve que la bête lui ressemble. « Moi non plus, je ne dors pas la nuit. C'est mon portrait psychologique même si je ne chasse pas les moustiques. » Il rallume une cigarette, module un rond de fumée, lance une blague sur une fille qui rentre de chez Champion. Si sa mère était là, elle en rirait d'orgueil à le voir comme ça, fier-à-bras du quartier.

Franck et Sandrine Lavier ont acheté une salle à manger chez Conforama, avec panneaux bleus, façon laque de Chine, sur les portes du buffet. Ils l'ont payée cash et la machine à laver aussi. Sandrine dit que, chez eux, « on pouvait ouvrir le frigo, on ne voyait pas quel jour du mois on était. C'était plein tout le temps ».

À la rentrée scolaire, les enfants sont habillés de neuf, de cher, de marque. Les mères de la Tour du Renard disent que tous les enfants de France reçoivent ces choses qu'on voit à la télé. Alors pourquoi les leurs ne les auraient pas ? Pour les anniversaires, ils commanderont à la pâtisserie « La Tarte aux Pommes » de gros gâteaux avec des écritures en chocolat du genre « Bonne fête, Sabrina », des navettes spatiales en sucre, des footballeurs en plastique qui poussent des ballons en pâte d'amandes, des majorettes qui ont des cheveux collés et une jupe en tissu brillant, des monstres japonais qui bougent les bras et jettent des pastilles en chocolat de toutes les couleurs. Les Delay aussi le faisaient. C'est cher, mais tout le monde le fait, même ceux qui n'ont pas les moyens. Les mères protestent : « C'est parce qu'on est pauvres qu'on n'y a pas droit ? » Les enfants auront tout, des trottinettes chromées avec des roues qui lancent des éclairs, des PlayStation couleurs, des déguisements pour Halloween achetés spécialement dans un magasin. Les enfants auront tout ça parce que les enfants, c'est tout ce qu'on a. Non ?

Au dernier Noël, à la Tour du Renard, Franck et Sandrine avaient aligné sous le sapin 1 500 francs de cadeaux pour chacun des enfants. Les grandes avaient reçu « tout Pokémon » et, pour les deux petits, des bébés encore, Franck et Sandrine avaient tenu à acheter des marques, Playmobil ou Spider Man. « On voulait réussir dans la vie. »

Après la rafle du 6 mars, les Lavier étaient rentrés chez eux avec les quatre enfants. « Manque de charges », disait le rapport de police. Trois mois plus tard, Franck était en train de retaper une Renault 25 rouge, vitres électriques avant et arrière, néon et sono, une vraie discothèque à roulettes, quand les policiers sont revenus, le 28 mai 2001. Entre-temps, Myriam avait lancé ses nouvelles dénonciations et les enfants Delay avaient reconnu leurs voisins du quatrième sur l'album de photos au commissariat.

En garde à vue, un policier demande à Sandrine : « Avez-vous sodomisé Vlad et Jordan avec des objets ? »

Sandrine : « Je ne sais pas à quoi cela ressemble. Je n'ai jamais vu ce genre d'objets. »

Le policier : « À quoi pensez-vous en répondant "ce genre d'objets" ? »

Sandrine : « Je ne sais pas, je réponds comme cela. Tout le monde dans le quartier, à l'école, parle que vous avez découvert toutes sortes d'objets chez eux. Les enfants se sont monté la tête. Ils connaissent tout le monde dans le quartier. C'est facile de faire des accusations. » Le butin de la perquisition chez les Lavier est là : deux cassettes, *Private Club aux Seychelles* et *La Semaine d'une bande de petites salopes*, des polaroïds du couple déshabillé cachés dans la pochette d'un CD. Sandrine se fâche. « Et alors ? Même les personnes haut placés ont une vie privée. »

Franck est conduit devant Fabrice Burgaud. Il nie lui aussi, grande gueule, torse bombé, les chaussures bleu pétrole, comme il se défendrait dans l'escalier de la Tour du Renard.

Le juge : « Melvin Delay affirme que vous avez eu des relations sexuelles avec sa mère. »

Lavier : « Non, je préfère me taper un chien. »

Le juge : « Avez-vous demandé des fellations à Jordan et Vlad Delay ? »

Lavier : « Je préfère encore me branler dans un billet de 500 francs. Thierry Delay a une petite bite car je pense que pour s'en prendre aux enfants, il ne faut rien avoir. Il faut être pédé. »

Le juge : « Avez-vous déjà vu le sexe de Thierry Delay ? »

Lavier : « Non, je l'ai aperçu en short et il n'avait aucune forme. Je dois ajouter sans me vanter que j'ai

81

déjà sodomisé mon épouse Sandrine et qu'elle a saigné. Je pense que j'aurais déchiré le passage des enfants. »

Le juge : « Êtes-vous observateur ? »

Lavier : « Quand on a des yeux, c'est pour regarder partout. On accuse mon épouse, mais ça m'étonnerait. Elle est très pudique. Elle a du mal à me laisser entrer quand elle se lave. »

Le juge : « Pourtant, on a trouvé des photos intimes de vous deux. »

Lavier : « J'essaye de la décoincer et moi d'être un peu plus pudique. Je voudrais rentrer chez moi et avoir une vie de famille. »

Pour les enquêteurs, les magistrats ou les services sociaux, ces gens de la Tour du Renard se fondent de plus en plus en une masse indistincte, des familles toutes les mêmes dans des immeubles tous les mêmes, d'interminables fratries pleines d'enfants nés chacun d'un père différent, vivant de salaires qui n'en sont pas, nourris d'alcool et de télé sur un fond de sexualité criarde. « Là-bas, on se tape un gosse comme on se tape une bière », lit-on dans un journal local, dans un des premiers articles sur l'affaire. Et ces gens qui cohabitent les uns sur les autres derrière des cloisons de papier, dans une promiscuité querelleuse, ne savent pourtant jamais rien dès qu'on les interroge.

Franck et Sandrine nient. Ils sont emprisonnés, leurs quatre enfants placés.

Colas, 9 mois, est dans une famille à Boulogne. Sabrina, 2 ans, au Portel. Aude, 8 ans, à Wimille. Marina, 5 ans, à Outreau. La maison qui l'accueille se trouve juste en face de celle où est hébergé Jordan Delay depuis qu'il est placé. Par-dessus la tête des deux enfants, les adultes échangent des coups d'œil entendus. Ils chu-

82

chotent : « Vous êtes au courant que leurs parents sont dans le même dossier ? »

Pour Jordan Delay, c'est l'immeuble des Merles qui resurgit brusquement sous les traits de la voisine du dessous, cette petite fille au visage rond et aux minuscules lunettes rouges. Il est bouleversé. Les adultes peuvent à peine lui adresser la parole pendant quelques jours. Jordan finit par dire : « Elle a subi des choses comme moi. »

Un rapport des services sociaux donne le signal : « Depuis l'arrivée de Marina, Jordan reparle de certains événements. »

C'est reparti.

L'assistante maternelle questionne la fillette. « Son papa lui disait qu'elle avait une petite moule, il lui faisait bobo avec son doigt et elle avait du sang. Sa maman l'a soignée. Elle ne doit pas le dire. Le docteur lui fait bobo à son ventre, à ses oreilles. Le Père Noël lui a fait des caresses à ses bras et à son dos. »

Comment vérifier ce que dit Marina ? Ce sera toujours le même procédé : croiser la parole d'un enfant avec celle d'autres enfants. Les fils Delay sont donc à nouveau interrogés. Ils en sont déjà à leur septième audition depuis le début de la procédure. Dès qu'ils se retrouvent ensemble, l'atmosphère devient électrique, chacun surenchérit sur l'autre. Une fois, l'après-midi a failli déraper chez le juge des enfants quand Vlad Delay a compris que ses parents resteraient longtemps emprisonnés. Puis, à un anniversaire, ils se sont tous enfuis en hurlant quand un taxi a tourné le coin de la rue. « Attention, le taxi Martel ! »

Jordan parle à son tour d'un médecin, rajoute deux autres personnes qui leur « faisaient des manières » : l'abbé Dominique Wiel, sur le même palier qu'eux aux

Merles, et Gros Paul, de la papeterie « Chez Paul » en face du PMU d'Outreau. L'abbé filmait ce que faisaient les Delay et Thierry avait l'habitude de rapporter des cassettes à la papeterie. S'agissait-il des mêmes vidéos ? Et si l'ombre d'un réseau commençait à se dessiner ? Melvin, l'aîné, explique que c'est à Vlad, le second, qu'il faut demander. Lui sait tout ce qui se passait et connaît les noms.

Désormais, plus rien n'arrête Vlad quand il se met à parler. Il parle de la Belgique. Le fameux taxi Martel les y conduisait dans la maison d'un certain Dany Legrand. Il y aurait aussi un Simon, un Lebrun, le curé, mais lui ne faisait rien. Vlad dit que le docteur s'appelle « Lemercier ». Il donne à nouveau une quinzaine de noms d'adultes, autant d'enfants, affirme qu'il en connaît d'autres mais les dira plus tard, « quand j'aurai moins mal à la tête. Je mélange tout dans mon esprit ».

À certains moments, ses yeux s'écarquillent. Corinne Bertrand, son assistante maternelle, se demande ce que voit l'enfant. Rien ne l'apaise. Elle voudrait le serrer contre elle, mais il hurle si on le touche. Il va mal encore, si mal parfois qu'il continue à barbouiller les murs de sa chambre avec ses excréments.

Un après-midi de juin, cet été 2001, Corinne Bertrand a prévu de faire son grand ménage et l'enfant reste là, dans ses jambes, à traîner du canapé à la télé comme il le faisait à la Tour du Renard. Elle voudrait qu'il aille jouer dehors. La rue est paisible, pas de voitures ou presque, un alignement de pavillons festonnés de petites clôtures avec des nains de jardin plantés ici et là comme sur une bûche de Noël. Presque en face, sur le trottoir près de la salle de sport, il y a ce tas de sable où Vlad aime parfois s'amuser.

L'assistante maternelle regarde l'enfant en coin. Elle a appris à deviner ses chagrins, elle lui voit sa tête des mauvais jours. Il voudrait rester avec elle. Elle le bouscule gentiment, elle veut être tranquille, surtout pour son carrelage. Il lui dit qu'il a peur de sortir. Elle rit. « Ici, on n'est pas à Outreau, on est très loin. Personne ne t'a fait du mal, tu n'as rien à craindre. »

Vlad finit par traîner des pieds jusqu'au bac à sable. Il revient presque aussitôt. Il lui dit : « Tata, à Samer aussi, il y a des gens qui font partie de mon histoire. » Deux dames se sont approchées alors qu'il jouait. Il les a reconnues. Elles participaient aux soirées de ses parents, à la Tour du Renard. Là, elles lui ont demandé si Corinne Bertrand aussi lui « faisait des manières », puis lui ont conseillé de ne rien lui dire.

Corinne Bertrand sent son cœur se décrocher. Elle pose la serpillière, retire ses gants de caoutchouc. Qui ? Quelles personnes de Samer ont fait du mal à l'enfant ? Il le sait. Il croise ces deux dames tous les jours dans le groupe de mamans à la sortie de la petite école de Samer : l'une est la mère d'Émilie, l'autre de Sébastien, tous deux dans la même classe que lui.

L'assistante maternelle a l'impression d'étouffer. Samer est un village, chacun se connaît, au moins de vue. Elle sait que la famille d'Émilie s'est installée là deux ans plus tôt. Le père est anesthésiste, elle infirmière. Ils ont aussi des jumeaux. Mais, surtout, Corinne Bertrand voisine un peu avec la mère de Sébastien. Elle l'appelle par son prénom, Odile, elles se tutoient, se font la bise. Cela date du temps où Corinne Bertrand était employée de maison : la femme du médecin chez qui elle travaillait l'avait emmenée une fois à une démonstration de produits de beauté. C'était chez Odile.

Soudain, Corinne Bertrand prend peur. La tête lui tourne. Et si l'enfant mentait ? « Fais attention à ce que tu dis. Tu sais, le mari de cette dame est un monsieur important : il est huissier. »

Vlad dit qu'il l'a reconnue par sa figure.

L'assistante maternelle veut être sûre. Elle demande si Vlad est bien certain qu'il s'agit des Marécaux. Ceux qui habitent le manoir à Wirwignes, à cinq kilomètres de là ? Ceux dont le cabinet est à Samer ? Ceux qui ont trois enfants ?

Vlad n'en démord pas.

Corinne Bertrand doit s'asseoir. Elle se souvient de ce jour où elle avait bavardé avec Odile à la sortie des classes : la femme de l'huissier voulait savoir si ce n'était pas trop dur avec ce petit garçon qu'elle gardait chez elle et s'il lui racontait des choses. L'assistante maternelle s'était sentie flattée de l'attention que lui portait la dame du manoir. Maintenant, elle se dit tout à coup que « la pensée d'Odile Marécaux devait être tout autre ».

Elle se penche vers Vlad. Elle lui demande plusieurs fois de répéter ce qui s'est passé. Il lui parle comme on ferait la leçon, comme si c'était elle l'enfant et lui l'adulte. Il lui paraît sincère, il lui a toujours paru sincère, sauf bien plus tard, les fois peut-être où il s'est mis à parler d'animaux.

Corinne Bertrand voudrait crier. Cet enfant qu'elle est chargée de protéger, elle vient elle-même de l'envoyer à la rencontre de ses bourreaux. Elle ne veut plus qu'il s'éloigne, elle lui promet qu'il ne sortira plus que quand il le décidera, lui. Et ils restent ensemble dans la cuisine, blottis l'un contre l'autre, elle et lui, la tata et le petit garçon blond.

Il faut qu'elle prévienne la justice, tout de suite.

Fabrice Burgaud reçoit son rapport, daté du 7 juin 2001 :

> Vlad continue à donner de nouveaux noms. Madame s'appellerait Odile. Ils auraient une maison à Wirwignes. Monsieur serait huissier, son cabinet serait à Samer. Le couple a trois enfants. Vlad ne connaît pas l'aîné, mais les deux plus jeunes qu'il pourrait reconnaître. D'après lui, ces personnes seraient impliquées dans ce qui se passait chez lui. [...] Il cite également Mme Dugers, qui est infirmière et dont le mari serait médecin.

Tant de détails troublent le juge : il est persuadé que c'est le petit garçon qui les a fournis. Pour savoir tout ça, il doit bien connaître ces gens. Plus tard, un avocat demandera à Corinne Bertrand si c'est bien elle qui avait appris à Vlad toutes ces précisions qui avaient convaincu les enquêteurs. Oui, elle le confirme, elle est même certaine qu'il ne les savait pas avant qu'elle les lui dise. Elle ne voit pas le problème, insiste, confiante, contente d'avoir aidé son petit Vlad et la justice. « C'est moi-même qui les lui ai données. »

Une assistante sociale envoie à son tour une note complémentaire : « Selon les dires de Samer, M. Marécaux a changé de look. Il a rasé son bouc et sa moustache. »

Un coup de panique souffle soudain sur le dossier. D'autres enfants, peut-être, sont toujours en danger, comme dans l'affaire Dutroux. Tout doit être fait pour les sauver. Les investigations judiciaires contre les agresseurs vont forcément durer un certain temps : en urgence, la décision est alors prise de retirer de l'immeuble des Merles certains enfants qui y vivent encore et de les placer eux aussi dans des familles, loin de cette Tour du Renard, ce « quart-monde » comme dit le procureur. L'ordonnance évoque « des suspicions d'agressions sexuelles ». Un travailleur social du secteur se souvient qu'aucune précision n'avait alors été donnée sur les auteurs possibles de ces abus. « Il y avait un gros non-dit, comme si personne ne doutait qu'il se passait des choses énormes et que le seul problème était de savoir quand elles seraient découvertes. »

L'ordonnance de placement poursuit : « Les enfants évoluent dans un immeuble où ils seraient nombreux à être victimes de viols. Il semblerait que le voisinage dudit immeuble évoque quotidiennement de tels faits et constitue un environnement préjudiciable pour leur moralité. Des questions sérieuses se posent sur les repères donnés par les parents. »

Dans le quartier, Martine Goudrolles a le temps de s'enfuir avec ses cinq gamins quand elle apprend la mesure. Elle se cache chez une cousine, puis chez une autre. La police la pourchasse. Martine envisage de fuir le plus loin qu'elle puisse imaginer, elle qui n'a jamais dépassé Boulogne-sur-Mer : chez une sœur dans le Midi. Elle finit par capituler et se rend, traînant les petits derrière elle, une nuit au commissariat de Boulogne. Pierre, dit « Pépère », qui joue de la trompette, Morgan et Julian, Luigi, qui voulait faire du football, partent dans des familles d'accueil. Martine n'a le droit de garder que Gaël, le dernier, qui a 2 ans. Les enfants de Suzette Tarté sont ramassés à la sortie des classes. « Le matin, tu vas à l'école comme tous les jours et le soir, ils étaient là », raconte l'un. « Qui ça ? Les policiers, tiens. Ils sont tous pareils. Puis des dames nous ont dit : "Vous êtes sauvés. Vous ne rentrerez plus jamais chez vous." Au début, on n'a rien compris. »

Suzette Tarté l'apprend en rentrant de son travail de femme de ménage, devant l'appartement vide.

En juillet 2001, vingt-cinq enfants de la Tour du Renard vivent désormais hors de chez eux pour des motifs liés à l'affaire. En dehors des Delay, aucune des familles ne faisait l'objet d'un signalement des services sociaux. Enfants et parents avaient déjà été entendus dans la rafle du 6 mars, sans résultat.

Près de soixante noms d'agresseurs supposés sont cités dans le dossier.

Un service d'envergure, le SRPJ de Lille, est désigné pour l'identification de la deuxième série de noms donnés par les frères Delay et Marina Lavier. Des écoutes téléphoniques sont placées sur des dizaines de numéros. Parmi eux, la papeterie « Chez Paul », le sex-shop de la rue des Religieuses-Anglaises, le docteur Lemercier et le taxi Martel à Outreau, les Marécaux et les Dugers à Samer. Une commission rogatoire est envoyée en Belgique pour retrouver le dénommé Dany Legrand et sa maison. Entre eux, les enquêteurs et les proches du dossier parlent déjà de « notables », de « piste belge ». Selon le rapport de police, il ne s'agit plus seulement de proches, de voisins, mais de séances « élargies à un deuxième cercle de personnes, apparemment bien insérées socialement, mais qui furent à un moment donné en contact avec cette famille ». C'est à la fois une hypothèse et un fantasme : des enfants de pauvres livrés par leurs parents à la perversité des riches et des puissants, dans les brumes complaisantes d'un petit pays voisin.

11

Chaque nouvelle avancée de l'enquête s'effectue de la même manière : écouter ce que disent les fils Delay, tenter d'identifier ceux qu'ils citent, et gratter autour. La conviction du juge Burgaud n'a pas changé. « Les enfants ne mentent pas. Étant donné leur âge, ils ne peuvent inventer les détails qu'ils décrivent. » Alors, une bonne vingtaine de policiers lancent encore une fois leurs hameçons pour voir qui, dans cette masse de dénonciations, va rester accroché.

Savoir qui est qui. Ce qu'il gagne. Qui il appelle. Comprendre ce qui l'amuse. Sonder les voisins. Faire parler les employeurs. Confesser les commerçants. Pour l'instant, aucune nouvelle arrestation n'est lancée, les investigations restent souterraines, c'est un travail de renseignements à coups de mouchards téléphoniques ou de contrôles bancaires. Le taxi Martel a changé sa Renault Laguna blanche au moment de l'arrestation des Delay. Et s'il voulait brouiller les pistes ? Le dimanche matin, il joue au golf à Hardelot. L'abbé Dominique Wiel est bien connu pour recevoir des enfants chez lui. Il a installé une table de ping-pong dans son salon. À Samer, l'huissier Alain Marécaux a appelé la ligne « 100 % Gay » un soir à vingt-trois heures. Sa femme, Odile, n'était pas là. Suite à une tentative de suicide, elle est partie un mois en hôpital psychiatrique, exactement au moment où Vlad livrait son nom. Le docteur Lemercier tient un cabinet près de la pharmacie de la Tour du Renard, il suit en effet les enfants Delay et Lavier. En regardant des sites porno sur Internet, il se serait retrouvé certaines fois connecté avec des zoophiles ou des pédophiles. « Par hasard », notent les policiers. En réfléchissant bien, ils rajoutent un point d'exclamation sur le rapport. « Par hasard (!). »

Et ça continue, ça fouille dans les lits, dedans et dessous. Ça cherche ce que chacun cache, les amants, les maîtresses, les bouteilles de whisky, les coups de martinet, les grands vices, les petites vertus, les secrets confits dans les armoires de famille, les circulations nocturnes. Quels sous-vêtements porte la femme de l'huissier ? Qu'est-ce qui lui plaît ? Comment l'infirmière fait l'amour ? Y a-t-il un autre sex-shop que celui de la rue des Religieuses-Anglaises à Boulogne ? Et l'argent, les cassettes, les ordinateurs, la Belgique ? Et le réseau ? Où est le réseau ? Il faut trouver le réseau.

Au SRPJ de Lille, de nouveaux policiers sont réquisitionnés. À Bruxelles, Interpol est lancé sur les traces du dénommé Dany Legrand. Contrairement à l'huissier Marécaux ou à l'infirmière Dugers, localisés tout de suite sur les précisions des enfants, ce Legrand-là n'est toujours pas identifié. Or, les enquêteurs estiment sa capture cruciale : c'est dans sa maison, en Belgique, qu'étaient tournées les vidéos, a expliqué Vlad Delay. Legrand ne serait donc pas simplement un consommateur, comme les autres suspects, mais un des organisateurs – peut-être même le cerveau ? – d'une machinerie diabolique.

Cet été 2001, alors que l'enquête est en pleine accélération, Myriam n'a qu'une obsession en tête dans sa prison de Loos : Marcel. Il est toujours veilleur de nuit dans un foyer pour sans-domicile-fixe à Lille, même si Myriam préfère maintenant dire « vigile ». C'est un gaillard d'une quarantaine d'années, au visage robuste. Il lui écrit en prison. Il est devenu son correspondant, mais elle tient à préciser que « ça veut dire plus ». Elle l'a intronisé comme son « fiancé ». Il l'aide en argent et en linge aussi. En marge des lettres qu'elle lui envoie, elle écrit dans des cœurs : « Jusqu'à présent, la vie a été mauche pour moi. Il est tant que je trouve le bonheur, la vie est si courte. »

Maintenant, Myriam attend. Elle croit toujours en cette promesse de libération provisoire, si elle aide la justice. Elle a donné les noms, ceux des Lavier ou de « la Boulangère » à son dernier interrogatoire en mai, et elle est persuadée qu'elle n'en a plus pour très longtemps derrière les barreaux.

À la prison de Loos, la formation brasserie-restauration a succédé aux cours de couture. Le stage d'informatique continue, la psychothérapie du mardi aussi, l'atelier d'écriture a commencé. La porte ne s'ouvre toujours pas. Myriam s'étonne. Comment le juge peut-il croire qu'elle aurait encore quelque chose à avouer ? « Ça me fait triste dans la tête. Je propose de faire le détecteur de mensonges. »

Puis elle se fâche. Écrit à Fabrice Burgaud :

Vous promettez la sortie provisoire si on parle. Je vous ai tout di mais je commence à en avoir mar c'est vous la justice qui poussez les gens au suicide. Tout le monde me regarde comme une criminelle, même mon avocat me laisse tomber. Je prouverais, vous pouvez

conter sur moi mais vous me demander des noms que
je serais incapable de vous dire. Je suis malade, que
vous me croyez ou non, j'ai un kiste au niveau du
crâne. J'espère que le juge tiendra parole. Aider moi.

Toujours rien, et même moins que rien, puisque
l'autorisation de parloir avec Marcel n'est toujours pas
arrivée. Myriam sent qu'elle perd pied. Tous ces noms
que donnent ses fils commencent à l'embrouiller. Elle
est troublée aussi par l'aplomb de ce juge qui lui répète
sans cesse : « Les enfants ne mentent pas » puis sabre
à coups d'arrestations, sans relâche, le petit monde de
la Tour du Renard. Un juge, ça sait ce qu'il fait. Un
juge, ça vit dans cet univers étranger, inaccessible, où
Myriam n'a jamais imaginé entrer, même en pensée. Si
l'affaire en est là, c'est qu'il a appris des choses, forcément. Après tout, le juge ne se trompait pas pour ce
qu'elle avait fait, elle, alors pourquoi n'aurait-il pas
raison pour les autres ?

Elle se souvient de chaque centimètre de l'appartement au cinquième étage de l'immeuble des Merles.
Elle connaît chaque seconde de ces journées dans la
cité que ne comblaient ni travail, ni sorties, ni visites.
Qu'est-ce qui a bien pu se passer là, dans ce vide ver-
tigineux et qu'elle n'aurait pas remarqué ? Elle ne
sait plus, elle a l'impression soudain que la réalité se
dérobe.

Elle pense aux soirées chez Martine Goudrolles. Et
si Thierry avait profité de son absence pour organiser
des réunions avec ses copains et les enfants ? Et si
c'était ça, l'explication de toute cette histoire ? Elle
suffoque. « Mon mari m'a prise pour une conne. » Elle
veut que Thierry lui avoue, elle lui envoie de fausses

lettres d'amour pour tenter de lui faire raconter quelque chose. Elle n'en tire rien.

Elle est désespérée.

Elle reprend la plume, pour le juge encore.

Vous tenez pas votre parole non plus car plus je dis, plus vous voulez que je mens. J'ai pas participé à un réseau pédophile, je suis à bout de nerf. Je n'étais pas toujours présente chez moi. Je sais que ce que vous voulez c'est me faire dire des mensonges je voudrais tant que vous me convoquez car je ne sais plus où j'en suis. Que voulez-vous de plus, j'en ai mar, vous voulez me faire dire des choses que j'ai pas faites. On m'a promis ma provisoire et là c'est autre chose j'ai dit tout ce que je savais. Les enfants n'ont pas menti mais je n'ai pas participé au merdier de mon mari, excusez moi de m'avoir emportée. L'appétit n'est plus pourtant je fais pas la grève de la faim et avec le traitement qu'il me donne, je suis dans le gaz.

Et rien, rien, rien. Myriam se demande si elle n'a pas été trop agressive. Elle devient miel, comme elle savait le faire sur le canapé de la Tour du Renard, en servant aux assistantes sociales le café clair comme du thé. Elle s'incline à nouveau, un peu trop bas, un peu trop vite.

Oui, elle était bien là quand des cassettes des enfants ont été faites et les photos « avec un appareil Kodak ». Oui, elle reconnaîtra l'homme du sex-shop et le mari de Roselyne Godard la Boulangère, et Dieu sait qui d'autre dont Vlad a parlé. Elle les identifiera même sur photo.

L'essentiel est que les enfants se disent que je l'ai pas traité de menteurs, j'en parle beaucoup avec ma psychologue. Monsieur le juge, ça se fait pas mais je vous en supplie d'accepter ma mise en liberté provisoire. La je veux plus tourner autour du pot je voudrais que cela soit fini. Je voudrai la confrontation avec mon mari, je l'ai pas dénoncé parce que je l'aimai mais lui il avait une drôle de façon de le prouver, il était devenu magniaque et achetait plain de cassettes. Pourquoi vous m'avez refusé mon parloir j'ai besoin de voir Marcel s'il vous plait. Je veux pas qu'on me fait passer pour une folle. Dis moi si mon parloir est accepté.

Un courrier administratif lui arrive enfin en réponse, Myriam n'en saisit pas tous les mots. Elle tourne et retourne ce document qu'elle attendait avec tant d'impatience, mais qui lui reste incompréhensible. Une gardienne de la prison doit le déchiffrer pour elle. Sa mise en liberté est refusée, une nouvelle fois. Pour le parloir, pas de nouvelles.

Qu'est-ce que Myriam pourrait faire d'autre qu'écrire encore et encore à Fabrice Burgaud ? Elle va en prendre l'habitude, le goût, le besoin. Elle ne pourra bientôt plus s'en passer. Dans le dossier, sa correspondance au juge s'empilera pendant des mois, des lettres par dizaines, parfois plusieurs chaque semaine, épaisses comme des missels.

Est-ce que vous faites des promesses à tout ceux qui vous ont comme juge : tout dépendra de ce que vous me diriez et je verrai si je dois vous laissez sortir. J'ai tombé dans votre piège mais je vous en veux pas c'est votre boulot et croyais moi vous le faites très bien mais c'est pas la peine de promette ce qu'on ne tient pas car j'aurais fini par dire ce que je savai. De toute façon je vais être juger et je suis sure que vous saviez à peu près combien je vais prendre. J'ai cru que vous m'auriez compris. Je vais vous demandez une chose : aidez moi à pouvoir parler car on dirait que vous m'avez laissé tomber. Pourquoi vouloir me faire dire des choses que je n'ai pas participer comment vous le prouvez ?

Le 7 août 2001, le parloir avec Marcel est accepté. En dix ans, Myriam n'a jamais été aussi heureuse, elle le proclame à travers la maison d'arrêt. Cela ne peut être qu'un signe favorable, la preuve qu'elle a choisi la bonne voie.

Elle va voir Marcel-le-vigile, enfin. Elle le voit, ça y est. « C'est lui mon droit chemin, il a un bon boulot, il est pas connu des services de police. » En gage d'amour, elle lui donne son bien le plus précieux, une montre Lacoste. Elle a envoyé les policiers la récupérer chez sa belle-mère et son beau-frère Nicolas, qui ont fait le déménagement de l'appartement des Merles. Marcel et Myriam discutent gravement d'un certificat de concubinage. Elle y tient, cela ferait plus correct vis-à-vis de l'administration pénitentiaire et des gens aussi. Elle va le demander au juge et, tant qu'elle y est, elle le relancera pour la liberté provisoire. Myriam est confiante, comme toujours. Elle sait comment s'y prendre maintenant.

Fin août, la voilà convoquée chez Fabrice Burgaud, enfin. Elle est devant lui, le sweat-shirt informe quel que soit le temps, les yeux noirs qui supplient et accrochent. Elle remercie encore pour le parloir. En tout cas, le jour de la confrontation avec Thierry, monsieur le juge ne va pas en revenir. Elle va démolir son ex-mari, « en paroles, bien sûr ». Elle fait valoir ses bons offices : n'est-ce pas elle qui a parlé des photos la première ? Et si elle n'avait pas mis les enfants en famille d'accueil, elle est sûre qu'ils partaient en Belgique. Elle a participé à toutes les « atroceries » avec ses fils, elle le reconnaît. « Des choses pires que du porno. » Elle mérite la peine de mort, rien de moins. Elle le répète. Au fait, elle se demande tout à coup si elle a déjà raconté à monsieur le juge la main en plastique que son mari avait ramenée du sex-shop de la rue des Religieuses-Anglaises et sur laquelle il mettait de la vaseline jusqu'au poignet ? En attendant, peut-être pourrait-elle avoir une liberté provisoire. « Je ne suis pas quelqu'un de dangereux, une mère fragile, c'est tout. Dans ma tête, je n'ai pas tout à fait 34 ans mais je ne suis pas folle. » Elle supplie, elle geint, elle ressasse. « Écoutez-moi non comme une accusée, mais comme une femme qui aime. Je vous aiderai jusqu'au bout. »

Le juge, lui, est sur la fameuse « piste belge » derrière Dany Legrand. Contactés en juillet, les enquêteurs du royaume ont mis leurs ordinateurs au travail. Le miracle a eu lieu le 21 août, quelques jours avant la convocation de Myriam. Le SRPJ de Lille a signalé à Burgaud la trace d'un Daniel Legrand retrouvée dans les fichiers de la police de Mouscron, ville frontalière côté belge. Il avait été interpellé dans une pitoyable affaire de chéquier volé en 1999 puis relâché aussitôt. Il est français, il a 18 ans. Un détail particulier semble coïncider avec le récit des enfants Delay. Ce Daniel Legrand est né à Boulogne-sur-Mer, à cinq kilomètres d'Outreau. Ce n'est pas tout. Des recherches ont déjà permis d'identifier un second Daniel Legrand, même nom, même prénom, même adresse à Wimereux, en banlieue de Boulogne. C'est le père du premier.

La découverte des deux Daniel Legrand est le premier élément qui coïncide avec les nouvelles révélations des enfants, à l'été 2001. L'excitation vient de monter d'un cran chez tous ceux qui travaillent sur le dossier. Et si l'affaire était en train de décoller ? Et si le réseau existait effectivement ?

Le procès-verbal, transcrit par le greffier ce 27 août 2001 au palais de justice de Boulogne-sur-Mer, ne fait aucun mystère sur le fait que Fabrice Burgaud aiguille lui-même Myriam sur les noms avancés par ses fils.

« Qui est l'abbé Wiel ? »

Myriam commence par dire qu'il est son confident.

« Jordan dit qu'il filmait », relance le juge.

Myriam continue à dire que son fils se trompe.

« Êtes-vous bien sûre ? »

Elle finit par céder.

« Il participait à un réseau de pédophilie. Cela a commencé au départ avec des faits au niveau local avec des voisins, puis il y a eu des liens avec le propriétaire du sex-shop et là on a été raccroché à un réseau. »

Myriam racontera bien plus tard, aux Assises, comment s'est poursuivi l'interrogatoire : « Le juge m'a dit que les enfants avaient dénoncé un huissier ou un notaire, je ne sais plus, c'est pareil. J'avais des dettes. Un maître Gontrand et un maître Lapin s'en occupaient. C'étaient les seuls que je connaissais, j'ai donné les noms. »

Le greffier les acte dans le procès-verbal.

Myriam continue : « Alors, le juge m'a dit : "Non, c'est un autre. Réfléchissez bien." J'ai fini par demander : "C'est quoi, comme nom ?" Il m'a fait : "Les Marécaux." Moi, je ne les connaissais pas. Alors, comment voulez-vous que je les invente ? D'abord, je me disais : Je peux pas répéter, c'est des gens, je sais même pas où ils habitent. Puis j'ai pensé que cela devait être forcément vrai parce que sinon, d'où il sortirait tout ça, mon Vlad ? »

Comme le juge Burgaud redoute qu'une personne ne soit prise pour une autre dans cette marée de dénonciations enchevêtrées, il rajoute chaque fois des détails, les prénoms, les professions, fournissant lui-même les indications aux mis en examen. Il demande : « Qu'est-ce qu'Odile Marécaux, la femme de l'huissier, a fait subir aux enfants ?

– Un peu de tout », répond Myriam.

Elle a l'impression que tout s'enchaîne, que les questions entraînent les réponses. C'est facile, il suffit d'écouter ce que dit le magistrat et de retenir les détails. La femme et le juge se regardent, persuadés chacun que c'est l'autre qui détient la vérité et il s'agit de la lui faire dire. Alors l'un lâche un nom, l'autre improvise une réponse, au coup par coup, au gré de la logique ou de l'inspiration. Et ils avancent, titubant, dans le brouillard des accusations portées par les enfants.

Fabrice Burgaud lui parle d'un taxi. Elle hésite encore. Elle tombe sur Pierre Martel, le plus connu à la Tour du Renard, celui qui conduisait ses fils de leurs familles d'accueil à l'immeuble des Merles, à l'époque où ils avaient encore des droits de visite. « C'est pour ça qu'ils lui en voulaient », dira plus tard Myriam.

Le juge continue : « Que s'est-il passé en Belgique ? »

Myriam : « En Belgique, c'est pas loin d'un parc de jeux et d'un supermarché, on y est allés deux fois avec Pierre Martel, le chauffeur de taxi. On allait aussi avec la Boulangère, elle disait que c'était pour aller chercher du tabac, mais c'était pas vrai. Elle cachait des cassettes dans des cartons de chips. On faisait des photos dans une maison de Daniel Legrand. »

Burgaud lui demande s'il a un surnom. Elle répond : « Dada. » Il rétorque : « Dany. » Elle acquiesce.

Elle dit que le juge lui a alors précisé qu'il y a deux Daniel Legrand. Il l'interroge : « Lequel est-ce ? Le père ? Ou le fils ? »

« Alors je m'ai trompé, j'ai dit oui aux deux », déclarera Myriam.

On en est déjà à une boulangère, trois huissiers, un chauffeur de taxi et deux Daniel Legrand. (Plus tard, quand le dossier prend de plus en plus d'ampleur, Myriam a peur de s'embrouiller. Elle se met à prendre des notes. Un jour qu'un nom ne lui vient pas, elle se désole avec bonhomie : « Excusez-moi, je me confonds, j'ai oublié de prendre mon carnet avec moi. »)

Aucun élément matériel n'a pour l'instant été retrouvé confortant la version du réseau. La mallette à godemichés, le collier à plumes ou les cassettes porno achetées en promotion rue des Religieuses-Anglaises à Boulogne-sur-Mer sont toujours les uniques pièces saisies dans le dossier. Myriam peut fournir une explication : « Quand Thierry a compris qu'il allait être arrêté, Daniel Legrand est venu récupérer trois cents vidéos des enfants, un carnet d'adresses, de nombreux objets. Mon mari a brûlé des preuves dans la baignoire. Il y avait aussi la poupée gonflable mécanique, il a fallu mettre du white-spirit, ça sentait très mauvais. »

Fabrice Burgaud dit lui-même ne pouvoir encore cerner ni l'étendue ni les contours du réseau, mais tout semble soudain magiquement s'emboîter, pièce par pièce, mot par mot, nom par nom. Les enfants Delay l'ont dit, les premiers résultats de l'enquête belge paraissent le confirmer, la mère le reconnaît à son tour et apporte des précisions qui viennent cimenter le tout.

Or, Myriam n'a pas rencontré ses fils depuis presque un an. Ils n'ont donc pu se concerter. S'ils décrivent tous la même chose de manière convergente, c'est bien que cette chose existe. De toute façon, pourquoi mentiraient-ils, pourquoi mentirait-elle ? Un policier se souvient que lui aussi, cet été-là, croyait Myriam Delay. Comme tous ceux qui travaillaient sur le dossier, et pas seulement le jeune magistrat : « C'était la seule adulte qui avait commencé à parler et en plus elle disait ce qu'on voulait entendre. »

Avant de repartir en maison d'arrêt, Myriam remercie toujours le magistrat avec une servilité débordante et désordonnée. « Merci de m'avoir fait parler, monsieur le juge, je sais que ça vous paraîtra ridicule, mais moi non. C'est un grand poids en moins sur mes épaules. Merci encore. »

Cette fois, elle a l'impression de tenir sa mise en liberté. Elle dit : « Je vis un conte de fées. »

12

Aurélie Grenon vient d'obtenir sa liberté provisoire après six mois de prison.

Dès sa garde à vue, elle avait avoué ses soirées chez les Delay, comme son ex-fiancé David Delplanque. Le juge Burgaud cite volontiers Aurélie en exemple à d'autres détenus : « Si vous parlez, vous serez comme elle en train de faire bronzette sur la plage. »

Aurélie est retournée chez ses parents, avec ses deux petits frères. À l'école Sainte-Thérèse au Pont-de-Brique, elle ne s'était découvert de vocation d'aucune sorte. Elle avait lâché juste avant les diplômes. Puis essayé « un peu de vente » aux Galeries Porteloises, un stage à Bricomarché. Le travail, elle n'en a jamais cherché. « Ça me dit rien. »

Cette fois, il faudrait qu'elle trouve quelque chose, au moins pour montrer sa bonne volonté dans le dossier judiciaire. Aurélie fait un peu d'assistance chez des personnes âgées, un peu de ménage à la maison avec maman, un peu de shopping. Son père dit : « Aurélie n'a jamais été une lumière. » Elle vient d'avoir 21 ans.

En ville, tout à l'heure, quelqu'un lui a demandé si c'était vrai qu'elle était mouillée dans cette affaire de pédophilie à la Tour du Renard. Aurélie a poussé des cris, a manqué s'évanouir. « La pédophilie, c'est comme

Dutroux, quand des enfants meurent. Moi, ça n'a rien à voir. C'est pas grave du tout. » Elle hausse les épaules. « D'ailleurs, je ne suis même pas en prison et les autres, si. » Elle trouve injuste d'y avoir passé six mois pour des choses « dont on ne savait même pas que c'était interdit ».

Aurélie a parfois l'impression que le monde s'acharne contre elle. Certains de la Tour du Renard l'ont abordée pour lui demander d'arrêter d'accuser des gens. Elle tempête : la justice doit la protéger. L'autre jour, elle commençait une grille de mots croisés dans sa chambre quand un monsieur des Allocations familiales est passé lui réclamer les papiers de l'administration pénitentiaire. Elle est scandalisée. « C'est une atteinte à ma vie privée ! Pourquoi les gens sont-ils contre moi alors que je désire reprendre la bonne voie ? » Elle demande au juge comment porter plainte contre ce monsieur pour « abus d'autorité ».

Aurélie espère que, bientôt, elle pourra avoir un autre rottweiler à elle. Elle se refait une couleur, auburn cette fois, en faisant attention que ses cheveux ne tournent pas au rouge comme quand cette poison de Karine Duchochois l'avait aidée dans sa salle de bains à la Tour du Renard. Les heures se traînent. Aurélie commence un régime. En prison, elle a pris cinq kilos, elle qui était si fière de son petit 36, « la taille des top models ».

Aurélie finit par rencontrer François. Il est pêcheur, il est mignon. À chaque poisson sorti de l'eau, il garde la moitié de sa paye pour elle. Aurélie ? « Elle est beaucoup gentille », dit le fiancé. Il la soutient dans la procédure. Il a confiance. Elle soupire. « Maintenant au moins, je sais ce que c'est qu'être aimée. »

En tout cas, il ne faut plus parler à Aurélie de David Delplanque, son ex-premier-grand-amour qui, lui, est toujours en prison. Les derniers temps, aux Merles, elle se forçait pour avoir « des rapports sexuels » avec lui tellement elle en avait « marre ». En plus, il était violent et Thierry Delay aussi. Une fois, le mari de Myriam l'avait entraînée dans sa chambre et l'avait « obligée à coucher avec lui dans son propre lit. C'est un viol, non ? ». Elle n'avait osé en parler à personne, sauf à Myriam qui de toute manière l'avait vu.

Le 18 septembre 2001, Aurélie est convoquée chez le juge Burgaud, son premier interrogatoire un mois après sa remise en liberté. Elle voudrait que tout se passe bien, prouver qu'elle mérite la confiance du juge et qu'il peut compter sur sa « collaboration positive ».

Ses cheveux fins, peignés sage, tombent sur ses épaules. À elle aussi, le magistrat cite un Daniel Legrand. Aurélie fait la moue. Ça ne lui dit rien, désolée. Le magistrat insiste. Il lui parle d'Alain Marécaux, un huissier, de Pierre Martel, un chauffeur de taxi, de Dominique Wiel, le curé du cinquième étage. Il lui dit que cela ne sert à rien de nier, les enfants ont donné les noms, Myriam Delay les a déjà confirmés, l'enquête va être bouclée. Une mèche vaporeuse glisse doucement sur le front d'Aurélie quand elle dit encore non avec la tête.

Le juge n'est pas content. C'est toujours pareil. Dès que quelqu'un est relâché, il n'y a plus rien à en tirer. Heureusement, une décision de liberté conditionnelle peut être réexaminée à tout moment. Aurélie pleure un peu. Chaque fois que l'émotion la prend, deux cernes d'un bleu profond marquent soudain ses yeux, jusqu'au milieu des joues. Elle cache son visage pâle entre ses mains, le cou se ploie. Elle a soudain l'air si vulnérable. « Un petit oiseau pour le chat », dira d'elle un autre magistrat dans le dossier.

Aurélie réfléchit. « Si je l'ai fait, moi, pourquoi ils ne l'auraient pas fait, eux aussi ? » D'ailleurs, la famille Delay les accuse, le juge lui-même l'affirme. Peut-être même qu'ils ont fait bien pire qu'elle. Qui sait ? Et elle se débat, tenaillée par une obsession qu'elle ressassera pendant les trois ans d'instruction : « Ce serait tellement injuste qu'ils s'en tirent tous, tranquilles, la belle vie, quand on me fait des histoires à moi. » Aurélie se dit que ces gens sont de toute manière déjà compromis : ça ne change rien pour eux qu'elle les accuse ou pas. Elle, au contraire, risque d'être « mal vue » si elle reste silencieuse. Elle regarde le juge. Elle se souviendra d'avoir pensé : « Il a le pouvoir. »

Eh bien oui, c'est vrai, raconte Aurélie. Ils étaient tous là, le curé, l'huissier et sa femme, le chauffeur de taxi. Et ce Daniel Legrand, il est même un de ceux qui sont venus la menacer à son domicile, alors elle n'osait rien révéler. Bien trop peur.

Aurélie se tamponne les yeux. Se lève. Rentre chez elle. Elle vient de glisser tout doucement des aveux à la dénonciation, du statut d'accusée à celui d'accusatrice. Avec son nouveau petit ami, ils ont déjà acheté les meubles. Vivement que tout soit fini, ils pourront enfin s'installer. Elle voudrait des enfants.

En prison, son ex-fiancé David Delplanque s'était inscrit pour obtenir un travail et faire du sport. Puis, il a abandonné, comme toujours. Il commence, mais ne finit pas. Il dit : « J'en ai marre tout de suite, c'est mon plus gros défaut. »

Dans sa cellule, il sort son grand bloc à dessin. Il esquisse des têtes de panthères, des geishas qui s'enroulent en volutes dans la fumée de cigarette, des dragons qui tirent la langue – et certains en ont plusieurs –, des samouraïs, des roses et leurs épines où perlent des gouttes de sang, des cœurs de toutes sortes et de toutes tailles, des fleurs enveloppées d'écritures gothiques. Delplanque est un tatoueur apprécié. À l'immeuble des Merles, il était connu pour ça. La chauve-souris dans le dos de Franck Lavier, c'est lui qui l'avait faite un après-midi à la Tour du Renard. Leurs appartements étaient juste l'un au-dessus de l'autre, David avait demandé 200 francs, un prix d'ami. Dans l'immeuble, il y avait aussi Brunet. Ils avaient passé leurs années d'école assis l'un à côté de l'autre. Ils avaient bien rigolé, ils étaient inséparables. Ça leur avait fait plaisir de se retrouver sur le même palier à l'immeuble des Merles, dix ans plus tard. « Ici, quand on est jeune, qu'on ne travaille pas et qu'on demande un logement, on vous dit : "C'est la Tour du Renard ou rien." Pour nous, c'était pas un problème : on les trouvait bien, les appartements de la cité. » Delplanque et Brunet avaient pris l'habitude de passer des après-midi ensemble à jouer avec des petites voitures télécommandées.

Pendant sa garde à vue, David avait avoué ses soirées chez les Delay. Depuis, Maman Delplanque hante les couloirs du palais de justice de Boulogne-sur-Mer, à répéter que son David est innocent. « Il n'y est pour rien, il est perdu. Mon mari touche 3 000 francs de demi-journées, je suis au chômage et nous payons la redevance télé. Je me remets au bon vouloir de la justice. Rendez-le-moi. » Delplanque a du mal à la regarder dans les yeux pendant les parloirs.

De tous ceux qui seront arrêtés dans le dossier, il sera le seul, avec Thierry Delay, à ne jamais déposer une seule demande de liberté conditionnelle en trois ans. Même pour l'enterrement de son père, il ne demandera pas de permission de sortie. Il dit : « Je ne me vois pas dehors. »

À son tour, il est convoqué par Fabrice Burgaud au sujet de la nouvelle vague de dénonciations. « Le juge m'a dit que c'était pas le tout d'avouer pour ce qui me concernait. Il fallait aussi donner des gens. Je ne savais pas quoi dire. »

Le premier nom qui lui est venu, c'est Brunet, l'ami d'enfance, le voisin de palier, celui des voitures télécommandées. « Le juge trouvait que cela ne suffisait pas. » Il accuse aussi Karine Duchochois, l'ex-copine de Brunet, déjà mise en examen. « C'est vrai, c'est ce que j'ai dit. Je ne réfléchissais pas aux réponses. Je voulais que cela cesse. »

Le juge ne le lâche pas. « Alors j'ai parlé de ceux que j'avais vus au commissariat en même temps que moi, pendant la rafle du 6 mars. » Delplanque avait patienté dans le couloir avec Dausque, l'ex-fiancé de Martine Goudrolles. Il avait entendu les Lavier se faire interroger dans la pièce à côté. « J'ai cru qu'ils avaient tous fait la même connerie que moi. Il n'y a pas besoin d'être un grand scénariste. »

Fabrice Burgaud lui demande : « Mais Martel, Legrand, Marécaux, Wiel ? » Delplanque murmure qu'il n'en a vu aucun chez les Delay. Il le répète une fois, deux fois, six fois.

Burgaud est exaspéré. Il dit que tout le monde a avoué, même Aurélie Grenon. Delplanque sent qu'il est en train de lâcher prise. Il en a marre, il soupire : « Vous n'avez qu'à écrire ce que vous voulez. »

Le juge s'adoucit. Il recommence l'interrogatoire, mais sans crier. « Il ressort des investigations que Daniel Legrand, père, appelé aussi Dany Legrand, surnommé Dada, et son fils ont également participé aux faits de viols. Êtes-vous bien certain qu'ils n'ont pas participé ? »

Delplanque trouve que Burgaud « a une certaine manière de poser des questions. Il donne la réponse dedans. Il suffit de répéter ». De toute façon, quelle importance ? Il a avoué le pire, il a avoué pour lui.

Delplanque répond : « En fait, cela me dit quelque chose. Le père est grand et fort, rasé. Il venait avec un jeune, je ne savais pas que c'était son fils. »

D'un coup, les mots s'enchaînent, le juge sourit. Bientôt, ce sera fini, on le lui promet, il sera reconduit à la maison d'arrêt. Il va pouvoir s'allonger. Peut-être lui reviendront-elles, ces images chéries des quelques mois à Tarbes quand il était para pendant son service. Il y avait ce concours, à celui qui plierait le plus vite son parachute. Il s'en souvient, il est troublé. Delplanque pense encore une fois qu'il a vraiment eu la poisse de ne pas s'engager à ce moment-là. De toute façon, il a toujours eu la poisse. Si tout va bien, ses yeux se fermeront. Apparaîtront une à une, derrière ses paupières closes, les écailles d'un monstre chinois comme il voudrait le tatouer. Puis tout sera noir. Plus rien. C'est ce moment-là qu'il attendait.

Tous les mis en examen sont convoqués par le juge Burgaud, cette clique de la Tour du Renard qui s'obstine à nier, les Lavier, Thierry Dausque, Karine Duchochois ou Roselyne Godard la Boulangère.

À cette dernière, le juge demande :

« Lorsque vous étiez entendue par les services de police, vous avez déclaré que les enfants Delay avaient vu de telles choses qu'ils en étaient perturbés. Comment pourriez-vous expliquer ce qu'auraient vu les enfants si vous n'en avez pas été témoin ?

108

– Vous restiez jusqu'à minuit alors que vous n'aviez plus rien à vendre ?

– Vous veniez tous les soirs dans le quartier et vous restiez une heure ou deux chez les Delay ?

– S'il ne s'est rien passé, comme vous l'affirmez, comment expliquez-vous votre grande générosité à l'égard du couple Delay que vous dites connaître peu ?

– Mme Delay dit que vous alliez en Belgique avec votre camion.

– Aurélie Grenon déclare que vous faisiez l'amour avec M. et Mme Delay et que vous demandiez aux enfants de vous caresser.

– Melvin Delay dit que vous mettiez des baguettes dans le derrière de Vlad et Jordan. Vlad confirme.

– Brian vous a reconnue sur photo comme étant la personne qui lui a mis un zizi noir en matière plastique dans le derrière.

– Quelles sont vos explications ? »

Roselyne Godard : « C'est faux, archifaux. Je n'ai fait l'amour qu'avec un seul homme dans ma vie, mon mari. Je hurlais quand il passait des cassettes porno. Pour moi, c'est salir l'image de l'amour avec un grand A. Je n'ai jamais vu de godemichés, les enquêteurs ont dû me traduire le mot parce que je ne le connaissais pas. »

Le juge : « Pourquoi sept personnes, dont trois adultes qui reconnaissent les faits et qui sont dans des maisons d'arrêt différentes, vous mettent en cause de façon circonstanciée ? Comment expliquez-vous que leurs déclarations soient convergentes alors qu'ils n'ont pu se concerter ? Pensez-vous que les enfants fassent partie d'un complot ? »

Roselyne Godard : « Je ne sais pas. Je n'ai pas d'explications. La vérité arrivera bien à éclater un jour. J'ai confiance en la justice. »

Enfant, Roselyne Godard voulait entrer dans les ordres. Elle n'a jamais voulu lire le dossier, pas une ligne, ça la dégoûte. Elle pense que la révélation de son innocence va tomber du ciel, comme ces flèches de lumière qui traversent les nuages sur les images pieuses des livres de communion.

13

Au cinquième étage, immeuble des Merles, l'appartement des Delay a été mis à sac. Tout le monde s'est félicité : ils l'ont bien mérité. On ne les appelle plus Myriam et Thierry, on dit « les pourritures ». Les enfants du quartier vont et viennent à travers les battants disloqués, ils cassent ce qui peut encore l'être, ils voient bien que ça fait plaisir aux adultes.

L'abbé Dominique Wiel a sorti ses outils et réparé la porte des « pourritures ». Il ramasse leur courrier et s'occupe de leur dossier auprès de l'organisme des HLM. Il se fâche parfois quand il entend parler de l'affaire. « On a fait dire n'importe quoi à Myriam. Ses gamins ne devaient pas être si maltraités que ça. Les enfants martyrs, je sais ce que c'est et je peux faire la différence entre ceux qui le sont et ceux qui ne le sont pas. Si ça se trouve, il n'y a rien eu du tout. » Wiel répète que personne ne sait vraiment ce qui s'est passé, qu'il ne faut pas appeler au lynchage ou hurler avec les loups.

À la Tour du Renard, beaucoup trouvent que Do – c'est comme ça qu'on l'appelle ici – défend les pédophiles. Certains ne veulent plus lui parler. Ils crient : « Les pédophiles, il faudrait les tuer, c'est tout ! » Une délégation compte réclamer à la municipalité d'Outreau que « soient immédiatement foutus au trou tous ceux qui ne sont pas nets dans le bâtiment ».

Wiel se moque des rumeurs. « Je me suis dit : quand je donne mon amitié, je ne la reprends pas. Ce n'est pas parce qu'ils sont enfermés que je vais leur enlever ma confiance. »

Il est prêtre-ouvrier à la retraite, 66 ans dont trente aux Merles. Il avait choisi de s'installer là et de travailler en usine dans la foulée de Mai 68. « Il faut vivre comme les ouvriers si on veut être entendu d'eux quand on leur parle religion ou politique, dit Do. Les gauchistes de l'époque aussi faisaient ça. La différence, c'est qu'eux sont restés dix ans et moi j'y suis encore. »

Au début, Wiel trimait sur les chantiers, quand il suffisait d'avoir deux bras pour trouver de l'embauche dans la région, aux Aciéries Paris-Outreau, dans les pêcheries le long de la côte, les usines ou même la mine. Il s'est retrouvé chômeur, comme tout le monde, quand tout a fermé, avec la crise économique des années quatre-vingt. Le prêtre-ouvrier a fini par devenir éducateur dans une association de réinsertion. « De toute manière, il n'y a plus que le secteur social qui recrute un peu dans le coin, dit une de ses anciennes collègues. On échappe à la misère en s'occupant de celle des autres. »

Wiel a milité à la CFDT, monté le comité Attac du Pas-de-Calais, défilé avec le collectif boulonnais pour une autre mondialisation et fait tourner davantage de pétitions que de missels. Aux Merles, il a créé un atelier pour apprendre aux enfants à réparer les vélos. Il fait la loi dans les cages d'escalier, demandant à chacun de ramasser les papiers. Il a organisé des camps de vacances avec des jeunes, des initiations au jardinage pour les chômeurs, a installé un ping-pong dans son salon. Wiel n'imagine pas qu'il puisse lui arriver quoi que ce soit à la Tour du Renard, même qu'on lui vole sa bicyclette. Il refuse de l'attacher avec un cadenas, c'est un principe. Wiel dit qu'on n'a pas besoin de ça quand on est respecté. Cela fait rire les jeunes de la cité. « Do est trop naïf. Pour lui, tout le monde il est beau, tout le monde il est gentil. Il n'a pas vu que le quartier avait changé. »

Les Delay se sont installés dans l'appartement à côté du sien. Myriam sonnait chez lui. Elle demandait une soupe. Elle demandait un œuf. Elle demandait de la monnaie pour mettre dans le compteur électrique, un nouveau modèle à pièces, spécial pour surendettés. Elle demandait à téléphoner parce que leur ligne avait été coupée depuis longtemps. Myriam gloussait comme une adolescente dès qu'elle le voyait dans l'escalier.

L'aide de Wiel lui était utile, mais la flattait aussi. Elle se sentait valorisée qu'un homme de tant de prestige lui accorde son attention. Un jour, sur son canapé, elle avait absolument tenu à lui raconter sa vie, l'Algérie, le premier mari, les coups (est-ce que Do voulait voir les cicatrices ?), Thierry qui buvait. Cela n'avait pas étonné Wiel. Il savait que Myriam était passée par des foyers d'accueil et, dans ces endroits-là, beaucoup de pensionnaires s'accrochent à la première personne venue pour raconter leur vie. « Est-ce le rôle d'un prêtre-ouvrier de les entendre ? Je ne sais pas. J'aurais préféré un voisin qui discute de la CGT. »

Do trouvait Myriam fofolle, mais, au fond, il l'aimait bien. Il lui avait conseillé, pour Thierry, l'association « Vie Libre », qui aide les alcooliques. Elle l'appelait « mon confident » avec des étoiles dans les yeux parce qu'elle était sentimentale.

Une fois arrêtée, Myriam a placé Do en tête des gens susceptibles de dire du bien d'elle dans l'enquête de personnalité. De sa prison, elle lui envoie d'interminables mélopées où les serments se mêlent aux confessions. « Je t'écris, les larmes coulent sur mes joues car je t'estime beaucoup, tu es formidable : tu ne m'as pas jugée. » Puis :

> Je n'ai que toit sur qui compter. Je ne t'oublierais pas, tu as toujours été à mon écoute. Tu es mon ami et tu le restera. Et oui Do, tu habitais tout près et tu n'entendai rien. Personne n'a entendu mes appels au secours sauf Martine Goudrolles qui était là pour m'éberger. J'ai avoué et denoncé, je l'ai pas fait pour Thierry et moi met pour les enfants, car c'est eux qui ont vécu tout. Je suis qu'une mère indigne, je mérite pas qu'on m'appelle maman. J'ai voulu te parler mais je me sentais sale.

Auprès du prêtre-ouvrier, Myriam a toujours avoué, tout de suite, tout le temps. Mais c'est Wiel qui ne la croit pas. Wiel ne croit pas aux aveux. S'il n'est peut-être pas tout à fait convaincu de l'innocence de Myriam, il est sûr d'une chose : la justice, elle, est coupable. Le prêtre-ouvrier est pétri d'une certaine culture de gauche, celle qui par conviction, par générosité, par réflexe aussi, se range plus volontiers du côté des « victimes de la société » que de celui des institutions. Dans les années soixante-dix, Do a vu les films d'Yves Boisset, lu *Le Pull-Over rouge* de Gilles Perrault, ce jeune homme qui monte sur l'échafaud après un dossier trop vite ficelé et une enquête uniquement menée à charge. Wiel explique que les commissariats sont pleins de confessions extorquées et que les policiers ont leur manière à eux pour vous faire dire ce qui les arrange. Il affirme que c'est facile de fabriquer des erreurs judiciaires et que la société s'y entend à merveille.

Dans l'affaire Delay, Wiel a été révolté par la brutalité de la rafle du 6 mars 2001 dans l'immeuble des Merles, révolté aussi par le placement en masse des enfants de la cité, révolté encore par cette machine judiciaire qui, d'emblée, traite en criminel cette humanité engourdie et humiliée de la Tour du Renard. Le prêtre-ouvrier ne décolère pas. Il s'est renseigné auprès de la Ligue des droits de l'homme, section Boulogne, pour savoir si ces méthodes étaient bien légales. Pour lui, le dossier Delay, c'est d'abord ces « injustices-là » et pas des viols dont lui-même doute, comme il douterait de tout ce qui sort d'un poste de police.

À cette rentrée, celle de septembre 2001, un mot est affiché devant l'école de la Tour du Renard : « L'établissement vit douloureusement tous les départs d'élèves liés à l'affaire Delay. » Des parents pleurent en amenant leurs gamins le matin. Et si les assistantes sociales revenaient en chercher d'autres comme elles l'ont fait l'été dernier ? Dans la cité, on dit que l'État ne vous rend jamais les enfants qu'il enlève. Quand ils sont pris, c'est pour toujours : personne ici ne les a jamais récupérés. « Les petits ne veulent plus de nous une fois qu'ils sont dans ces familles d'accueil. Elles les gâtent avec l'argent qu'elles reçoivent pour eux. Elles sont toujours à leur monter la tête contre nous, les vrais parents. On ne peut pas lutter. »

Martine Goudrolles a dû retourner vivre chez sa mère depuis que ses quatre grands lui ont été « retirés ». Sans les allocations familiales, elle n'avait plus de quoi payer son appartement du premier étage. Au troisième, Suzette Tarté ne va plus faire ses ménages à l'Office HLM. Elle s'enferme des jours entiers, sans plus ouvrir sa porte. Quand on y colle l'oreille, on l'entend appeler ses cinq enfants, tout doucement, chacun par son prénom. Cela fait trois mois déjà qu'ils lui ont été pris « pour les mettre à l'abri ».

Les services sociaux sont contents : maintenant que tous ces gamins ont été éloignés de l'univers déstructuré de la Tour du Renard, ils vont enfin pouvoir se confier et raconter « le quartier du cauchemar ». N'est-ce pas ce qui s'est passé avec les frères Delay ? Ils n'ont commencé leurs révélations qu'après quelques semaines hors de chez eux, dans une famille d'accueil.

Chacune des assistantes maternelles a été chargée de relever ce qui paraissait louche dans le comportement des « petites victimes », comme les désignent déjà les policiers.

– Julian Goudrolles, 12 ans, « est toujours sur la défensive et fuit toute relation. Il est violent surtout quand il fait des crises ».

– Pierre Goudrolles, 11 ans, dit « Pépère », a arrêté de jouer de la trompette. Il est triste de ne plus être avec sa maman. Il raconte qu'il va se jeter par la fenêtre ou bien il met un lacet autour de son cou.

– Morgan Goudrolles, 16 ans, est signalé comme un cas lourd, « très perturbé ». Il regarde les filles en sous-vêtements dans les magazines et commente : « Elle est à poil. » Un courrier complémentaire signale que Morgan a dessiné un personnage et commente : « T'as vu, il a une biroute. Un homme, il a ça. » Il devait donner le dessin à sa mère, mais finalement ne lui donne pas.

– Luigi Goudrolles, 5 ans, a peur de la police. Il regarde son assistante maternelle par le trou de la serrure quand elle se déshabille. Il lui a dit qu'il avait un os. Elle lui a demandé où et il a montré son sexe. Nouveau signalement le 4 septembre 2001 : la veille au soir, la famille d'accueil regarde un film sur la pédophilie – « Je l'avais autorisé à voir seulement le début », s'excuse le mari. Luigi voit des hommes emmenant de force des enfants. Il dit : « Ils vont peut-être avoir de l'argent. » Arrive un troisième rapport : en sortant du droit de visite hebdomadaire avec sa mère, une heure dans les locaux des services sociaux, Luigi a dit : « Maman venait nous chercher, puis on allait chez une dame et l'on avait un vélo. »
– Sabrina Lavier, 3 ans, pleure quand on la met au lit, elle n'aime pas être lavée. Elle met sa main sur son ventre et descend pratiquement jusqu'au sexe.
– Aude Dumont, 8 ans, affirme que son père lui frappait le derrière, il lui a dit d'abaisser sa culotte pour lui sentir le devant, le derrière, sous les bras et les pieds.
– Valérie Tarté, 16 ans, est très discrète et parle peu. Elle s'habille très couvert et refuse tout médicament. Sa sœur, Amélie, 15 ans, est plus à l'aise.
– Pendant une émission sur l'argent facile, la tata de Jimmy Tarté, 14 ans, parle de « photos porno ». Il a sursauté : « Pourquoi tu parles de ça ? »

Chaque jour, le dossier s'épaissit et pourtant les enquêteurs éprouvent cette fois encore une sorte de malaise, cette impression d'évoluer dans un théâtre d'ombres à la Tour du Renard. Sitôt qu'ils croient tenir une prise, leurs mains se referment sur le vide. Il y a des allusions, des impressions, des sous-entendus, mais rien de tangible, de concret. « La plupart de ces enfants avaient vraiment l'air traumatisés, mais nous nous demandions pourquoi. Était-ce d'avoir subi d'éventuels sévices dans l'immeuble des Merles ? Ou au contraire d'en avoir été brutalement arrachés ? se souvient un policier de Boulogne-sur-Mer. Certains d'entre nous commençaient à croire qu'une grosse connerie avait été faite en retirant si vite tous ces gamins à leur famille. »

Les petits Tarté, les enfants de Suzette, la femme de ménage, font soudain basculer les convictions. Ils sont cinq, de 8 à 16 ans, les terreurs de la Tour du Renard. Dans les cours de récréation, leurs aventures se racontent comme une geste, on se répète la fois où ils avaient mis une pomme de terre dans le pot d'échappement de la camionnette de Roselyne Godard ou piqué ses gâteaux à un livreur de « La Tarte aux Pommes ».

Quand on les a mis dans des familles d'accueil, toutes différentes, ils ont été les seuls enfants à protester. « Ils sont habitués à ce qu'on leur cède sur tout, dit une des assistantes maternelles. Ils sont actuellement en rébellion. Ils ont peur que leur mère aille en prison. » En pattes de mouche appliquées et furieuses, les petits Tarté ont écrit aux enquêteurs que « plein d'autres gamins allaient chez les Delay mais n'ont été ni placés ni mis en prison. C'est injuste ». Aucun ne reçoit de réponse.

Jean-Marc Tarté, qui a 11 ans, reprend la plume et, le 12 septembre 2001, une nouvelle masse de noms, confuse, grouillante, incontrôlable, s'échappe de l'enveloppe qu'ouvrent les policiers. Il y avait Carine Marfin, 11 ans. Elle allait chercher du lait chez Myriam, en tout cas c'est ce qu'elle disait, mais en fait elle restait au moins une heure. Parfois, elle ratait l'école et sa mère faisait croire qu'elle était malade. Il y avait aussi Jacky

Bleuet, qui est un peu jojo, il pince le derrière des gens dans les escaliers et va dans une école spéciale. Il y avait Godeliève, sa mère, dont tout le monde se moque à la Tour du Renard, et Antoinette, sa sœur, qui est si jolie. Il y avait Tony Catry, celui des Mésanges, qui doit avoir 9 ans et qui, parfois, paraissait tout drôle en redescendant l'escalier des Delay. Il y avait Denis Dubbard, même bloc, même classe à l'école des Tilleuls. Il y avait Jimmy Wouters, des Hirondelles.

Le dossier compte à présent plus de 150 noms en tout, abuseurs et abusés confondus, des classes entières, des lambeaux de familles, des hommes, des femmes, des gamins.

Une vague d'auditions des enfants est décidée, la seconde après la rafle de mars 2001, six mois plus tôt. À nouveau, ça défile par dizaines au commissariat de Boulogne-sur-Mer. Lorsque Joseph, le dernier des petits Tarté, s'installe en face des policiers le 24 septembre, l'émotion monte d'un cran. « Dominique l'a fait une fois dans un jardin. Il a mis un objet en plastique dans mon derrière. » Quand il vivait chez sa mère à la Tour du Renard, Joseph passait ses après-midi dans le salon de Do, à faire des tournois de ping-pong, entouré de ses copains, une petite bande fidèle et bruyante comme des porte-flingues. « Do les a violés aussi », dit Joseph. Il continue : « Chez les Delay, madame me violait et son mari filmait. Mes sœurs Amélie et Valérie m'ont dit avoir été violées aussi. »

L'atmosphère est à la panique. Dans la salle d'attente du commissariat, les mères font le guet entre elles pour vérifier que « les enfants ne sont pas emmenés ». Certaines essayent d'écouter ce qui se dit. Les copains de Joseph, ses sœurs, tout le monde est entendu, et tout le monde nie. Certains s'arc-boutent, outrés. « Dominique n'a rien fait. » D'autres rigolent. « Les Tarté disent n'importe quoi. Ils sont jaloux parce qu'ils sont placés. » Justin Durand, 8 ans, prend peur. « Je ne veux pas aller derrière les barreaux. Cela me fait mal au cœur que j'aille à la police. Ma maman pleure. Des policiers arrêtent des gens. » Les sœurs de Joseph Tarté sont furieuses. Elles vont gronder leur petit frère : « Il dit des conneries. »

Un seul garçon, Steeve Moisson, 8 ans, embraye derrière le petit Tarté. Il fait partie de sa bande, en compagnon fidèle. « Joseph est dans ma classe. C'est vrai, l'abbé m'a mis deux fois une chose blanche en plastique dans le derrière. » La mère de Steeve fond en larmes. Elle supplie les policiers. Elle a quatre enfants, elle jure qu'elle n'a jamais rien remarqué chez celui-là. Elle le saurait, il lui dit tout. « Beaucoup de petits dans le quartier ont été pris. J'ai peur. S'il vous plaît. Laissez-le-moi. » Elle repart, la main de son fils dans la sienne. Steeve Moisson ne répétera jamais ses accusations. Il pleure sans dire un mot devant le juge d'instruction, puis produira des certificats médicaux pour ne plus se rendre à aucune convocation, ni, plus tard, témoigner devant la cour d'assises. Son unique dénonciation du 16 octobre 2001, une page dactylographiée, sera retenue contre Dominique Wiel.

Dans la cité, en cet automne 2001, les enfants courent partout. L'un hurle un nom, les autres crient derrière : « Lui aussi pédophile. » Le facteur, le voisin, la marchande de glaces dont la camionnette a remplacé celle de Roselyne et ses bonbons. « Pédophiles, tous. » Il y en a un qui dit que, chez les majorettes, « ils font des manières avec leurs bâtons ». Les autres rigolent. « Pédophiles, les majorettes. » Et le type avec son chien qui sort de la pharmacie ? « Pédophile. » Il a dû acheter des trucs en plastique pour mettre aux enfants. Le chien aussi est « pédophile » : « Il allait faire l'amour dans l'appartement des Delay. » Chez eux, « ils invitaient des enfants qui devaient mettre leur zizi dans la nénette de Mme Delay ». Tout le monde hurle : « Aïe, aïe, ça fait très mal. » M. Delay filmait. « Non, c'est elle qui filmait », dit Pamela. « Et quand M. Delay montrait sa biroute, tous les enfants criaient. » Quand on devient un homme, la quéquette est toute droite. Steeve en a déjà vu une. Jennifer précise : « C'est dur. » Steeve se fâche. « Non, droit. » « Non, dur. » En tout cas, chez les Delay, tout le monde se met des choses dans le derrière. « Les enfants doivent le faire aux enfants et leurs parents payent. Ça coûte cher. » Peut-être que ceux qui ont été placés le faisaient. « C'est des dégueulasses. »

On raconte, jusqu'au lycée Camus, que Do a mis « un crayon en bois dans le cul à Joseph Tarté, c'est pour ça qu'il est placé. Mais il ne faut pas le répéter ». C'est Denis qui l'a dit à Tony qui l'a dit à Bernard. Ils sont tous les trois convoqués.

Quatre ans plus tard, un gamin hausse les épaules. « C'était la mode à ce moment-là. Tout le monde discutait de ça, surtout chez les enfants. »

Chez les adultes, certains aux Hirondelles et aux Alouettes ont fait savoir qu'ils ne parleraient plus désormais à ceux des Merles, « le bâtiment des pédos ». Dans le quartier, on hésite à boire un café les uns chez les autres « au cas où on apprendrait par la suite qu'eux aussi sont mouillés dans l'affaire ». Le soir, les parents rappellent les enfants « comme si un loup rôdait sur le parking ». Chacun reste chez soi, les portes claquent : c'est si vite fait de se faire rattraper par la rumeur.

Un jour, sur la boîte aux lettres de Dominique, quelqu'un a écrit le mot « Pédophile ». Le lendemain, une autre main l'a tracé sur sa porte. Dans l'escalier, les voisins évitent de croiser son regard. Certaines assistantes sociales, qui tournent dans le quartier, font désormais en sorte de ne plus le rencontrer. On se tait quand il approche.

Les enfants, eux, continuent à venir taper les balles de ping-pong dans son salon. Un après-midi de novembre, des petits se regardent par-dessus leur partie de cartes. Puis le regardent. Alors, brusquement, ils jettent le jeu en l'air, renversent tout et s'enfuient en criant dans l'escalier.

14

Le 9 novembre 2001, en Belgique, l'inspecteur principal Freddy Van Cayseele attend devant le siège de la police fédérale d'Ypres le convoi qui doit arriver de France. Cela fait des semaines que son service est arrosé de fax estampillés « Urgent » le remerciant d'avance pour sa « vélocité » et sa « précieuse collaboration ». Signé : « Fabrice Burgaud, juge d'instruction à Boulogne-sur-Mer ». Au commissariat, les collègues de Van Cayseele ont levé les sourcils. Pourquoi faut-il toujours que les Français nous prennent pour des cons ? Est-ce qu'ils s'imaginent qu'on ne devine pas leurs airs supérieurs derrière leur politesse ironique ?

La mission « extrêmement pressante » consiste à localiser une maison sur le territoire du royaume dans une affaire de pédophilie. Les policiers flamands en sont déjà tourmentés. « Depuis Dutroux, c'est du sensible, ces dossiers-là. On les manipule comme de la nitroglycérine, pire que le terrorisme. »

Les documents envoyés par Boulogne-sur-Mer ne laissent en tout cas aucun doute sur la validité de la « piste belge » :

> Il est avéré que des mineurs ont été emmenés depuis la France vers Ypres où des viols et des films ont été

faits. À chaque fois, ces faits se seraient passés chez un Français nommé Daniel Legrand. Les enfants ont 4-6-8 ans (les faits sont établis). Maintenant il s'avère que tout le matériel porno et les photos des mineurs n'ont pas été découverts en France et sont stockés en Belgique.

L'administration française a laissé comprendre aux Belges que si les investigations traînaient « bêtement », preuves et coupables risquaient de s'envoler. Comme de bien entendu, il y eut des allusions plus ou moins fines aux fiascos – justement – de l'affaire Dutroux, où la guerre entre les services de police belges avait retardé l'enquête. Un fonctionnaire parisien a glissé que la justice française, elle, « comptait obtenir de meilleurs résultats. Pour nous, la gestion du dossier Dutroux restera l'exemple de tout ce qu'il ne faut pas faire. La traque des réseaux pédophiles est une priorité nationale et nous comptons être parmi les premiers pays d'Europe à en démanteler un ».

Selon la commission rogatoire internationale, Freddy Van Cayseele et son service sont donc chargés de « repérer l'habitation de ce Daniel Legrand, dont le fils s'appelle également Daniel Legrand ». Elle se trouverait à une petite heure de route de Boulogne-sur-Mer, « entre un supermarché et un parc d'attractions dans la région d'Ypres, selon les renseignements fournis par les enfants Delay et leur mère Myriam ».

Une fois l'endroit localisé, il s'agit d'installer juste en face de la porte d'entrée une « caméra vidéo pour enregistrer les allées et venues », mettre le téléphone sur écoute, puis procéder aux arrestations.

Après plusieurs semaines de travail, les policiers d'Ypres ont été bien embarrassés. Ils ont effectivement identifié la commune de Geluveld-Zonnebeke, entre le parc d'attractions de Bellewaerde et le super-marché « Stock Bossart ». Les complications sont arrivées ensuite. Tous les moteurs de recherche ont été lancés, abonnements des eaux, opérateurs téléphoniques, registres de population, agents de quartier, greffes de tribunaux, indics, services d'immatriculation ou ceux de l'électricité. Mais rien, pas de maison au nom d'un ou de deux Daniel Legrand originaires de Boulogne-sur-Mer. Les policiers ont en revanche découvert un troisième Daniel Legrand, un homonyme (et français en plus) mais sans aucune relation ni avec les deux autres, ni avec le dossier. Celui-là est né dans le Doubs, habite en banlieue de Bruxelles, roule en Alfa Romeo. Les Belges ont trouvé drôle cette pluie soudaine de Daniel Legrand sur le royaume. Cela n'a pas fait rire les Français. Là-bas, on a poussé de nouveaux soupirs en apprenant que les recherches sur la maison n'avaient rien donné. « Évidemment. C'est le contraire qui aurait été étonnant. »

Les Belges ont protesté. La procédure a été ralentie par les Français eux-mêmes, qui ont commencé par s'embrouiller dans la géographie belge. Les chancelleries ont fini par s'en mêler, jusqu'à ce que, des deux côtés de la frontière, les enquêteurs tombent d'accord : la maison devait être sous un nom d'emprunt. Et puisque les policiers d'Ypres n'étaient pas capables de la trouver, Vlad et Jordan Delay en personne allaient êtres emmenés depuis Boulogne-sur-Mer par le SRPJ de Lille pour les guider jusqu'à la tanière des Legrand, père et fils.

Ce sont les deux enfants que Freddy Van Cayseele attend devant le siège de la police fédérale à Ypres, ce 9 novembre. Les voilà, en fin de matinée, escortés par un officier et une assistante sociale. Il s'agit maintenant d'être irréprochable dans les méthodes. Pour éviter qu'ils s'influencent, les deux frères sont mis chacun dans une voiture différente.

Les autos roulent en pays flamand, des rues toutes droites qui ressemblent à des nationales, des maisons basses éparpillées entre les champs, les vaches et les parkings. Il se met à pleuvoir. Vlad soudain se redresse. Il vient de désigner une ferme, au bout d'un chemin bordé d'arbres et de remises agricoles, au numéro 87 de la Menenstraat. Dans la voiture suivante, Jordan se tord le cou. « Il semblait plus important pour lui de voir ce que faisait Vlad que de tâcher de se repérer », se souvient Van Cayseele. Jordan finit par pointer une maison ouvrière, briques rouges, volets peints, au 83 de la même rue. Il se ravise : ce serait plutôt celle d'à côté, qui lui ressemble comme une jumelle, le numéro 81. Et, non, finalement, il se décide aussi pour le 87, comme a dit Vlad. Évidemment. « Vlad, c'est lui qui sait. »

Freddy Van Cayseele descend de voiture. Dans ce coin paisible, tout le monde se connaît. Un vieux couple habite la maison de brique désignée par Jordan ; un jeune agriculteur a installé son bétail dans la ferme montrée par Vlad, mais réside ailleurs. Les renseignements sont soigneusement notés, les lieux photographiés, et les deux petits garçons repartent vers Boulogne presque aussitôt. Au commissariat d'Ypres, on ne peut s'empêcher d'être soulagé. Mission accomplie. Finalement, ça ne s'est pas si mal passé avec les Français.

Quatre jours plus tard, le 13 novembre vers dix-huit heures, nouveau coup de téléphone de Lille aux collègues belges. L'excitation est à son comble. Les poli-

126

ciers viennent de montrer à Myriam Delay les clichés des maisons désignées par Vlad et Jordan ainsi qu'une photo d'identité de Daniel Legrand, père, récupérée auprès des services boulonnais du permis de conduire, et une autre de Legrand, fils. Myriam Delay a dit oui, oui à tout, formellement oui : c'est bien là et c'est bien eux. Dans la ferme, raconte-t-elle, on poussait les bottes de foin pour mettre des matelas où les enfants étaient pris en photo et violés. Dans la maison de brique, les enfants sont restés avec deux individus, mais elle a dû partir. Quant à l'homme du sex-shop, qui revenait dans toutes ses déclarations, il s'agit de Daniel Legrand, père. Elle l'affirme maintenant : il organisait tout, un monstre, « Satan en personne », celui « qui se retrouvait partout où nous allions ». Si Vlad refusait de faire une fellation, il la brûlait, elle, Myriam, avec une cigarette. Vous voulez voir les cicatrices ? Elle peut les montrer, là, tout de suite, à qui veut.

Les policiers français avertissent leurs collègues d'Ypres qu'il est inutile de rechercher le Legrand en question. En ce moment, il est sur le territoire français. « Un type très fort, ont sifflé certains enquêteurs. Il s'est fait une couverture absolument parfaite : le bleu d'ouvrier. »

Legrand, père, travaille depuis des années dans une entreprise de construction métallique, à Saint-Léonard, la zone industrielle de Boulogne-sur-Mer. Le compte en banque à son nom affiche un millier de francs de découvert, situation banale, donc rassurante. Mais pour le reste, aucun fichier administratif ne porte sa trace. Rien, un grand blanc informatique, comme c'était déjà le cas en Belgique. Legrand a résilié depuis plus d'un an tous ses abonnements aux services publics – plus de téléphone, plus de lieu de résidence permanent. Femme et enfants sont installés chez des proches, mais lui circule sans cesse d'un lieu à l'autre, ne dormant pas forcément au même endroit chaque soir.

Les Français trouvent ce Legrand génial : un ouvrier, mais insaisissable comme un fantôme. La souricière sera tendue à son entreprise. « On ira le chercher demain matin », dit le SRPJ de Lille aux Belges. Le juge Burgaud estime en effet avoir assez d'éléments pour lancer la deuxième vague d'arrestations, celle des « notables », comme elle est aussitôt baptisée.

Le 14 novembre 2001 à l'aube, huit personnes sont arrêtées dans la région de Boulogne-sur-Mer : le chauffeur de taxi Pierre Martel, le curé Dominique Wiel, Gros Paul de la papeterie « Chez Paul », Gérard Doisnel, vendeur au sex-shop de la rue des Religieuses-Anglaises, Daniel Legrand et son fils Daniel Legrand, maître Alain Marécaux et sa femme Odile.

C'est chez l'huissier, éclatante incarnation de la nouvelle envergure sociale prise par l'affaire, que Fabrice Burgaud a voulu assister personnellement à l'opération. À 6 h 35, les forces de police entrent au « Débûché », le manoir anglo-normand des Marécaux à Wirwignes. Huit chambres, des boiseries, de la tapisserie ancienne au salon, trois voitures, du personnel, un labrador. Pour les 7 000 m^2 de pelouse et de bosquets, on ne dit pas « le jardin », on dit « le parc ». Alain Marécaux et sa femme ambitionnent de garder le manoir en résidence d'hiver, mais d'en avoir une seconde, pour l'été, sur la côte d'Opale, près du Touquet. Ils sont en train de faire construire une villa à Hardelot, ce doit être la surprise des enfants pour les prochaines fêtes de Noël. Le père leur répète souvent : « Restez simples, rien d'ostentatoire avec vos camarades de classe. Surtout, je ne veux pas que vous portiez de marques. »

Le juge Burgaud se présente. Alain Marécaux connaît bien le petit monde du palais de justice de Boulogne-sur-Mer, société microscopique où l'on se croise et se recroise, des salles d'audience aux courts de tennis. Le procureur de Boulogne-sur-Mer, Gérald Lesigne, qui a réglé certains détails de cette perquisition, lui téléphonait encore il y a deux jours pour un dossier de routine. L'huissier n'a, en revanche, jamais vu Burgaud. Il lui demande sa carte.

Odile et Alain Marécaux sont conduits chacun dans une pièce séparée.

Ils s'étaient rencontrés à la communion d'une cousine. Dans son carnet de jeune fille, Odile soulignait en rose les jours où elle voyait Alain. Ils étaient encore étudiants, lui se voyait professeur de droit en faculté et elle préparait son diplôme d'infirmière. Odile était tombée enceinte, ils étaient contre l'avortement. Un des deux avait dû se mettre à gagner de l'argent. Ce sera Alain, un stage d'huissier. Pourquoi pas. Ils habitaient une HLM, ils avaient pleuré à leur première facture d'électricité : ils n'avaient pas de quoi payer.

Le métier d'huissier a plu à Alain Marécaux, au-delà de tout.

Ce 14 novembre, dans la cuisine du manoir de Wirwignes, les policiers attendent le président de la chambre régionale des huissiers du Pas-de-Calais pour la perquisition de l'étude au village de Samer, à quelques kilomètres. Quand Marécaux la rachète dix ans plus tôt, c'est une petite étude de campagne, qui emploie un salarié et demi et rapporte juste de quoi rembourser son emprunt. Marécaux veut en faire « un bijou ». Il met en place un système informatique où chaque client, chaque débiteur peut consulter lui-même son dossier. Il se démène, finit par décrocher la plupart des gros clients de la région.

Il a huit salariés maintenant. Il se permet de les appeler par leur prénom, jamais de les tutoyer. Eux lui donnent du « Maître Marécaux ». Tous les jours, vers dix-sept heures, il va leur acheter des gâteaux à la bonne pâtisserie de Samer. Il sait les goûts de chacun et se plaît dans ce rôle du patron paternaliste.

Le dimanche après-midi, après le temple protestant, la famille Marécaux déjeune au restaurant. De retour au manoir, Odile dit à Alain : « Installe ton feu. Mets-toi dans ton fauteuil. Prends un cigare. Écoute Beethoven. » Mais non, il faut qu'il se lève. Qu'il aille à l'étude. Qu'il pousse la porte des bureaux déserts. Qu'il allume les ordinateurs. Là, quand l'écran s'éclaire, il a l'impression que c'est la vie, la vraie, qui le submerge enfin : il se sent « capitaine à la tête de son navire ». Aux grandes occasions, la Saint-Sylvestre ou le 14-Juillet, le garde champêtre lui apporte en personne l'invitation du maire de Samer. Dans le milieu judiciaire de Boulogne, on dit de Marécaux qu'il est l'image de l'homme qui a réussi. Il a 39 ans.

Les Marécaux ont trois enfants. C'est Alain qui les conduit à l'école le matin. Son puissant 4 × 4 noir traverse Samer. Quand l'imposante voiture double Melvin Delay, qui sort à pied de sa famille d'accueil dans le haut du village, Thomas, l'aîné des Marécaux, exige de son père qu'il klaxonne. Thomas et Melvin sont dans la même classe. Depuis l'année précédente, Sébastien Marécaux, le second, est dans celle de Vlad Delay. Le fils de l'huissier parle souvent du gamin de la Tour du Renard. Vlad a coupé les lanières du cartable d'un élève avec un cutter. Vlad s'est encore battu. Vlad a déjà regardé des films d'horreur. Vlad sait imiter les monstres et le fait de préférence pendant les cours. Vlad connaît tout sur le sexe. Vlad a voulu faire l'amour avec une petite fille dans la cour de récréation. Dans le milieu préservé de Samer, Vlad est auréolé du prestige noir des enfants qui en ont trop vu.

Il est 9 h 30 quand le président de la chambre des huissiers arrive enfin à Wirwignes pour la perquisition. Le convoi part vers Samer. Les policiers se garent en plein centre du village à l'heure la plus animée. Ils font descendre Alain Marécaux de la fourgonnette. Ils lui font traverser le bourg et la place principale, les mains liées par des menottes, comme une armée exhiberait en trophée un prisonnier de guerre. Les gens s'arrêtent pour regarder ce spectacle, l'huissier enchaîné qui entre dans ses propres bureaux, encadré de policiers.

L'étude de Marécaux fait 80 % de ses actes autour d'Outreau et du Portel, dans des cités comme la Tour du Renard. Chaque quartier a son jour de visite, toujours le même dans la semaine. Partout, on reconnaît Marécaux dès qu'il descend de voiture. On lui demande : « Chez qui tu vas ? » Il n'y a pas d'acrimonie, une sorte d'habitude plutôt. L'huissier de Samer serait même bien vu, lui qui se déplace seul, jamais avec un serrurier ou des gendarmes. Les gens lui ouvrent la porte, il rédige les constats un enfant sur les genoux, il n'a fait qu'une seule saisie ces trois dernières années.

Aux enquêteurs qui l'arrêtent, maître Marécaux assure qu'il ne connaît pas les Delay. Il en est certain, il le répète. On met en marche le fameux système informatique de l'étude, celui dont il est si fier. L'écran s'allume. Les fichiers défilent. Apparaît un dossier qui remonte à 1995, un trop-payé des Assedic à Thierry Delay. L'huissier se souvient d'un policier qui se penche alors vers lui. Ils se connaissent, les hasards du métier. Marécaux l'aime bien. L'autre lui sourit. Puis lui dit : « Là, je

131

viens de me faire un huissier. Maintenant je vais me faire un curé. »

Dans cette seconde vague d'arrestations, la famille Marécaux va être la bénédiction des enquêteurs, les « bons clients » comme on dit dans le jargon pour se féliciter d'une prise de choix. Derrière la façade du manoir de Wirwignes, les policiers ont l'impression que s'ouvrent à chacun de leurs pas des portes dérobées, des cachettes, des tiroirs à double fond. Là, dans la salle de bains, cinq préservatifs de marque Serenex et une carte du Sex Lover Club. Monsieur dit qu'il n'était pas au courant. Madame rougit. Dans la chambre des parents, sur l'étagère en haut de l'armoire, une revue *Gay Video* est dissimulée dans un catalogue Playmobil. « N'était-ce pas en vue de montrer les deux aux enfants ? » demandent les policiers. Sur l'ordinateur familial, l'huissier consultait la nuit des sites homosexuels. Perquisitions « fructueuses », signale le rapport.

À la lumière brutale d'une enquête policière, chaque membre de la famille Marécaux semble receler sa part d'ombre, serrer son secret, couver ses rancœurs, et le manoir de Wirwignes ressemble tout à coup à un nœud de vipères. L'huissier raconte : « Mon épouse manque de sexualité avec moi. Je travaille beaucoup. Je n'ai jamais eu d'autres partenaires sexuels que ma femme, mais, depuis une année, j'ai une tendance homosexuelle, ou plutôt homosexuel voyeur par Internet. »

Odile n'était pas au courant. Elle a confié à une amie qu'Alain ne fait plus l'amour avec elle depuis un certain temps. Il trouve qu'elle a grossi et le lui dit. Elle pleure : il est odieux. Quand ils se disputent, Alain prend la voiture et part à l'étude. Il y va de plus en plus souvent. Et les enfants n'en font qu'à leur tête. Odile a l'impression d'être de trop chez elle. D'être la bonne.

Elle est devenue celle qui répète « Il faut mettre le linge sale dans la corbeille ». Le fils aîné, Thomas, ne veut obéir qu'à son père. Il est violent avec elle ; il l'a frappée.

L'amie dit : « Divorce. » Odile commence par prendre un amant. Un homme marié. Puis fait une tentative de suicide. C'était un soir où, bien sûr, Alain était rentré tard. Elle lui avait raconté que Thomas l'avait encore maltraitée. L'huissier s'était calé devant la télé sans répondre. Il l'a trouvée en montant se coucher, à la fin du film, allongée tout habillée sur le lit. Elle avait pris des médicaments. Hôpital, puis psychiatrie.

Thomas dit que sa mère doit parfois l'enfermer à la cave tant elle ne peut le contrôler. Sébastien, 9 ans, explique qu'il a peur de son frère, mais le jalouse : il est sûr que Thomas est le favori du père. Puis, il explique que « papa touche à mon zizi quand maman dort ou qu'elle est en bas à faire la vaisselle. Il me donne des bisous sur le dos et le ventre. Il me demande si je veux jouer à la machine à bisous ».

Cécile, la petite dernière, trouve parfois « drôles » les gens qui viennent à la maison. Drôles ? « Oui, ils sentent mauvais. » Une fois, dans la nuit, elle s'est sauvée avec son vélo parce que, chez elle, on l'embêtait.

Les parents Marécaux sont emprisonnés, les trois enfants placés.

Les interrogatoires des six autres adultes arrêtés le même jour se poursuivent. L'abbé Wiel, le prêtre-ouvrier, est persuadé que les policiers lui reprochent d'avoir défilé à la manifestation des altermondialistes, à Gênes, l'été précédent. Ils lui en veulent depuis, ils essayent de le faire tomber pour autre chose : pédophilie. On veut qu'il parle ? Do se braque, il connaît les méthodes des policiers pour faire craquer les innocents.

« Je n'avouerai jamais avoir violé un seul enfant, dit le curé.

– Cette déclaration ne signifie-t-elle pas qu'il n'y a pas d'aveux à attendre de votre part sur les faits qui vous sont reprochés ? Autrement dit, que vous l'avez fait mais ne le direz pas ?

– Non, je n'avouerai jamais. »

Le SRPJ de Lille note qu'il finit « par concéder au bout de trois interrogatoires que des petits viennent jouer chez lui ».

Dominique Wiel est emprisonné.

Le rapport de police conclut : « Malgré les dénégations des huit mis en cause, six d'entre eux sont mis en examen et incarcérés. » Seuls le vendeur du sex-shop de la rue des Religieuses-Anglaises et Gros Paul de « Chez Paul » sont relâchés.

Ce même 14 novembre 2001, les services de Freddy Van Cayseele à Ypres ont perquisitionné la maison de brique de Jordan et la ferme de Vlad. Le mandat recommandait de rechercher « le matériel photo, vidéo, les ordinateurs et autres attributs sexuels » et insistait particulièrement sur les éventuelles « caches secrètes ». Au commissariat d'Ypres, personne n'a eu le cœur de commenter l'allusion. Dans l'affaire Dutroux, les gendarmes belges étaient descendus dans la cave du pavillon de Marcinelle pour une perquisition. Ils avaient tapé contre les cloisons pour les sonder, mais l'équipe avait fait tellement de bruit que personne n'avait pris garde aux cris d'enfants appelant à l'aide derrière les cloisons d'un réduit dissimulé. Les gendarmes ont trouvé, bien après l'arrestation de Marc Dutroux, les deux petites filles mortes de faim.

La ferme désignée par Vlad et Jordan appartient à la même famille depuis trente ans, elle n'a jamais été louée, même pas habitée, des bâtiments délabrés et vides si ce n'est quelques vaches à engraisser et deux tracteurs. Dans la maison de brique règne un épouvantable foutoir. « Un mobilier ancien qui ne donne pas une impression de propreté », résume le rapport de Van Cayseele. Là vivent deux retraités, Georges et sa femme. Lui regarde fixement les policiers et leur parle du « vieux vélo ». Georges souffre de démence, sa femme sort les ordonnances. « Il est impossible de converser avec lui », poursuit le rapport. Les policiers belges poussent les recherches aux quatre maisons les plus proches. Ils ne trouvent même pas un appareil photo. « Les gens sont choqués par notre enquête. » Personne à la ronde n'a jamais vu de voitures immatriculées hors de Belgique stationnées dans ce coin-là. De Français encore moins : ils se remarquent d'autant plus que personne n'en parle la langue en ces terres flamandes. Le bilan arrive : rien.

À Boulogne-sur-Mer, où l'arrestation des « notables » a mis le palais de justice sens dessus dessous, on soupire. « Les Belges sont incorrigibles... Il n'y a jamais rien avec eux. On ne pourra pas dire qu'ils nous ont beaucoup aidés. »

15

Ce fut pour lui un saisissement en ouvrant les journaux cette semaine-là, l'impression de recevoir soudain « un gros paquet d'embruns en plein visage ». Dans *Le Point* daté du 19 novembre 2001, hebdomadaire dont il était alors un lecteur attentif, s'étalait la photo de l'immeuble des Merles, rectangle blanc de cinq étages comme une grosse boîte à chaussures posée au milieu d'un parking. Au-dessus de l'image, le titre claquait comme un drapeau noir : « La maison de l'horreur ».

Il était magistrat dans le Pas-de-Calais, comme le juge Fabrice Burgaud, son collègue à l'époque, et il aimait se décrire lui-même comme « un homme d'expérience ». Avant cette deuxième vague d'arrestations, celle des « notables », ce magistrat avait entendu parler du dossier d'Outreau, comme tout le monde à vrai dire, dans les couloirs des tribunaux du département. Cela faisait un moment que Fabrice Burgaud leur rebattait les oreilles avec son énorme réseau de pédophilie et ses commissions rogatoires internationales. Burgaud racontait avoir touché une de ces « belles affaires », comme en rêve tout juge d'instruction un peu ambitieux, avec des « ramifications » à l'étranger, du « beau monde » en ligne de mire, des ogres, des bergers allemands et des petits enfants comme victimes.

Jusque-là, pourtant, ses collègues avaient surtout vu des policiers pataugeant dans le bourbier de la Tour du Renard, courant derrière des histoires d'incestes et d'attouchements dans le huis clos d'une cage d'escalier, saturé de cas sociaux. « À ce compte-là, des "belles affaires", chaque juge en a des piles entières sur son bureau. Ce n'est pas compliqué : on n'a même que ça, soupire ce magistrat. Pour nous, cela représente 70 % des dossiers traités par les cours d'assises. Et encore, dans celui-là, il n'y avait pas de nourrisson. »

Le magistrat se disait que seul le temps émousse ces orgueils-là, que ce Burgaud, tout frais sorti de l'école, finirait par en rabattre quand lui arriverait un deuxième dossier, qui serait exactement le même que celui-là mais à la cité Transition de Boulogne-sur-Mer, puis un troisième, tout à fait pareil encore, mais cette fois du côté du Portel.

Le soir, le magistrat avait pris l'habitude de parler avec sa femme de la « belle affaire de Burgaud ». C'était même devenu un petit rituel dans leur couple. Elle lui demandait : « Et alors ? Le réseau ? » Lui répondait : « ÉNORME. Burgaud a réussi la performance de caser tous les stéréotypes sur la pédophilie dans le même dossier : il n'y a plus qu'un curé ou un instituteur à trouver et c'est bouclé. » Alors, ils riaient tous les deux.

Au barreau de Boulogne-sur-Mer, personne ne s'était bousculé non plus chez les avocats pour défendre la première vague des mis en examen. Un braqueur flamboyant, une tueuse diabolique, un terroriste émouvant, voilà de jolis cas, des causes valorisantes pour un ténor des Assises. Mais une brochette de délinquants sexuels, détrempés à la bière, élevés à coups de ceinturon et qui haussent le son de la télé pour couvrir le bruit des disputes, qui en voudrait ?

Pour arranger encore le tableau, aucun n'avait le sou vaillant – sauf peut-être Roselyne Godard la Boulangère, dont le mari était garagiste – et la plupart avaient demandé l'aide judiciaire. Bref, un dossier peu glorieux à se traîner des mois en perdant de l'argent.

À Boulogne, un avocat revoit la lumière tombante de cette fin d'après-midi où il venait d'être désigné d'office pour défendre un de ces gens d'Outreau, arrêté au début de l'affaire. « J'avais feuilleté les premières dépositions des enfants Delay chez le greffier. Mon client se disait innocent et je n'arrivais pas à le croire : les gens nient systématiquement dans les accusations de mœurs. Je le voyais coupable, je dirais même qu'il me soulevait le cœur. J'ai pensé que si au moins il avouait, son dossier serait mieux parti. J'ai essayé de le lui faire comprendre, sans avoir l'air de lui forcer la main, bien sûr. » L'avocat de Boulogne se souvient de son client, assis à côté de lui, qui répétait : « Avouer ? Et puis quoi encore ? » L'homme gardait le front baissé, ses yeux le fixaient par en dessous, ses menottes cliquetaient. Le pénaliste a fini par lâcher le premier : « D'accord. Vous vous prétendez innocent. Faisons la liste des éléments qui plaident en votre faveur. » Alors, l'autre n'a plus rien dit, on n'entendait plus que le bruit des menottes. L'avocat reprend : « Je pensais : quel salaud ! En tant que citoyen, je reconnais que j'aurais été le premier à vouloir lui couper le cou. »

C'était juste avant un interrogatoire du juge Burgaud, l'accusé et son défenseur s'étaient éloignés quelques instants en tête à tête dans un couloir du palais de justice. L'avocat n'avait jamais jugé utile de lui rendre visite en prison pour préparer sa défense. Il avait d'ailleurs si peu l'intention d'y aller qu'il n'avait même pas sollicité de permis pour le faire.

Le dossier, il n'en avait pas demandé copie, pas plus qu'il n'était allé le consulter chez le greffier. Un quart d'heure de discussion dans le couloir, ça suffit, non, avec des empotés pareils ? L'avocat se disait qu'il aurait toujours le temps, les quelques nuits juste avant les Assises, de s'avaler en vitesse les trois ou quatre procès-verbaux importants. Le pénaliste hausse les épaules. « Qu'est-ce qu'il y a d'extraordinaire là-dedans ? Rien, au contraire. C'est de l'ordinaire pur, de la justice comme elle marche au jour le jour. » L'avocat fait un gros clin d'œil. « De toute façon, j'ai heureusement réussi à me débarrasser du client assez vite en le refilant à un confrère. »

Au début, ces premiers dossiers de l'affaire d'Outreau tournent ainsi de main en main, atterrissant d'abord chez un avocat, qui le passe à un deuxième, qui rêve lui-même qu'un troisième le lui prendra à son tour. On dirait une grande partie de « Pouilleux », ce jeu qui consiste à ne pas rester à la fin avec le valet de pique entre les mains. Certains « Pouilleux » de la Tour du Renard vont ainsi circuler de cabinet en cabinet, sans défenseur attitré. Quatre mois après son arrestation, Franck Lavier écrit au juge : « Je m'adresse à vous, ne pouvant compter sur mon avocat. Ce n'est pas que je ne lui fais pas confiance, mais je ne sais pas la tête qu'il a. » Thierry Dausque, l'ex-fiancé de Martine Goudrolles, devra se débrouiller seul face au juge pendant plus d'une année, traversant tous les interrogatoires et les confrontations sans même la présence physique d'un conseil.

Nadine, sa mère, se souvient de la grande rafle du 6 mars. « Les policiers étaient venus chercher mon fils chez moi à six heures du matin. Ils demandaient : "Où sont les cassettes ?" Je ne comprenais pas. "Les cassettes porno", ils m'ont dit. J'ai fait : "On n'a pas de ça ici. Même Canal +, on l'a pas." Moi, je ne vais pas veiller la nuit pour voir des films où il y a que des bruits. Ils ont pris mon fils comme un clébard à la SPA. Il n'a pas eu le temps de s'habiller, ils l'ont fait monter dans le fourgon en chaussettes. »

En prison, Dausque suit des cours d'alphabétisation. Ses interrogatoires, où il est seul face au juge d'instruction, ressemblent à un jeu de massacre.

Fabrice Burgaud : « Que faisiez-vous la nuit déshabillé chez les Delay ? »

Dausque : « Rien, je ne me suis jamais déshabillé chez eux. Ça devient une histoire de fous. Je me déshabille les gens maintenant ? »

Le juge : « Aurélie Grenon dit que vous avez participé aux viols. »

Dausque : « Ces fausses accusations, ils vont les payer. Ils peuvent se permettre de raconter ces choses alors qu'ils l'ont fait. C'est eux qui l'ont fait. »

Le juge : « Vous venez de déclarer que Mme Delay et Aurélie Grenon participaient aux viols. Comment pouvez-vous le savoir si vous n'étiez pas présent ? »

Dausque : « Parce que c'est eux qui ont dit qu'ils l'ont fait avec moi. »

Le juge : « David Delplanque déclare que vous avez sodomisé les enfants. »

Dausque : « C'est lui qui m'a dit qu'il l'avait fait lorsqu'on était en cellule [pendant la rafle] et qu'Aurélie l'avait dit lorsqu'elle était passée ici. À cette heure, il dit que c'est moi qui l'a fait. Ils ont peur alors ils me mettent tout sur le dos. »

Le juge : « Melvin Delay indique que vous faisiez l'amour avec des enfants et que vous mettiez votre sexe dans leur bouche. »

Dausque : « J'ai jamais mis mon sexe nulle part d'abord. Et puis ça devient bien gonflant. »

Le juge : « Trois adultes qui reconnaissent les faits vous mettent formellement en cause. Comment l'expliquez-vous ? »

Dausque : « Pourquoi ils m'accusent, alors là je voudrais bien le savoir. »

Le juge : « Les enfants mentent-ils à votre sujet ? »

Dausque : « Ben ouais. Je n'ai jamais fait tout ça, c'est tout. Je vais devenir dingue. »

Le juge : « Pourquoi sept personnes, trois adultes et quatre enfants, vous accusent-ils ? »

Dausque : « Si ça continue, il va y avoir tout Outreau. Mme Delay, elle ne s'occupait pas de ses enfants. »

Le juge : « Vlad Delay dit que vous aviez des relations sexuelles avec sa mère. »

Dausque : « Jamais de la vie. C'est bon, il y a assez de Françaises sur terre. Je n'ai pas couché avec sa mère et je ne coucherais jamais avec ça. »

Semaine après semaine, Dausque tente de ne pas se noyer. Il griffonne des petits mots à Fabrice Burgaud. « Une confrontation, svp. » Ou bien : « Je suis INO-CEN. »

Sa mère, Nadine, prend peur. Elle sent son garçon « prêt à partir pour l'échafaud ».

À son tour, elle s'adresse au magistrat :

Monsieur, je ne connais pas les lois, c'est la première fois que j'ai un de mes enfants en maison d'arrêt. Je ne sais pas à qui m'adresser. Le premier avocat de mon fils m'a dit qu'il ne pourrait pas le défendre, la deuxième dit qu'elle ne pourra pas non plus parce qu'elle en a d'autres dans la même affaire, une autre est enceinte et là, il n'a encore personne. Je sais que tout seul il ne pourra pas, c'est la première fois que ça lui arrive. Si vous pouvez m'expliquer, j'ai demandé au commissariat mais on ne me dit jamais rien. C'est un fils que j'ai enfermé, pas un chien.

Elle ne reçoit aucune réponse.

Dans son bureau du Pas-de-Calais, le magistrat « d'expérience » reprend les journaux de cette semaine-là, en novembre 2001, où les « notables » furent arrêtés. Il les garde tout au fond de son tiroir, entre un annuaire et une médaille dorée dans une boîte en feutrine. Il y avait *France-Soir*, du 19 novembre 2001 :

Enfer pédophile dans le Nord : 24 enfants étaient livrés par leurs parents à un réseau de prostitution. Un huissier de justice et un prêtre seraient impliqués. On parle de ramifications en Belgique et dans le milieu médical. Le dossier risque fort de connaître de nouveaux développements…

À la même période, *Le Figaro* évoque des « relents d'affaire Dutroux, même si par bonheur il n'y a pas eu de meurtre ». L'article jongle avec les sous-entendus, les affaires qu'on étouffe, les noms de puissants qui circulent déjà. Et conclut : « Les magistrats boulonnais assurent que le dossier du réseau sera mené à son terme, quelles que soient les surprises qu'il pourrait encore révéler. »

Dans *Le Point*, le favori du magistrat expérimenté, l'article est signé d'une grande plume du magazine, réputée pour ses scoops dans les affaires politico-financières :

Depuis plusieurs mois, la rumeur courait dans la ville. On décrivait l'horreur, évoquant l'existence d'un réseau pédophile, chuchotant des noms de notables « compromis » mais « intouchables ». [...] Le week-end dernier, la vérité a éclaté. Six notables ont été incarcérés pour viols et agressions sexuelles aggravées. Ces dernières arrestations ne seraient que la partie visible de l'iceberg. [...] D'autres notables, à commencer par un médecin, sont cités dans le dossier déjà épais de 150 pages. Par ailleurs, des investigations sont conduites en Belgique sur d'éventuelles ramifications. C'est la rencontre dans l'horreur de deux mondes, l'un miséreux, oisif et sans instruction, rongé par l'alcool. L'autre beaucoup plus aisé et avide apparemment de déviance...

Quelques années plus tard, le magistrat peut répéter, mot pour mot, ce qu'il a dit ce soir-là à sa femme en rentrant : « Tu te rends compte : c'était vrai. Burgaud avait raison. Le réseau, la Belgique, les chiens... » Sa femme a ajouté : « Et il y avait même un curé. »

16

Myriam dit qu'elle ne peut pas se souvenir de tout « tellement elle en a subi ».

Dans son cabinet au palais de justice de Boulogne-sur-Mer, le juge Fabrice Burgaud, qui l'interroge, est face à elle. Ce mois de novembre 2001, le dossier vient définitivement de sauter de la Tour du Renard au manoir du Boulonnais, du drame social au drame tout court. Des journalistes téléphonent sans cesse, chaque acte de l'instruction est désormais escorté de roulements de cymbales médiatiques.

Au juge, Myriam dit qu'elle était droguée, « et puis quand j'étais trop abîmée par-devant, on me prenait par-derrière ». Elle le lui a déjà raconté, et de nombreuses fois. Et est-ce qu'il connaît l'histoire « quand Thierry mettait de l'huile sur ses doigts, puis les mettait dans mon vagin » ? Les mêmes mots, les mêmes images reviennent sans cesse, se développant en arabesques presque identiques mais assemblés chaque fois de manière légèrement autre, ravivés d'un nouveau détail, piqués d'une fantaisie inattendue.

Myriam vérifie toujours d'un coup d'œil si ses interlocuteurs sont attentifs à ce qu'elle leur raconte, surtout quand elle parle de sexe. Avec le juge, elle est rassurée. « Il écoute toujours bien. »

144

Fabrice Burgaud lui dit de continuer, le greffier note.

Myriam poursuit. En Belgique, dans la ferme, l'huissier Alain Marécaux n'était pas là, mais il y avait deux autres personnes, elles aussi de la région de Boulogne-sur-Mer, elles aussi huissiers. Et resurgissent maître Gontrand et maître Lapin dont Myriam avait parlé deux mois plus tôt et qu'elle semblait avoir oubliés. Au gré de ses interrogatoires, des personnages se sont mis à apparaître ou disparaître. Soudain, dans la description d'une « partouze », déboule Janine, la mère de Thierry, accompagnée de sa fille Isabelle, « qui regarde comme au cinéma », tandis que Nicolas Nord, le beau-fils, s'attelle immédiatement à violer les enfants. Le nombre des acteurs se borne certes à la minuscule galaxie du cinquième sans ascenseur de l'immeuble des Merles, les fragments épars d'une famille, les visages de la cage d'escalier, les quelques commerçants. Mais, au fil du temps, ses propres mots emportent Myriam, ses histoires la submergent. Les personnages se métamorphosent, chacun d'eux se démultiplie, changeant brusquement de fonction comme un jeu de rôles qui n'en finirait pas. Martine Goudrolles, l'amie du Nain jaune – « la seule qui m'ait aidée à la Tour du Renard », a longtemps dit Myriam –, s'est muée en une matrone violeuse. Cet autre, décrit comme si gentil, devient soudain une brute : « Il m'a obligée à faire une fellation à un chien et Vlad devait regarder avec un couteau sous la gorge. » Et Myriam, démiurge en survêtement, roule des yeux et lève un index solennel : « C'est parce qu'il avait deux visages et changeait d'un coup d'éclair. »

Puis Myriam revient à Pierre Martel, chauffeur de taxi à Outreau, mis en examen avec les « notables ». En fait, il était accompagné de Pierre Casquelles, un presque homonyme, également chauffeur et habitant l'immeuble des Mésanges. À ces deux-là s'ajoute un troisième homme, accusé par les fils de Myriam : c'est encore un taxi (au noir cette fois), encore à Outreau (mais aux Fauvettes), encore appelé Martel (Yvon de son prénom et sans parenté avec l'autre).

Personne – ni le juge, ni l'avocat, ni le greffier – ne lui fait remarquer les prodigieuses coïncidences d'un réseau où se retrouveraient tous les chauffeurs d'Outreau portant des noms presque similaires et trois huissiers de la région. Au contraire. Chacun veille à ne pas l'interrompre, à suivre scrupuleusement cette sarabande insensée de Pierre, de Martel, de Casquelles, de chauffeurs de taxi, d'huissiers.

Dans cet imbroglio de noms et de métiers, de voisins aux deux visages, d'innocents qui n'en sont pas, les enquêteurs ont de plus en plus de mal à débrouiller qui est accusé de quoi et par qui. Ils ont bien arrêté une boulangère, mais ne savent toujours pas qui est le boulanger. Son mari ou un autre ? Quant aux Legrand, combien sont-ils ? Et brusquement, la « belle affaire » de Burgaud tourne aux répliques de vaudeville, cabriole comme une opérette. En arrêtant Daniel Legrand, père, et Daniel Legrand, fils, un policier a demandé à Françoise, femme et mère des précédents : « Est-ce que par hasard vous ne connaîtriez pas un troisième Daniel Legrand ? »

Dans le cabinet du juge, Myriam finit toujours par proposer, bien sûr, de montrer ses cicatrices. Elle le fait. Les traces sont là, c'est indéniable, des experts en feront même un rapport détaillé qui sera lu en cour d'assises. En quelques mois, elle les a attribuées successivement à son premier mari en Algérie, puis à

Thierry Delay, puis à l'homme du sex-shop, puis à Daniel Legrand, père.

« Pour la première fois de ma vie, on me trouvait intéressante, dit Myriam. J'avais de l'écoute. » Depuis toujours, elle s'est sentie à la merci de n'importe qui, la « pauvre petite Myriam » comme elle dit d'elle-même, celle qu'on envoyait en Algérie comme un paquet, celle qui mendiait aux voisins la permission de regarder la télé avec eux, celle qui n'osait pas élever la voix devant l'épicier Martineau, celle qui tombait à genoux pour un parloir avec Marcel.

Au palais de justice de Boulogne, des personnages importants la traitent avec respect. Quand elle entre, ils se lèvent. Ils s'empressent avec des « Prenez donc une chaise » et des « Comment allez-vous ? ». Au début, Myriam était tellement étonnée qu'elle ne répondait pas. « Je pensais qu'ils parlaient à mon avocat. »

On lui sert du « Madame Badaoui ». Elle a repris son nom de jeune fille et, tant qu'à faire, ces messieurs ne pourraient-ils pas l'appeler « mademoiselle » puisqu'elle a demandé le divorce ? Ça lui ferait tellement plaisir. Elle se sent bien, elle sourit à ces prévenances – elle a remarqué combien Fabrice Burgaud peut être cassant avec les autres mis en examen.

Le juge et l'inculpée n'en sont plus aux premiers pas de l'enquête, quand Burgaud devait lui extorquer des demi-aveux, la pousser pour qu'elle évoque une scène ou l'autre, insister pour qu'elle acquiesce aux listes avancées par ses enfants. Maintenant, elle prend l'initiative. Elle dira, plus tard, presque coquette : « Je m'ai fait mon petit monde, mes inventions à moi. »

Au fait, Myriam allait oublier le propriétaire du magasin d'électroménager d'Outreau : il offrait un téléviseur à qui faisait l'amour avec lui. « Il m'a fait un crédit de

25 000 francs alors que nous étions surendettés. Vous trouvez ça normal ? J'ai dû coucher avec lui dans le petit hangar derrière le magasin pour avoir les meubles. » Il avait d'ailleurs fait l'amour aussi avec Sandrine Lavier, mais, quand elle n'a plus voulu, « le vendeur est venu reprendre le magnétoscope ». Soudain, Myriam a un regret. Elle se souvient encore de quelqu'un d'autre. Dans le couloir du palais de justice, elle vient de croiser une dame qui habite aux Mésanges, à la Tour du Renard. Elle aussi appartenait au réseau avec son mari.

« J'ai donné des noms, des noms, dira Myriam. Au début j'avais des raisons et puis je n'avais plus de raisons. C'était comme cela, ça sortait tout seul. Il y a quelque chose qui ne va pas bien dans ma tête. »

À partir de décembre 2001, le juge Fabrice Burgaud organise une série de confrontations, une vingtaine au total en quelques semaines à peine. Dans tout dossier criminel, cet acte de procédure représente une étape cruciale, surtout lorsque s'opposent plusieurs versions contradictoires des faits. Là, c'est le cas, jusqu'à la caricature même : sur quinze personnes mises en examen à ce stade de l'enquête, onze se disent innocentes tandis que les trois autres les chargent – Myriam Badaoui, Aurélie Grenon, David Delplanque. Quant à Thierry Delay, il ne dit toujours rien.

Ceux qui nient ont déjà commencé à tempêter. Ils exigent que cette fameuse confrontation ait lieu le plus vite possible. D'abord, c'est leur droit, un des plus fondamentaux de la défense : chacun peut demander à être mis en face de celui qui l'accuse. Mais, surtout, tous pensent que cette séance-là leur vaudra le salut et qu'ils en ressortiront libres. Pierre Martel, le chauffeur de taxi, est persuadé que Myriam va se rendre compte de son erreur en le voyant. Roselyne la Boulangère est convaincue que ses accusateurs seront pris de remords, une fois les yeux dans ses yeux. Daniel Legrand, père, qui affirme comme son fils ne connaître personne, croit à une confusion que dissipera le premier regard. Les choses vont se passer tout à fait à l'inverse.

En général, les confrontations se font séparément, une personne contre une autre, et chacun fait valoir ses arguments. Fabrice Burgaud, lui, organise des séances groupées : il convoque ensemble Myriam, Aurélie et David, et place seul face à ces trois-là un de ceux qu'ils mettent en cause. Le magistrat est très fier de son procédé. Certaines précisions dans les accusations, comme les dates ou le nombre de rencontres, divergent en effet entre les versions d'Aurélie, de Myriam ou de Delplanque. « Les entendre tous les trois à la fois permet de tout mettre à plat d'un seul coup, explique Burgaud. Les choses sont ainsi bien calées dans un récit circonstancié. »

La méthode présente pourtant un risque majeur, que dénoncent certains avocats de ceux qui nient. Si les trois accusateurs sont présents en même temps, ils pourront calquer leur version les uns sur les autres. Au lieu d'établir la vérité, la confrontation se transformera alors en une concertation officielle, susceptible d'établir un mensonge commun.

Plus d'une dizaine de demandes de confrontations séparées sont déposées par la défense. Toutes sont rejetées. Pour le juge, comme pour les trois magistrats de la chambre de l'instruction chargés de contrôler la procédure, il n'est pas imaginable qu'Aurélie, Myriam et David puissent « avoir tout inventé ». « Il n'y a pas de garantie à 100 %, mais il me paraît aberrant de partir du postulat que tout est faux », répète Burgaud.

Les juges ont certes quelques doutes, mais à la marge, sur des détails, des précisions. Sur le fond, ils n'en ont aucun : la vérité est de ce côté-là, celui des enfants, celui de Myriam, d'Aurélie et de David, de ces humains courageux qui osent briser la loi du silence, vaincre la peur et dénoncer un réseau. Sans cela, pourquoi diraient-ils tous la même chose ? Il est du devoir de la justice de les protéger et faire éclater leur parole.

Au temps de la Tour du Renard, cela faisait des années que Myriam et Aurélie ne se parlaient plus, depuis cette histoire de réveillon de Noël annulé en 1998. Elles ne se sont pas vues non plus depuis leur arrestation. Myriam se souvient qu'à la première de ces confrontations elle ne savait pas si Aurélie allait dire la même chose qu'elle. « Elle l'a fait. On se regardait et on se suivait. » Un magistrat lui demandera bien plus tard pourquoi, à son avis, Aurélie avait agi ainsi. Myriam aura l'air étonnée. « Je ne sais pas. Je ne me suis jamais posé la question. » Aurélie, elle, racontera l'attente juste avant les confrontations, tous sur le même banc dans le couloir du palais de justice. Celui ou celle qu'elle allait accuser était là, assis à côté d'elle. « Mme Badaoui me le désignait d'un signe. Je faisais oui de la tête. »

Le rituel des confrontations peut commencer. Daniel Legrand, fils, ce gamin de 20 ans appréhendé en même temps que son père dans la vague des arrestations des « notables », est un des premiers à y être soumis. Le 17 décembre 2001, il entre dans le bureau du magistrat.

« Ils étaient tous les trois, collés les uns aux autres, ils se sentaient à l'aise, tout en confiance avec le juge. Dès que Burgaud se mettait à noter des choses sur l'ordinateur, ça y allait entre eux, les coups de coude, les gros yeux, ils se soufflaient des réponses. Mme Badaoui menait tout le monde, elle accusait comme on dit bonjour-bonsoir. »

C'est toujours vers Myriam que se tourne en premier Fabrice Burgaud pour entamer la séance : « Mme Badaoui confirme-t-elle bien l'implication de celui-ci (ou de celle-là), ici présent(e), dans les viols ? »

Myriam regarde chacun droit dans les yeux. Les mots sortent avec force, presque avec violence, comme si cela faisait des années qu'elle attendait de pouvoir les prononcer.

Oui, elle l'a vu(e) violer ses enfants.

Le juge passe alors aux questions circonstanciées, toujours les mêmes et généralement dans le même ordre :

– Où cela se passait-il ?

– Quand ?

– Combien de fois ?

– Était-il (ou elle) venu(e) seul(e) ?

– Comment était-il (ou elle) habillé(e) ?

Aux premières séances, l'interrogatoire tâtonne un peu comme avec Alain Marécaux, le 18 décembre 2001. Il est établi que l'huissier a eu un contact avec les Delay en 1995 pour un problème d'Assedic. Mais il ne serait revenu violer les enfants Delay que cinq ans plus tard, en 2000, affirme Myriam. Aurélie Grenon confirme elle aussi la participation de l'huissier à une soirée, mais la situe en 1998. Elle persiste : c'est après cette date qu'elle s'est brouillée avec Thierry et Myriam et n'a plus remis les pieds chez eux. Delplanque approuve, sans souvenir précis.

L'huissier nie, sûr de lui. Il fait remarquer avec ironie qu'il y a une incohérence dans les années.

Le juge interroge à nouveau Myriam.

Et elle, ingénue, s'exclame : « Ah bon, on doit préciser une date ? »

Très vite, Myriam comprend son rôle. Elle l'aime. Peu à peu, elle prend les choses en main, précède les questions, menant chacune des confrontations à sa propre cadence. C'est un spectacle qu'elle domine de sa masse et de son aplomb.

Elle raconte comment était habillée Mme Marécaux : moderne, l'air d'une représentante, jupe noire, chemisier blanc brodé au col, veste noire. Pas trop mince, « juste à point », avec des mèches blondes et un collant fantaisie. Ou pour Dausque : « Il portait un jogging bleu, des baskets de marque Fila, un pull blanc. » Le fils Legrand ne portait pas de caleçon. Pierre Martel, le chauffeur de taxi, était « très classe, pantalon vert à carreaux, pull V jaune et chemise jaune ».

Fabrice Burgaud se tourne alors vers « l'autre ».

Donc ?

« L'autre » proteste. Daniel Legrand, père, dit : « Madame doit me confondre. Je ne l'ai jamais vue. Elle cherche à protéger quelqu'un, je ne vois que ça. » Ou la Boulangère : « Je ne sais pas pourquoi elle invente ça. Je lui ai rendu service, elle me remboursait. »

Un silence, d'abord. Myriam le rompt infailliblement par de bruyants sanglots. Le juge ne bouge plus. La pièce entière se fige et cela fait une bonne vingtaine de personnes entre les avocats, les gendarmes, le greffier. Tous la regardent pleurer. Si quelqu'un s'avise de bouger, on lui fait : « Chuuut. »

Au milieu de ses larmes, Myriam apostrophe alors cet impudent qui nie, usant d'un tutoiement appuyé comme on attrape une crapule au collet : « Comment oses-tu ? Moi au moins je n'essaye pas de minimiser. » Elle rabroue la Boulangère : « Jamais je n'accuserais un innocent. Si tu n'avais rien fait, je ne t'accuserais pas. » À Karine Duchochois, elle jette, dans un soupir déçu : « Pourquoi tu ne dis pas ce que tu as fait ? Cela m'aurait fait plaisir que tu reconnaisses. » Daniel Legrand, fils, dit que ces accusations le « dégoûtent ». Alors, Myriam, à la volée : « Et les faits, cela ne te dégoûtait pas ? »

Souvent, les larmes la reprennent. Une fois, il faut demander un mouchoir à celui qu'elle vient d'accuser pour éponger ses grands yeux noirs. On la calme enfin, c'est le juge qui y arrive le mieux. « Du courage, madame Badaoui, et je sais que vous en avez. »

Parfois, cela tourne à la farce. Ça gesticule, ça déborde, comme à Guignol. Face à Franck Lavier, Myriam bondit de sa chaise. Lavier vient d'expliquer au juge que ses belles-filles avaient été invitées à deux goûters chez les Delay.

Myriam : « Ce n'est pas vrai. Ce n'était pas un vrai goûter. Tu sais ce que c'était, le goûter ? Des fellations et des pénétrations. »

Lavier : « Si ça aurait été vrai, j'aurais pris un couteau de 45 cm que j'ai chez moi et je lui aurais découpé la tronche à celle-là. »

Myriam : « C'est des menaces qu'il m'a déjà faites et à Aurélie aussi. »

Lavier : « Aurélie, dis-leur que je ne t'ai jamais menacée. »

Notation du greffier : « Aurélie fond en larmes et regarde Lavier de manière très inquiétante. »

Puis elle dit : « C'est vrai pour les menaces de mort. Les cicatrices de Myriam, c'est Lavier qui les a faites. »

Myriam reprend le contrôle de la situation : « Aurélie, attention. Il y a lui mais pas seulement. M. Legrand m'a fait une cicatrice en forme de croix sur la cheville, et puis mon mari aussi, et puis d'autres gens. Je vais d'ailleurs vous expliquer ce qu'il s'est réellement passé… Ils m'ont mis une main en plastique dans le passage, j'étais tellement échauffée… et puis M. Lavier m'a sodomisée. »

Quand Myriam se tait enfin, Burgaud se tourne vers Aurélie Grenon.

À son tour maintenant.

La jeune fille aussi s'est trouvé un style. Elle commence par être secouée de tremblements. Puis elle répète mot pour mot ce qu'elle vient d'entendre, à la marque du survêtement près, scandant régulièrement ces propos de « comme elle a dit Myriam ». Pour la femme de l'huissier par exemple, Aurélie se lance : « Comme elle a dit Myriam, Odile Marécaux a demandé à Vlad de lui lécher le passage. Elle avait un tailleur noir. » Aurélie dit qu'à cette époque-là elle se sentait embarquée dans l'affaire. « J'inventais au fur et à mesure. Je n'arrivais pas à me mettre dans la tête que ce que je disais était mal. Au bout d'un moment, je ne savais plus le vrai du faux. Je n'arrivais pas à croire qu'il y aurait un procès. Je vivais dans une histoire. »

David Delplanque passe le dernier. Burgaud s'en méfie.

En général, l'ex-fiancé d'Aurélie répète en termes vagues la version des deux femmes. Mais il lui arrive de s'arrêter net devant un visage, comme un cheval qui refuse l'obstacle. Il baisse la tête, ses yeux disparaissent derrière sa mèche noire. Il semble rentrer en lui-même. Et Delplanque fait marche arrière.

Pour la femme de l'huissier, il dit par exemple l'avoir vue une dizaine de fois. Odile Marécaux se met à pleurer. Delplanque la regarde. On dirait qu'il va pleurer aussi. Ses cheveux noirs tombent en rideau, il murmure : « Non, finalement, une seule fois. »

Face à Pierre Martel, le taxi, Delplanque plonge à nouveau du regard. « Il n'y était pas. Je ne l'ai pas vu. »

Dans le cabinet d'instruction, le plancher paraît soudain s'ouvrir, engloutir d'un coup les six boîtes cartonnées du dossier, tandis que s'éparpille comme un château de cartes toute cette architecture fragile qui va de la Tour du Renard à la Belgique, des Delay aux notables, de l'inceste au réseau, sans oublier le berger allemand. Et ne reste de la « belle affaire » que Delplanque au visage baissé, Delplanque qui voulait être para et jouait à la guerre sur PlayStation, Delplanque qui rêvait d'épouser Aurélie Grenon et Delplanque qui dit non. Finalement, il n'a rien vu.

Ce jour-là, c'est Aurélie qui se lève. Elle ne tremble plus du tout. « Lâche. Tu l'appelais "mon copain". » Tout le monde se tait, même Myriam. Alors Delplanque dit que oui, Martel y était.

À nouveau, Delplanque renâcle devant Karine Duchochois. La jeune femme est l'ex-copine de Brunet, le copain d'enfance retrouvé à la Tour du Renard, celui des petites voitures télécommandées, le tout premier nom que Delplanque a donné à Fabrice Burgaud.

Karine tente de regarder Delplanque, il maintient les yeux baissés. Il dit qu'il ne l'a pas vue. Elle racontera devant la cour d'assises : « Burgaud s'est levé. Il a crié sur David. Il lui disait qu'il risquait plus de prison s'il partait dans ce sens-là. Aurélie et Myriam s'y sont mises aussi. Elles hurlaient contre lui, en disant "espèce de menteur". Le greffier ne notait plus rien du tout. Je disais au juge d'écrire, mais il s'est fâché encore plus : "C'est mon instruction, je fais ce que je veux." »

Delplanque finit par dire qu'il en a marre. Il veut rentrer à la maison d'arrêt, retrouver son grand bloc, dessiner des tatouages jusqu'au moment où il ne verra plus que du noir. Il dit que Karine Duchochois y était et le juge fait la tête de celui qui l'a échappé belle. Heureusement qu'il a eu cette idée des confrontations groupées : avec un dégonflé comme Delplanque, tout serait sans cesse à recommencer.

Dans sa cellule, Thierry Dausque, l'ex-fiancé de Martine Goudrolles, se couche le plus tard possible et se lève le plus tôt qu'il peut. Il s'habille, il se peigne, il s'assoit sur son lit, les yeux fixés sur la porte de la cellule. Il faut qu'il soit prêt quand cette personne viendra – car elle viendra, il en est sûr. La clé tournera, on annoncera : « Excusez-nous, monsieur Dausque, on s'est trompés. Vous pouvez sortir. » Cela fait dix mois maintenant que Dausque l'attend. Comme tous les autres, il a supplié le juge que la confrontation ait lieu au plus vite ; comme tous les autres, il ne doute pas qu'il sera blanchi.

Elle a eu lieu le 7 janvier 2002. Quand il est ramené en maison d'arrêt, Dausque fait écrire à sa mère par un codétenu.

Maman,
Aujourd'hui j'ai eu ma confrontation. C'est plutôt moi qui m'en a chopé plein la gueule, tout pour me répéter ce qu'on m'avait déjà dit. L'avocate n'était pas là. L'autre, la grosse pute de Delay, t'aurais vu elle et le juge, on dirait qu'ils boivent le café ensemble. Comme elle s'est mis à chialer, le juge lui a dit : Ça ne va pas, madame Delay ? Au moment de partir, tu les aurais vu parler ensemble. Elle dit que je suis monté avec des basket Fila, elle se souvient de la

156

marque de mes affaires mais pas la date où j'aurai violé ses fils. On m'a fait comprendre qu'il fallait que j'invente, que je dit que j'y étais ; autrement je prends 20 ans de prison. Tu vois l'affaire. En partant, le juge m'a même pas dit au revoir, comme si moi j'existais pas.

17

C'est janvier, il y a des neiges. À la Tour du Renard, des barrières métalliques ont été posées tout autour des jardins ouvriers pour éloigner les curieux, mais les gens continuent à s'approcher, un vague sac en plastique au bout des doigts, comme s'ils attendaient l'autobus ou bien rentraient de courses.

Depuis la rue Lucien-Hénon qui longe le stade, certains immeubles ont une vue plongeante sur les petits potagers. Ceux qui connaissent quelqu'un dans les étages ont eu la brusque envie d'aller lui rendre visite, mine de rien, tout à la fois vraiment dégoûtés et vraiment attirés. « Je passais par là, je me suis dit qu'on pourrait se faire couler un café. Il t'en reste ou j'envoie mon garçon chez Martineau, rue de la Meuse ? Et puisqu'on est là, autant mettre la télé, il est déjà midi passé. » Les fouilles ne devraient pas tarder à commencer pour retrouver le cadavre de l'enfant.

C'est le jeudi 10 janvier 2002, ça n'arrête pas depuis la veille, où l'affaire a explosé : un des deux Daniel Legrand, le fils, a brusquement raconté que Thierry Delay avait tué une petite fille belge, un soir à l'immeuble des Merles, et l'aurait enterrée là, dans les jardins ouvriers. La télé explique que le meurtre avait eu lieu « pendant une orgie ».

« Oui, parfaitement, ils disaient : une orgie », se souvient Mylène, qui habite aux Rossignols. Elle répète le
mot, le soupèse tant il lui semble lourd : « Une orgie,
comme dans *Ben-Hur*. » Et puis la petite fille, « elle
serait belge, comme dans Dutroux ».

Des Legrand, il y en a par dizaines dans la région,
partout mais tous différents, cinquante foyers rien que
sur Boulogne-sur-Mer, quelques-uns aux Hirondelles,
trois aux Mésanges, d'autres vers la mairie et de nouveaux encore, plus bas, du côté de la rivière. Ces Daniel
Legrand-là, justement, c'en sont deux que personne ne
connaissait à la Tour du Renard. Ils sont de Wimereux,
ailleurs mais pareil, à vingt kilomètres de l'autre côté
de Boulogne-sur-Mer, autrement dit le bout du monde.

La police s'était particulièrement félicitée de leur
capture, en novembre dernier, dans la deuxième vague
d'arrestations, celle des « notables ». Legrand, père, est
accusé par Myriam Badaoui, Aurélie Grenon et David
Delplanque d'être un des cerveaux du réseau, patron
d'un sex-shop (et peut-être de plusieurs), un « partou-
zard », « un homosexuel », « même dans un film on a
jamais vu pareille horreur ». Il aurait une maison en
Belgique où des vidéos étaient tournées, selon deux des
frères Delay, qui ont reconnu les lieux. Pour Myriam, le
fils Legrand participait aussi.

Papa Legrand a 50 ans, un homme plutôt petit qui
travaille chez Delattre, entreprise en charpentes métalliques, depuis juillet 1973. Les relevés de la pointeuse
indiquent trente ans d'une vie régulière comme une
horloge – 7 h 45-17 h –, pour un peu plus de 7 000 francs
par mois. Jamais de retard, jamais de signalement défa-
vorable. « Il a eu toutes les médailles du travail, mais
cela ne l'intéresse pas de grimper, dit son patron. Il est

très craintif, plutôt rustre, et il aime obéir : il se complaît dans son statut d'ouvrier de base. »

Legrand a une ambition, la seule, le projet d'une vie pour la plupart des travailleurs. Ça tient entre quatre murs : quitter les HLM pour avoir sa maison à soi dans le lotissement neuf, qui pousse généralement juste à côté de la cité. Legrand se crève en heures supplémentaires pour rembourser les traites, un pavillon à Wimereux acheté en accession à la propriété dans les années quatre-vingt. Sur les chantiers, on ne se bouscule pas pour faire équipe avec lui. Trop dur à la tâche, on l'a surnommé « la bête ». Même à l'heure de la gamelle, il continue à parler charpente au lieu d'écouter tranquillement la radio dans la camionnette, comme tout le monde.

Legrand a cinq enfants, puis quatre en plus d'un seul coup, les orphelins d'un frère mort en voiture sur une route nationale.

Le prix de la location-vente du pavillon se met à grimper. Il double. Presque tout le salaire de Legrand y passe. Il augmente encore sa cadence, fait des chantiers le samedi matin, puis le samedi après-midi, puis le dimanche matin, puis le dimanche après-midi. Il ne prend pas de vacances, sauf une dizaine de jours, « j'étais obligé à cause d'une loi ». Il supplie qu'on le laisse travailler encore plus, mais même plus, ce n'est pas assez. Les huissiers ont déjà expulsé les Legrand, en septembre 2000, quand l'acte de propriété du pavillon se révèle, après dix-sept ans de remboursements, une vaste carambouille où plus de deux cents familles ont plongé.

Femme et enfants Legrand se dispersent chez les uns ou les autres, comme ils peuvent, une nuit ici, l'autre là, en attendant que Papa Legrand gagne assez d'argent pour avoir un nouveau toit. Lui dort dans la voiture – une Citroën quinze ans d'âge achetée d'occasion – parce qu'il a peur de déranger. Trois jours avant d'être interpellé, Legrand touche le fond du désespoir quand son entreprise passe aux 35 heures. Il dit à sa femme : « Je suis foutu. On n'arrivera plus jamais à avoir une maison. »

Le jour de son arrestation, Papa Legrand avait à la main sa sacoche à outils dont il vérifie chaque pièce tous les soirs, et un paletot de velours côtelé par-dessus son bleu de travail. Lui seul a le droit de le repasser. « C'est mon plus beau costume. »

Au commissariat, Legrand a une hantise : sortir vite, sinon, « je vais arriver en retard au chantier et me faire engueuler ». Il demande s'il est là pour vol. « Pire », dit le policier. Pour meurtre, alors ? « Pire », dit le policier. On lui annonce qu'il est Satan et qu'il viole des enfants en Belgique. Papa Legrand se récrie : « Mais j'ai pas le temps ! Moi, je fais ma semaine, puis je fais mon mois, puis je fais mon année. Pourquoi on vient m'emmerder avec des conneries ? » Il regarde chaque minute qui tourne. Il est nerveux. Cette fois, c'est sûr, il sera en retard.

Le policier lui dit que Myriam Badaoui l'a reconnu sur des photos. « Je plane à 15 000. Je ne sais pas qui est cette femme, je ne suis pas allé en Belgique depuis plus de trente ans. » Les policiers lui demandent s'il n'a pas fait un chantier à Outreau. Legrand dit que oui, il y a quatre ou cinq ans. Et cette manie de déménager, de n'habiter nulle part, n'est-ce pas pour semer la police ? En plus, Legrand fume : les brûlures de cigarette sur Myriam, ça ne lui dit rien ? Papa Legrand est fatigué de ces questions auxquelles il ne comprend goutte. Il n'arrive même pas à évaluer la gravité de ces choses qu'on lui reproche, il ne pense qu'à la pointeuse de l'entreprise Delattre.

Daniel Legrand, fils, est entendu dans le même commissariat. Il a 20 ans. Il dit ne rien savoir et les policiers relèvent avec humeur qu'il « adopte ce même comportement incrédule pendant tout l'interrogatoire ». Il est conduit devant le juge. « Si vous n'avez rien à dire, allez réfléchir en prison. C'est un dossier qui est parti pour quatre ans d'instruction et vingt ans de peine. »

Les deux Daniel Legrand sont incarcérés.

Quand vient le jour de la confrontation, le 17 décembre, Legrand, fils, remarque surtout Aurélie Grenon dans le cabinet du juge. Ils ont le même âge, tous les deux. Elle a les cheveux sur les épaules, le regard en coulisse, un soupçon de rouge à lèvres. Elle parle de sexe, elle raconte des scènes de partouzes.

Legrand, fils, est joli garçon. Il se serait bien vu footballeur. Il a suspendu sa vie à ce rêve, les trois entraînements par semaine, le match du samedi après-midi, les copains qui l'ont surnommé Paul Ince, comme le joueur anglais. Le reste du temps, il tourne dans le quartier à Wimereux. « Le matin, on se lève, on frappe les uns chez les autres, on sort ensemble et on recommence le lendemain. »

Devant le juge, le jeune Legrand ne sait que dire. Il n'a jamais caressé ni adulte ni enfant. Il affirme qu'il est vierge, propose de subir un test pour le prouver. Dans le cabinet d'instruction, avocats, greffiers, tout le monde rit de sa balourdise, et Aurélie Grenon aussi. Le jeune Legrand a honte et honte d'avoir honte. Il regarde son avocate. « J'ai vu qu'elle ne me croyait pas, qu'elle ne me laisserait aucune chance. »

Aurélie Grenon continue de l'accuser. Elle raconte avec des détails crus comment elle participait elle-même. Puis elle reprend le bus pour rentrer chez elle. Lui est ramené en cellule. Depuis, il n'arrête pas de penser à « la jeune demoiselle de l'autre jour. Elle explique qu'elle est coupable, elle raconte n'importe quoi et elle est sortie de prison. Moi, je dis que je suis innocent et je suis derrière les barreaux : le monde à l'envers ». C'est un choc pour lui.

Le jeune Legrand s'en veut. Il a le sentiment que tout est sa faute, qu'il a déclenché un cataclysme où il a entraîné son père. À Wimereux, le fils de « la bête » ne cherchait pas d'emploi, il faisait semblant pour calmer ses parents. Il fumait des pétards en cachette, une fois il a même pris de l'héroïne pour voir ce que ça faisait. Il sortait en boîte le week-end après le match de foot. En 1999, il a accompagné un copain en Belgique acheter un pot d'échappement avec un chéquier volé. La plainte déposée puis retirée par le garagiste est restée au fond de la mémoire d'un ordinateur au commissariat de Mouscron : les policiers cherchaient un Legrand de ce côté-là de la frontière et ils sont tombés sur lui, puis sur son père. Legrand, fils, pense qu'il doit trouver un moyen de les sortir de là.

Il décide de tendre un piège à ses accusateurs, « tenter le diable, inventer quelque chose de plus fort qu'eux pour faire éclater leurs mensonges. J'étais sûr d'être libéré comme la jeune demoiselle ».

Il pense à un récit avec des scènes de sexe, pires que les leurs, mettant en scène Aurélie Grenon, bien sûr. Il a du mal à trouver les mots, un codétenu doit l'aider, surtout pour raconter comment la jeune demoiselle « aime bien mettre son doigt dans le sexe de certains gamins », comment « elle lui a léché le sexe », comment ils ont fait l'amour deux ou trois fois, comment elle s'exhibe devant la caméra. Il a hâte d'être reconvoqué, de voir Myriam s'effondrer et Aurélie aussi. Elles reconnaissent tout, « même les pipes », et le jeune Legrand reste en prison. Il a l'impression de perdre la tête.

Le 4 janvier 2002, il envoie un nouveau courrier au juge, mais aussi à la chaîne de télévision France 3 :

> Je vais faire des révélations car je ne supporte plus de garder cela au fond de moi. Je ne voudrais pas endosser la mort d'une fillette alors que je n'étais que simple témoin. Je me trouvais fin 1999 chez les Delay quand Thierry Delay et un vieux monsieur sont arrivés avec une petite fille soi-disant belge. [...] Le vieil homme a abusé de la petite fille, elle a hurlé, c'est là que Thierry l'a battue à mort à la tête. Il avait filmé mais après ce drame, il a détruit la cassette. Thierry m'a fait des menaces de mort. Je suis rentré chez moi.

Un des enquêteurs se souvient du sentiment de triomphe, ce jour-là, parmi ceux qui travaillaient sur le dossier. « On disait : "Legrand nous a fait un formidable cadeau", on y croyait. Instinctivement, ce gosse nous avait donné ce qu'on cherchait. »

L'affaire explose comme une bulle de sexe et de sang. Au palais de justice de Boulogne-sur-Mer, le jeune Legrand est convoqué en catastrophe le 9 janvier 2002. Il n'a pas tenu son avocate au courant, elle le regarde approcher, écœurée. « Quelqu'un d'autre va s'occuper de vous. Ce n'est pas mon genre de dossiers. »

Daniel Legrand, fils, entre dans le bureau de Fabrice Burgaud. « Le juge avait complètement changé avec moi, tout gentil. Il m'appelait "Monsieur Legrand". Il me demandait : "Et est-ce que vous avez mangé ?"

Quand je niais, je n'étais rien, on ne m'écoutait pas. Quand je me suis mis à mentir, à lui dire ce qu'il voulait entendre, j'existais. »

Il est confronté à Myriam sur le meurtre de la petite fille. « Le juge lui a posé une question, continue le jeune Legrand. Elle s'est trompée, elle a mal répondu. Elle s'est mise à pleurer. Je me suis dit : "C'est bon, elle va se rétracter et dire la vérité." Le juge lui a lu la lettre que j'avais envoyée. Il l'a aidée, en fait. Il l'a rassurée. Elle n'avait qu'à répéter. Alors, elle a arrêté de pleurer et elle a tout confirmé. »

Ils se connaissent si bien, à force, le juge et l'accusée. Myriam prend toujours soin de préciser les heures, les détails, l'habillement aussi. Elle sait que le magistrat y tient. « J'étais attachée au lit, je ne pouvais rien faire. La petite était brune, la peau bronzée. Elle avait deux couettes, un jogging bleu avec un lapin blanc sur le devant. » Après que Thierry l'a tuée, il a enveloppé le corps dans un « drap rose avec des petites fleurs violettes » et il est parti vers les jardins ouvriers. De toute manière, « Vlad était là. Vlad sait, Vlad a tout vu ».

Le soir même, le journal télévisé de dix-neuf heures sur France 3 annonce le meurtre de la petite fille.

Derrière les barrières métalliques plantées dans la neige à la Tour du Renard, c'est la première fois que Myriam et Thierry vont se revoir depuis leur arrestation. Delay a déjà été confronté aux deux autres accusateurs, David Delplanque et Aurélie Grenon, mais jamais à sa femme. Tout au long de la procédure, Myriam a sans cesse répété au juge qu'elle se sentait désormais assez forte pour affronter son mari, que jamais elle ne reviendrait sur ses déclarations. Mais, en même temps, ses yeux s'écarquillaient comme ceux d'une possédée, comme si elle entendait à nouveau le poing de Thierry cogner contre la porte de Martine Goudrolles, pendant les parties de Nain jaune. Plus le temps passe, plus le dossier s'épaissit et plus la confrontation deviendrait nécessaire entre la femme, qui soutient toutes les accusations, et le mari, qui continue à nier, y compris sa propre participation. Face à Delay, David Delplanque avait commencé à se rétracter. Et si Myriam faisait volte-face, elle aussi ?

La confrontation n'a donc jamais eu lieu. À tort ou à raison, Myriam vit comme une petite faveur, une sorte de protection personnelle, le fait que le juge ne la bouscule pas là-dessus. Elle lui en sait gré.

Cette fois, il n'est plus possible de reculer le face-à-face. Myriam n'en a pas dormi de la nuit. Elle dit qu'elle sera forte. Puis s'effondre : « Je ferai tout pour vous aider, mais il y a de la pression. J'ai une peur bleue de lui. » C'est une des dernières terreurs qui lui restent de sa vie d'avant, quand elle était la « pauvre petite Myriam ». Elle supplie de rester le plus loin possible de son ex-mari et qu'un gendarme soit placé à côté d'elle. « Je ne sais plus où j'en suis. Je vais devenir folle. »

Myriam descend du fourgon, paniquée. Thierry est là-bas, au milieu des policiers. À l'époque de son arrestation, Delay pouvait faire peur aux voisins. On l'avait vu mettre le feu aux boîtes aux lettres, se brouiller avec la moitié de l'immeuble, se barricader à clé dans l'appartement, refusant d'ouvrir à sa femme parce qu'il trouvait qu'elle était restée trop longtemps chez Martine Goudrolles. Myriam avait dû dormir sur le palier, en boule devant la porte. Il n'y avait que les enfants Tarté, ces diables du troisième étage, pour oser traiter le gros de « Gros » juste sous son nez. Les autres se dépê-

166

chaient de rentrer et de monter le son de la télé les jours où il avait sa dose de bière.

Delay est resté épais, mais moins. Il est resté barbu, mais plus. On le regarde avancer sous les flocons de neige, pataud, piteux, un ours de cirque que les policiers traînent au bout d'une petite laisse accrochée aux menottes. Les uniformes s'arrêtent, repartent, et le gros se laisse promener, tout gauche et voûté. La troupe finit par se planter devant ce qui fut son potager, le deuxième à partir du stade, une lanière de terre gelée, large comme trois rangs de poireaux. Dans le temps, la SNCF veillait à ce que chaque cheminot logé à la Tour du Renard en reçoive un en même temps que son logement. Tous ne jardinent pas et ils les prêtent volontiers.

L'abbé Dominique Wiel en avait récupéré un pour lui. Le prêtre-ouvrier voulait montrer l'exemple, apprendre aux voisins de la Tour du Renard qu'on n'est pas obligé de rester devant la télé quand on est chômeur, et que c'est valorisant de travailler la terre. Thierry Delay était intéressé, Wiel lui a trouvé sa parcelle. Ils sarclaient ensemble parfois. Se passaient des outils, des semences. Delay y avait pris goût : il était allé récupérer la pelle de son père après qu'il s'était pendu dans le garage.

Des morceaux de brouillard s'accrochent aux paraboles sur les balcons. Delay explique aux policiers que les haricots verts étaient ici, les salades devant. Une année, il y avait eu des courgettes. Personne ne mange les légumes par ici, sauf bien sûr l'abbé Wiel. Un jour, Do avait voulu donner des radis aux enfants Tarté, ils s'étaient moqués de lui. Ils disaient qu'ils n'avaleraient jamais des trucs pareils, ils les regardaient comme s'ils n'en avaient jamais vu. « On n'aime pas trop ce genre de choses dans le quartier », dit Nadège qui vit dans l'autre cité, plus loin, vers la salle de sport. Son mari aussi cultive une parcelle, mais « c'est pour s'occuper, ça lui fait une raison de sortir de l'appartement ». Personne ne veut toucher à ce qu'il ramène. « On lui dit de se les manger tout seul ses tomates toutes vertes, ses potirons et d'autres choses qu'on ne sait même pas ce que c'est. Je les jette dès qu'il a le dos tourné. On voudrait les donner qu'on ne saurait pas à qui. » Parfois, Nadège fait une soupe. « On mixe tout : comme ça, on sent moins le goût. Ça vaut pas les raviolis quand même. » Une fois, Delay avait planté des fraises. Il en avait récolté une dizaine. Elles étaient là, du côté du grillage. Il s'en souvient. C'est la seule récolte du jardin qu'ils avaient mangée.

« Mais le cadavre, monsieur Delay, où est le cadavre de la petite fille belge ? » Thierry fait son œil rond. « Il n'y a pas de cadavre. » À lui aussi, Burgaud a lu la lettre d'aveux du jeune Daniel Legrand. Delay dit qu'il ne sait pas de quoi on parle. Il traîne les mots comme des savates, seul son regard bouge parfois. « Suis jamais allé en Belgique. » L'interrogatoire s'éternise, un calvaire. Delay est exaspérant, aussi mutique que Myriam est prolixe. Burgaud coupe court. Il demande à Delay de qui il a peur. « Ben, de personne. » Et qui il cherche à protéger ? « Ben, personne. » Depuis son arrestation, Delay ne reconnaît même pas les viols sur ses enfants.

Myriam se risque à regarder l'ours de cirque. Maintenant, il ne bouge plus du tout, debout dans un coin. Alors, devant tout ce monde, Myriam se met à l'accuser. « Avant de partir se débarrasser du corps, il a enfilé un vieux jean qui lui servait à labourer, ses bottes en plastique vertes. Il est parti en emportant cette petite poupée sans vie. » Elle fait des gestes. Parade près de la parcelle. Les enquêteurs trottent autour d'elle, affairés.

De l'autre côté des barrières, ceux de la Tour du Renard n'en reviennent pas. Elle ? Myriam ? La Myriam de l'immeuble des Merles ? Celle qu'on croyait bébête, parfois ? Comme Thierry, elle paraît devenue une autre, mais à l'inverse. « On dirait une vedette avec ses gardes du corps », ricanent des gens sur le parking. Quelques-uns préfèrent ne pas rester. « Et si elle se mettait à nous accuser aussi ? dit une femme à son mari. Surtout ne cours pas trop vite, des fois qu'elle nous repère, on ne sait plus ce qui peut se passer ici. »

Les Delay ont déjà été reconduits dans leurs prisons respectives quand les tracto-pelles s'approchent de la parcelle gelée. Il est 15 h 25. L'employé de mairie manœuvre la mâchoire de l'engin. Une petite foule est revenue. On tend le cou, le souffle suspendu, peu de bruit. La pelle se soulève, va mordre la terre et, soudain, c'est comme dans un film. Le téléphone portable du gradé se met à sonner. Il crie : « Arrêtez tout ! » Il y a des « Ohhh ». Il y a des « Ahh ». Des « Ça y est, ils ont déjà sorti quelque chose ? ». Des « J'en étais sûr, ça doit être dans le jardin du curé, pas dans celui de Delay ».

Le juge Burgaud est en ligne. Il vient lui-même d'être contacté en urgence par les services sociaux d'Outreau. Jordan, le troisième des fils Delay, a entendu les informations sur Radio 6 en revenant de l'école à midi. Il est entré en transe dès qu'il a entendu parler des Merles, de la petite fille belge, de Myriam. Il donne d'autres détails. « Je sais, ça s'est passé à la maison, il y avait tout le monde, le Gros Paul de "Chez Paul", l'abbé Dominique, Daniel Legrand… Maman disait que c'était la fête. Il y en a qui disent que c'est mon

169

père qui a tué la petite fille, mais c'est le père de Daniel Legrand. Elle a été tuée avec un bâton de mon père parce qu'elle se débattait. J'ai des images dans ma tête. Je me souviens d'un petit garçon d'un an qui est mort en Belgique. Quelqu'un a appelé le Samu et la police. »

Le réflexe, à nouveau, est de soumettre les dires de l'enfant à ceux des autres. Coup de téléphone à Samer, chez Corinne Bertrand, l'assistante maternelle de Vlad. Lui parle d'un second meurtre : un bébé, tué dans un placard et enveloppé dans un sac en plastique noir. Les deux enfants affirment pouvoir reconnaître l'endroit du jardin où les cadavres ont été enterrés. Les fouilles sont interrompues, on attend Vlad et Jordan. L'air grésille d'énervement.

17 h 40. Les pompiers arrivent les premiers. Une bâche est tendue par-dessus les jardins ouvriers, pour que personne n'assiste au pénible spectacle des cadavres sortis de terre. Au mégaphone, les policiers demandent que chacun ferme ses volets. Dans les étages, ça râle sérieusement. Cette fois, c'est sûr, l'horreur est au programme.

De puissants projecteurs ont été branchés qui balayent le brouillard et, dans le crépuscule d'hiver, un hélicoptère de la gendarmerie décrit des cercles au ralenti au-dessus des petits immeubles de la Tour du Renard.

17 h 45. Vlad arrive dans le potager. Il désigne immédiatement un endroit où serait enterré le bébé. « Il ne semble pas au courant pour la petite fille », note le policier du SRPJ de Lille.

17 h 50. Jordan montre deux endroits avec « un mouvement de recul, comme effrayé ». Dans le coin à droite, le long de la haie, a été enterré le bébé. La petite fille est sous le tas de bois de la parcelle voisine. On

envoie chercher le propriétaire, Maurice P., facteur, qui habite juste en face. Oui, il est au courant, comme tout le monde, que Thierry Delay a été arrêté pour pédophilie. « Quand il s'est mis à cultiver, on voyait qu'il n'y connaissait rien. C'est le curé qui lui a montré. » Il est en prison aussi, celui-là, non ? Drôle de coïncidence, quand même. Maurice P. n'est « pas sûr du tout qu'il ne s'est rien passé dans les potagers. Certains soirs, il y a eu des vols de légumes et personne n'a rien vu. Alors, tout est possible ».

Pendant que l'identité judiciaire photographie les lieux, le policier du SRPJ en profite pour poser quelques questions. « En tant que facteur, est-ce que vous avez vu que les Delay recevaient du courrier ou des colis de Belgique ? » Maurice réfléchit. « Plusieurs fois, on leur a envoyé des paquets de la taille d'une cassette VHS. »

20 heures. Les pompiers commencent à creuser aux endroits indiqués par les enfants.

22 h 20. Recherches vaines.

Le lendemain matin, sous un ciel de neige, les fouilles reprennent à 10 h 20, à la mini-pelleteuse d'abord puis à la tracto-pelle. Toutes les routes ont été barrées, des policiers arpentent les potagers avec des chiens. Deux voisins soutiennent qu'ils sont déjà venus cette nuit, hommes et bêtes, secrètement. Ils ont entendu des aboiements jusqu'à ce que le jour se lève, ils en sont sûrs. « Qu'est-ce qu'ils cherchaient ? Ils devaient bien chercher quelque chose. On nous cache tout. On ne comprend plus rien. » Les deux voisins aussi sont descendus avec leurs chiens ce matin-là, un mini-colley et un genre de dogue. De temps en temps, ils crient « Attaque ! » et font mine de les lâcher. Si on voulait bien les laisser faire, disent-ils, ils se chargeraient eux-mêmes des « pédophiles » et des « assassins d'enfants » qui déshonorent le

171

quartier. Ce serait autre chose que la justice et la police, ces incapables. Par-dessus le bruit de la tracto-pelle, quelques-uns sur le parking hurlent par moments « À mort ! », sans préciser à qui cela s'adresse.

Chaque bruit, chaque mouvement déclenche une galo-pade. « Ça y est ? Qu'est-ce qu'ils ont trouvé, la petite fille ou le bébé ? » Les journalistes tournent comme des fous sur le tout petit manège de la Tour du Renard : l'immeuble des Merles, le stade, l'école, le parking, l'immeuble des Merles, le stade, l'école, le parking, l'immeuble des Merles, le stade, l'école, le parking…

Beaucoup de rumeurs, beaucoup de roulements de tambour, et un suspense boueux qui monte comme les eaux du canal. « C'est le degré zéro de l'humanité », dis-tille gravement Thierry Normand, que le conseil général a choisi pour représenter la partie civile au nom des enfants. Maître Pascale Pouille, l'avocate de Myriam, explique qu'elle s'abstiendra de tout commentaire « pour ne mettre personne en danger ».

Autour, les gens se promènent, un poste de radio contre l'oreille. On entend des nouvelles de Paris, où l'affaire fait du bruit. Une dizaine d'associations de « défense des droits de l'enfant », qui ne s'étaient pas vraiment manifestées jusque-là, décident d'entrer dans le dossier en se constituant partie civile. Le ministre de l'Intérieur, Daniel Vaillant, part pour le Nord. Petit couplet sur des mesures à venir pour les personnes dis-parues, deux campagnes nationales, « Se taire, c'est laisser faire » et « Pédophilie, tolérance zéro », avec toute la panoplie assortie, et un fichier qui regroupera les délinquants sexuels.

Dans les étages, les télés sont allumées. Les gens regardent sur les écrans leur propre cité que filment en direct les caméras. Ils n'en reviennent pas. « On dirait autre part. On dirait la guerre. »

20 h 30, le 11 janvier 2002. Recherches vaines.

Le policier du SRPJ de Lille note : « Fin de la mission. »

18

Sur la ligne d'autocar, entre Outreau et Boulogne-sur-Mer, les articles sur l'affaire sont affichés dans les abribus. Des mains anonymes entourent au feutre les passages considérés comme les plus palpitants et rajoutent des commentaires. Les gens s'arrêtent, les lisent. Ils aiment surtout quand ça parle du « gratin » et qu'il y a des détails. À Outreau, la papeterie « Chez Paul », en face du PMU, a fermé. Les clients ne rentraient plus, ils criaient depuis la porte : « Pas encore en taule, celui-là ? » Chaque matin, la vitrine était barrée d'épais graffitis. « Gros Paul » a pourtant été un de ceux que l'enquête a mis hors de cause parmi tous les noms d'agresseurs donnés par les enfants Delay. Il a dû partir quand même. Le dernier graffiti reste : « Gros Paul Sal Pédophile. Signé Ben Laden. »

Dans les tribunaux, les rédactions des journaux, au commissariat, les témoignages et les lettres anonymes arrivent par dizaines. Chacun dénonce qui il peut : son député, son patron, son mari ou « la bande de petits pédés qui va à la piscine en camionnette ».

L'autre jour, devant le palais de justice de Boulogne, une foule guettait le fourgon pénitentiaire de Pierre Martel, le chauffeur de taxi, accusé de conduire les expéditions en Belgique. Il y eut des cailloux, des cris réclamant la guillotine, des gens qui couraient pour « péter la gueule à ce fumier ». Les policiers ont protégé Pierre Martel. Depuis la deuxième vague d'arrestations et surtout l'histoire du meurtre de la petite fille belge, l'ambiance tient de la curée et du sauve-qui-peut.

À Wimereux, où les Legrand avaient leur pavillon, un voisin raconte avoir vu une nuit Papa Daniel creuser un trou à la pleine lune dans le fond de son jardin. Il a tapé sa femme une fois où il avait bu. Il a pris sa voiture un soir après vingt-trois heures. Le voisin espère que tout ça va aider la police.

Un ancien aspirant gendarme habite l'appartement en dessous de chez les Marécaux à Hardelot, ville balnéaire où ils passent leurs vacances. Dès qu'ils posent leurs bagages, l'ex-aspirant gendarme entre en transe. Les Marécaux sont tellement bruyants ! Et tous ces enfants qui vont et viennent ! Il leur fait des réflexions dans l'escalier. Eux rient. C'est insupportable.

L'ex-aspirant gendarme a une révélation en lisant le nom de l'huissier et de sa femme dans *La Voix du Nord* : c'était donc ÇA. Il en est sûr. Il ne tient plus. Il pousse la porte du commissariat. « Je suis passé... j'ai fait le rapprochement avec... J'ai des renseignements primordiaux... » L'huissier dormait le soir « dans une chambre entouré d'enfants ». En collant son oreille au plafond, comme l'ex-aspirant gendarme le fait parfois, il a entendu l'huissier dire : « Est-ce que tu as mis ton pyjama ? » à un enfant qui a répondu : « Non, je ne veux pas. » Et elle ! Elle, cette dame Marécaux qui a encore changé de couleur de cheveux cette année, elle qu'il a vue charger dans sa voiture un panier rempli de jouets, elle qui lui a fait un doigt d'honneur, un jour où il la réprimandait sur le bruit.

Lorsqu'il signe sa déposition au commissariat, l'ex-aspirant gendarme se sent enfin compris, respecté. Il ne veut pas que les policiers le remercient. Il dit : « C'est mon devoir tout simplement. Je suis une personne droite. »

Chris, coiffeur-visagiste, tient le salon où se bouscule le Tout-Samer. Il est convoqué à son tour, de manière pressante, pour le changement de couleur de Madame et la nouvelle coupe de Monsieur. Chris est ému, il se sent gonflé d'importance d'avoir à témoigner dans l'affaire qui, depuis des semaines, électrise les conversations par-dessus les bacs à shampoing. Il ne résiste pas à demander à l'inspecteur qui l'interroge ce qu'il pense du dossier. Chris entend encore sa réponse : « Vous savez, on ne fait pas n'importe quoi. Personne ne prendrait le risque de mettre un huissier en prison s'il n'y avait pas de preuve. » Chris, coiffeur-visagiste, se sent de plus en plus ému.

Il se souvient très bien d'un rendez-vous pris par l'huissier, l'année précédente, en février 2001. Marécaux voulait « changer de tête », sa propre expression selon le coiffeur-visagiste. N'était-ce pas précisément la période où les Delay furent arrêtés ? Puis l'huissier avait raconté ses vacances en Belgique. En Belgique ! « Vous ne trouvez pas ça bizarre pour quelqu'un qui a les moyens financiers ? » Quant à Madame, c'est pire : elle est passée de blonde à brune, à la même époque. Lors du renvoi aux Assises, le témoignage de Chris aura son poids : « Attendu qu'Alain Marécaux, qui apparaît au moment de l'enquête avoir voulu modifier son apparence, ainsi que l'a affirmé son coiffeur... »

L'enquête continue. Pour la troisième fois en moins d'un an, une vingtaine d'enfants sont convoqués au commissariat en ce début d'année 2002. Cette fois,

« on aurait cru qu'une bombe à fragmentation était tombée sur la cité, raconte un instituteur. L'hystérie qui avait pris possession du monde des adultes a saisi aussi les cours de récréation ».

Ce sont les mêmes gamins, encore et toujours, qui sont interrogés, ceux qui avaient déjà été entendus une première fois lors de la rafle du 6 mars 2001, puis une deuxième fois sur convocation, lorsque plusieurs fratries des Merles avaient été placées en urgence six mois plus tard. Au début, rien, pas un témoignage probant sur seize enfants entendus. Ensuite, deux d'entre eux – sur une vingtaine – accusent l'abbé Wiel dont le nom circule déjà dans l'immeuble et un seul met en cause Thierry Delay. Les autres, pour la plupart, expliquent avoir entendu parler de l'affaire, mais sans plus. Comme Johnny Doucher, 9 ans, de l'immeuble des Merles, qui dit par exemple : « Je connais Do, le pédophile d'Outreau. Des copains me l'ont dit. » Les spécialistes insistent sur le fait que, pour être exploitables en ce domaine, les questions aux enfants ne doivent suggérer ni réponse ni situation précise. Au commissariat de Boulogne, les policiers n'ont suivi aucune formation spécifique. Ils y vont franchement : « Ton ami Joseph dit que Do lui mettait un objet dans le derrière. » Johnny Doucher s'étonne. « Je ne sais pas. Il ne me l'a jamais dit. »

La troisième série d'auditions a lieu après les fouilles dans les jardins ouvriers. Il s'en dégage cette cacophonie particulière, cette surexcitation propre aux univers enfantins les jours de grandes occasions. Une dizaine d'enfants se disent maintenant victimes et parlent de Belgique, de viols, de curés, des Delay ou de petite fille morte.

Lorsqu'il est réentendu en mai 2002, Johnny explique cette fois que, quand il était allé chez Wiel chercher

Jordan, son copain n'était pas là. « Le curé m'a agressé. » Le 2 juillet, enfin : « C'était chez Wiel, dans la chambre où il a son lit. Il m'a mis un bâton dans le derrière. Joseph m'a dit qu'on lui avait fait la même chose. »

Désormais, les témoignages d'enfants suivent tous la même inflexion. Jean-Marc Tarté, 12 ans, est un de ces diables des Merles qui avaient protesté avec vigueur après avoir été placés en juin 2001. Auditionné quatre fois après septembre 2001, il passe en mars 2002 du statut de celui « qui a vu » à celui qui a subi. « Thierry violait les enfants un par un. Les autres regardaient et ils se marraient. Leurs femmes filmaient quand leurs maris nous violaient. Une fois, j'ai vu monter la petite fille et je ne l'ai pas vue descendre. J'ai pensé que c'était la petite fille de 6 ans qu'on cherchait dans les jardins. Il y avait un médecin qui nous violait. »

Ou Jacky Bleuet, 14 ans : entre le printemps 2001 et le printemps 2002, il glisse du rien au tout. « Un enfant Tarté se faisait déshabiller chez les Delay. Cela se passait tous les soirs dans leur salon. Venaient aussi Dominique Wiel et David Delplanque. La mère à Thierry Delay, qui habite dans les mines, filmait. Wiel couchait avec Aurélie. Je connais le monsieur qui faisait le taxi et allait conduire les enfants en Belgique. C'est ma mère qui me l'a dit. »

Jacky Bleuet suit une formation, mais il a toujours du mal à se rappeler laquelle. C'est comme pour sa date de naissance. « Moi, les chiffres, j'y arrive pas », dit-il. Plus tard, Jacky ne répétera plus qu'une seule accusation : « Thierry Delay m'a touché le bras, j'ai eu peur alors je m'ai enfui à la maison. » Un magistrat lui demandera ce qu'on lui a fait d'autre. « Rien », mur-

murera Jacky. C'est le souffre-douleur de la cité. Godeliève, sa mère, a de longs cheveux gris qui lui tombent
sur les épaules. Elle n'a plus aucune dent, elle parle
difficilement : « À la télé, ils ont dit que Dominique
était un pédophile. C'est pour ça que mon Jacky il a eu
peur de lui. Les gens viennent nous insulter dans la
cité. »

Aucun interrogatoire n'est filmé. Le commissariat
de Boulogne-sur-Mer n'a toujours pas de caméra qui
fonctionne et un enquêteur se fâchera même lorsque
sera évoquée cette entorse aux circulaires de 1998.
« Nous ne voulions pas remettre les enfants dans les
circonstances où ils avaient été abusés. »

Dorian Courant, 7 ans, avait été placé trois mois
avant l'arrestation des Delay, pour des problèmes dans
sa propre famille. Chez lui, aux Rossignols, ça va mal.
Il a peur de sa mère, peur de la voir, peur de ne plus
la voir, peur qu'elle aille en prison. Dorian finit par
révéler à Jacqueline Duroux, son assistante maternelle,
que sa mère lui a caressé le zizi. L'assistante maternelle transmet, c'est tout. La mère est mise en garde à
vue. Dorian pleure. Il pense avoir mal fait. L'assistante
maternelle soupire : c'est la routine des enfants placés.

En octobre 2001, le garçon est entendu pour l'affaire
Delay, dans la deuxième vague d'interrogatoires. Un
de ses copains de la Tour du Renard l'a désigné
comme victime. Au commissariat, Dorian explique que
Thierry Delay lui a caressé les fesses devant les bâtiments.

L'assistante maternelle, cette fois, déborde de fierté.
Ça y est. Elle aussi en a « un », le sien, une des victimes
de cette grande affaire dont tout le monde commence
à parler. Surtout au village de Samer : Jacqueline
Duroux habite en effet le même charmant petit bourg

179

que celui où Vlad Delay est placé. Entre assistantes maternelles, à la fin des classes, le dossier monopolise les discussions. Sous les préaux et à la cantine aussi. C'est Vlad qui est au centre de tout, Vlad et ses colères qui laissent la classe toute retournée, Vlad et ses histoires, où il est toujours question de sexe et de monstres « comme dans les films d'horreur », Vlad et ses questions, qu'il pose à certains élèves pour savoir si par hasard...

Le fils Delay aborde lui-même Jacqueline Duroux un jour à la sortie des classes. Il lui dit que Dorian a été abusé. L'assistante maternelle se précipite sur « son » petit. « Les éducateurs sociaux m'avaient dit que c'était mon travail d'en parler. » Dorian est reconvoqué au commissariat. Il a changé de version. « M. Delay me mettait le zizi dans le derrière. J'ai crié : "Maman ! Mon cousin veut me couper le zizi avec des ciseaux mais il n'a pas réussi." »

Ce que dit Dorian semble désormais de la plus haute importance à Jacqueline Duroux. Elle le note sur un cahier qu'elle transmet aux services sociaux. Avec l'arrestation des « notables », la folie s'est emparée de Samer. On fait un détour pour passer devant l'étude d'Alain Marécaux, qui trône sur la grand-place du bourg. Des petits groupes se rendent en voiture jusqu'au manoir du « Débûché », emblème de l'orgueilleuse réussite de l'huissier. Certains prennent des photos. Au loin, on croit apercevoir le labrador « rôdant comme un loup, les babines pleines de bave ».

L'assistante maternelle de Dorian ne résiste pas à le questionner de nouveau. « Il m'a dit qu'il était allé manger un petit pain avec Thierry Delay dans un café. M. Delay l'a forcé à manger sinon "il le remettait dans la voiture et lui faisait des manières". » Le triomphe de

Jacqueline Duroux survient après les fouilles à la Tour du Renard. « En regardant la télévision, Dorian a reconnu le sex-shop en Belgique. Il a entendu le prénom de Dominique Wiel et il a dit : "Je le connais." » L'enfant est convoqué. « Je suis allé dans le lit de l'abbé Dominique. Il s'est mis tout nu. Il y avait un petit bout rouge à son zizi. Il a voulu que je le mange. J'ai dit non, c'est dégoûtant. Berk. »

L'assistante maternelle est félicitée. Grâce à elle, l'enfant a réussi à s'exprimer. Dorian Courant est retenu comme un des seize enfants victimes de l'affaire. Entendu par le juge Burgaud comme partie civile, Dorian dit : « Chez les Delay, il y avait l'abbé Do. M. Delay disait : "Enfonce-le encore, ça fait du bien." Je n'aurai jamais de femme parce que l'amour ça fait mal. » Lui n'a toujours pas revu sa mère.

À la Tour du Renard, il n'y a plus un bruit dans les étages au moment des informations télévisées. Estelle, au deuxième étage des Merles, n'en revient toujours pas. « On n'aurait jamais cru que les actualités nous auraient intéressés un jour. Normalement, dès que ça commence, on zappe sur les dessins animés. » Les soirs où la cité apparaît à l'image, on entend des cris à travers les immeubles, comme pendant les matchs de football. Sur les 279 télés des sept bâtiments, le son est poussé au maximum. « On collait nos figures aux écrans, on hurlait : "Regarde là-bas, je crois qu'on voit Gérard qui bricole sa voiture. Il va se faire traiter de pédophile demain !" Quand c'était fini, on s'appelait tous sur les portables pour commenter. »

Certains matins, on retrouve des appartements vides. « Les gens partaient d'un moment sur l'autre, presque enfuis, dit Estelle. Nous aussi, on a failli s'en aller. On a de la famille sur Lille qui ne veut plus nous inviter à cause de là où on habite. On en a marre d'être traités comme des pestiférés parce qu'on vit ici. »

A l'immeuble des Merles, Estelle se souvient très bien du jour où Franck Lavier avait crié dans l'escalier : « Vivement que Marina ait du poil que je l'encule ! » Elle est allée le raconter à la police quand Sandrine et Franck Lavier ont été embarqués après la rafle du 6 mars. Marina a 5 ans, c'est une des deux belles-filles de Franck. « Quand les filles de Sandrine pleuraient, Franck leur disait : "Ta gueule, suce-moi la bite." Il baissait son pantalon. Il était tout le temps en train de les cliquer. Il était sévère avec elles. » Surtout avec Aude, l'aînée.

Aude, c'est celle qui avait attrapé des poux à la maternelle de la Tour du Renard bien avant que Sandrine rencontre Franck. Aude est ravissante, de longs cheveux blonds tout à fait comme ceux de sa mère. Sandrine avait été obligée de faire à sa fille « la tête comme un garçon. Je ne vous dis pas la rage que j'avais. J'étais dégoûtée ». Du coup, Sandrine avait inscrit Aude à Sainte-Marie, dans le privé, juste en face de chez ses parents. « À ce moment-là, c'était plus facile qu'ils l'élèvent, eux. » Aude venait le week-end à la Tour du Renard. Elle a vu arriver une première petite sœur, Marina, avec un premier homme. Puis une deuxième petite sœur avec un deuxième homme, Franck.

Aude ne comprenait pas pourquoi tout le monde vivait là et pas elle, pourquoi tout le monde s'appelait Lavier (même Marina que Franck avait reconnue) et pas elle.

Quand Aude a eu 6 ans, juste avant la naissance de Colas, Sandrine l'avait reprise pour la rentrée 2000. Aude tenait à appeler Franck « papa ». Elle dessinait la voiture rouge, la discothèque à roulettes de Franck. Sur ses croquis, les enfants étaient installés à l'arrière, sauf elle, toujours assise à côté de lui. « C'est vrai que tous ces changements, ça ne devait pas être facile pour cette petite fille », dit Sandrine.

Quand Aude se lavait, Franck était exaspéré. « Elle restait une minute au lavabo, pas plus. Je trouvais qu'elle se foutait de ma gueule. Je voulais vérifier. » Franck la sentait partout, les mains, les pieds, entre les jambes. Il faisait comme sa mère lui avait fait, à lui. Marina, elle, faisait encore pipi au lit. Franck la rabrouait : « Ta moule est pas belle, elle est toute rouge quand tu fais ça. » Il essayait de rester calme. Parfois, tout s'accumulait. L'une se mettait à crier alors que les bébés venaient de s'endormir. L'autre avait remis ses deux doigts dans la bouche, exactement comme Franck lui répétait de ne pas faire. Alors, d'un coup, ça le débordait.

Franck avait l'impression que sa tête allait éclater, il devait descendre à la cave, vite, très vite. Là, dans le noir, il cognait dans les portes, à s'en péter les doigts. Quand Franck remontait au quatrième étage, il était vraiment content. Il trouvait qu'il s'en était bien sorti d'avoir réussi à ne taper sur personne. Franck dit souvent qu'il a un secret. Il ne peut le dire à personne, sauf à Sandrine bien sûr.

Quand les Lavier sont arrêtés, Aude dit à la police : « On est allés boire une fois le café chez les Delay. Je ne jouais pas avec leurs enfants. Je préférais ma sœur Marina et mon amoureux Valentin. Franck Lavier, je l'aime comme mon vrai père. » Six mois plus tard, elle écrit au juge : « Franck ma frapait sur le derriere. » Le 3 octobre, son assistante maternelle signale qu'Aude dit des mots et des choses qu'une enfant de son âge ne peut connaître, comme « partouze », « pédophile », « Je

183

sais ce que veut dire violer » ou « Mon papa m'atta-chait ».

L'enfant est convoquée.

Le policier : « Tu as dit que ton père t'attachait ? »

Aude : « C'était pour rigoler, il le faisait aussi à ma mère et ma sœur. »

Le policier : « Ton papa a fait de vilaines choses ? »

Aude : « C'est pas vrai. »

Après l'histoire du meurtre de la petite fille belge, Aude, qui vient de changer de famille d'accueil, vou-drait faire de nouvelles déclarations. « Le pire, c'est que j'ai été violée par trois hommes, mon beau-père Franck Lavier, Thierry Delay et David que je pense Legrand car j'ai entendu ce nom à la télé. [...] Ils étaient deux dans mon devant et un dans mon der-rière. » Elle continue, demande encore à être entendue, parle de la Belgique, du taxi et d'une petite fille belge attachée sur une chaise au milieu du parking... « Elle trouve enfin la force de raconter », estime alors un magistrat. Aude détient un des records du dossier : elle a été auditionnée quatorze fois.

En prison, Franck Lavier enchaîne les séjours psy-chiatriques. Le reste du temps, il dit tout et son contraire. Il affirme avoir regardé « Thierry Delay sodomiser ses enfants avec leur jouet, l'échelle d'un camion de pom-piers ». Il a vu aussi « la grosse Myriam à poil et Aurélie Grenon qui la touchait : c'était pas un cadeau ». Il dit qu'il n'a rien fait mais qu'il veut bien tout reconnaître du moment qu'on libère Sandrine.

Alain Marécaux, l'huissier, a lui aussi été sur le point d'avouer. Il se revoit en face de l'enquêteur. Le policier promet : « Votre femme et vos trois enfants sont ce soir au manoir si vous signez. » À l'époque, Marécaux se croit victime d'une conjuration des huissiers boulonnais pour enrayer sa percée triomphale sur le marché du recouvrement de créances. Marécaux pense que tout s'éclaircira, une fois Odile dehors. L'huissier prend le stylo. Il ne met qu'une condition à son paraphe : voir sa femme. Le policier refuse. « Maintenant, je comprends qu'on avoue, même quand on n'a rien fait », dit Marécaux.

Il est reconduit en cellule. L'huissier se dit que lui aussi a fait partie de la justice. Lui aussi a menti. « Je disais à des gens : "Si vous ne payez pas, je saisis vos meubles." Je savais que je ne le ferais pas, mais que c'était le moyen de leur faire peur pour avoir un acompte. » En prison, Marécaux voit son premier porno. Il fume son premier joint. Il envisage de se faire tatouer une croix huguenote sur l'épaule. Son fils Sébastien vient de raconter aux enquêteurs qu'il voyait des films d'horreur au manoir et que son père venait le voir après. Comme Vlad à la Tour du Renard. Sébastien est un des sept enfants que Vlad a désignés comme victimes dans sa nouvelle école de Samer. Il est le seul à avoir accusé son père lors de l'interrogatoire de police. Émilie, la fille de l'infirmière Dugers, a protesté avec vigueur : « Ce n'est pas vrai, mes parents ne m'ont rien fait. Vlad est jaloux de nous. Il veut être mon copain, mais moi je ne veux pas. » Sébastien Marécaux, lui, a peur de Vlad. Le fils Delay le frappe. Il le traite de « cornichon » et ses parents de « trous du cul ».

Incarcéré à Dunkerque, Franck Lavier, lui, est au centre d'un trafic frénétique de médicaments qui lui sert surtout à se procurer des doses corsées pour son propre compte. Parfois, il essaie de se concentrer très fort pour se souvenir en vrai. Qu'est-ce qu'il a fait à la Tour du Renard ? Rien, il en est sûr. Puis, d'un coup, tout se brouille dans sa tête. Franck reprend quelques cachets. Un brouillard monte, ça le calme un peu. Il se dit qu'après tout, innocent ou pas, il s'en moque. Il écrit au juge : « Souffrir, c'est ma routine. S'il faut un coupable, vous pouvez effacer Franck Lavier et sa vie minable pour que ma femme soit heureuse avec nos enfants. Donnez-moi perpète mais laissez-la sortir. » S'il faut sauver Sandrine, il dira ce qu'on veut, tout sauf une chose, « LA chose enfouie dans mon cœur et plus grosse que personne puisse l'imaginer, même le juge ». Ce secret lourd comme l'enfance qu'il n'a dit qu'à Sandrine : « Le nom de cette personne qui me battait quand j'étais petit mais qui était aussi la personne que j'aimais le plus au monde. »

Franck tourne en rond dans sa cellule. Il prend toujours plus de médicaments. Il est entouré de ténèbres où il croit voir des juges embusqués, avides de lui faire lâcher LA chose. « Ici, ils veulent tous me le faire dire. Je ne peux pas. Je suis bloqué avec ça dans ma putain de cervelle. Pourquoi je ne suis pas amnésique ? Je rayerais ma jeunesse pour m'en refaire une autre. J'ai peur de faire subir ça. Quand je vois les filles grandir, j'essaye de voir ce que j'aurais pu être. »

Franck Lavier a commencé à écrire sur son bras avec une lame de rasoir le prénom de chacun des quatre enfants. Il a tracé Aude, puis Marina. Plus que deux prénoms à taillader, les petits Sabrina et Colas. Franck espère qu'il y aura de la place, parce que, sur le même bras, il s'est déjà tatoué : « Je t'aime Sandrine. »

Le juge Burgaud convoque Sandrine. Il lui annonce que Franck a avoué. Elle s'exclame que c'est impossible.

Le juge : « N'est-ce pas par peur des représailles que vous ne voulez pas reconnaître la vérité ? »

Sandrine : « Je n'ai pas compris la question. »

Puis elle jette : « Les surveillantes de la prison m'ont dit que vous n'avez pas le droit de faire du chantage pour me faire avouer des choses que je n'ai pas faites. Vous préférez croire des violeurs et des violeuses. Vous avez brisé une famille heureuse. Myriam Delay fait cela parce qu'elle est jalouse de mon couple. Nous étions bien alors qu'elle se faisait taper par son mari. Il buvait. Il courait dans les escaliers après elle avec un couteau. Ses enfants étaient placés, elle pleurait aux portes pour les récupérer. Nous on allait au McDo et boire le café chez la marraine de mon fils. »

Sandrine demande à aller chez le coiffeur. « J'ai une tête à faire peur. » Elle veut envoyer des photos à ses filles. Une lettre arrive. Et si c'était déjà les enfants qui lui répondaient ? Ou alors Franck ? Ils s'écrivent tous les jours. Non, ce sont des cousines.

Chère Sandrine,
Malgré que je sais au fond de moi que tu n'aurais pas fait ça nous sommes désorientés et nous ne savons plus quoi pensé. Il faut nous comprendre car nous ressentons les pressions de l'extérieur, la télé, *La Voix du Nord*, *Détective*, *Le Parisien*. C'est pas évident pour toi, pour nous non plus. En plus, au boulot, il y a tous les cons qui t'accusent. Nous avons été horrifiés de voir Franck cité comme pédophile ainsi que toi-même. Ils disent en plus que vous avez avoué complètement. COMMENT SE FAIT-IL QU'ILS DISENT QUE VOUS AVEZ AVOUÉ CES CHOSES HORRIBLES ? Ils disent même que tu faisais emmener

tes enfants en Belgique pour 300 francs. Je n'arrive pas à comprendre car tout cela est contradictoire par rapport à ce que tu me dis. Delplanque et Aurélie disent que vous faisiez des partouzes tous ensemble. Avec tous les on-dit, c'est la totale. Il faut voir ce qu'on entend. Pour garder son calme, c'est pas évident.

Tu me diras si c'est vrai car quelqu'un de la famille m'a dit que les policiers avaient saisi chez toi des photos de nus avec toi habillé en sado-maso et cette personne m'a dit qu'elle en avait trouvé aussi deux autres, de toi et Franck à poil habillé en cuir. C'est pas le fait. Entre adultes, vous avez le droit. Mais c'est mal vu quand même, la preuve : ils l'ont gardé dans le dossier. C'est pas pour te juger, moi ça ne me choque pas mais je pense que pour eux c'est pas bon.

On t'embrasse tous, LuLu aussi.

Alors, Sandrine écrit à Franck :

Tu as dû apprendre que nos filles Aude et Marina disaient beaucoup de choses qui ne sont pas normales du tout. Depuis un moment, j'ai un problème avec les éducatrices car j'ai appris qu'elle parlait de nous à nos enfants comme coupables alors que nous sommes innocents. Cela doit être ces femmes sociales de merde qui ont dit à nos filles de dire de telles choses sur nous. Ça me dégoûte grave.

Bon assez parlé de cette histoire merdique.

J'ai reçu un cadeau de ma co-détenue pour mon anniversaire, un gel douche à la pomme, du tabac à rouler et un pot de ricoré. Je vais t'écrire deux ou trois lignes de la chanson de Johnny Hallyday :

188

Nous on veut l'amour, rien de plus, rien de moins
Pour les cœurs trop lourd, de détresse de chagrin,
Nous on veut l'amour, pour toujours, prends ma main,
On a besoin d'amour, rien de plus, rien de moins.

Pour l'homme que j'ai épousé pour la vie éternelle.
Je t'aime mon bébé.
Sandrine.

19

Les Delay avaient acheté un téléviseur et un magnétoscope, une chaîne hi-fi, un lave-linge, un aspiratout et un aspirateur, un caméscope, des vélos d'appartement, une ménagère de couteaux Laguiole, une friteuse et un gaufrier-toaster, un micro-ondes et une gazinière, une perceuse. Puis ils avaient racheté un frigo parce que Thierry avait crevé la paroi du premier avec un tournevis en voulant le décongeler, un nouvel aspirateur parce qu'ils trouvaient l'autre finalement peu pratique, une deuxième télé pour mettre dans la chambre des enfants et une PlayStation. Toute la famille savait quel serait le prochain achat : une autre PlayStation, en couleurs celle-ci. Myriam l'avait promis à Vlad un jour où il pleurait. Il disait : « J'en ai marre de "ça", j'en ai marre des manières. » Elle avait voulu le consoler. « C'est pas grave, pense que c'est une punition. Et si tu le fais bien, tu auras une Nintendo et un pistolet à billes. Et la PlayStation couleurs, on ira tous ensemble la choisir au magasin. »

Les Delay touchaient un peu plus de 8 000 francs par mois en moyenne, entre le RMI (2 914 francs), les allocations familiales (2 417 francs), l'aide au logement (1 660 francs), l'allocation jeune enfant (975 francs), les bourses spéciales de la mairie pour les vacances et les fêtes (250 francs). Ils s'équipaient dans les boutiques d'électroménager d'Outreau. Les commerçants du quartier ferment les yeux sur les papiers trafiqués ou les crédits pris au nom d'une voisine dont le mari a des fiches de paye. « Si on ne faisait pas ça, le magasin fermerait, dit un vendeur. Dès que les gens ont de quoi payer normalement, ils vont dans les hypermarchés, pas chez nous. » Quand le commerçant voit partir la marchandise, il sait qu'il a deux chances sur trois pour que les traites n'aillent pas au bout. « En calculant des taux importants de remboursement, quelques assurances, un peu d'huissier, on arrive à récupérer de quoi vivre. On n'a pas le choix. Nous aussi, on est dans la fuite en avant, la cavalerie bancaire. Des fois, je pense qu'un matin, la France entière va s'écrouler d'un coup », dit le vendeur.

C'est chez lui que Myriam et Thierry avaient acheté un caméscope à crédit. Ils ont utilisé la seule cassette vidéo jamais retrouvée dans le dossier et dont Myriam parlait fièrement le jour de son arrestation. Tournée le 4 avril 1999 à 21 h 33, la bande dure dix-neuf minutes et vingt secondes. Elle sera projetée en cours d'assises. Lui est nu, elle penchée sur son ventre. Derrière, dans le fond, on voit Brian se réveiller dans son couffin. C'est le petit dernier, il vient d'avoir 3 ans. « On a continué parce que, de toute façon, il nous avait déjà vus faire l'amour », dit Myriam. Au bout de six mois, les Delay ont revendu le caméscope à une voisine pour 2 000 francs. C'est Myriam qui a signé le papier de la vente : « Je soussigné moi-même, Madame Delay… »

Dans l'appartement des Delay, les dossiers sur leurs dettes remplissaient des placards entiers. Il y avait eu un premier plan de surendettement, au milieu des années quatre-vingt-dix. Le rapport de tutelle concluait :

« Bavarde, Mme Delay collabore à sa manière. Il s'avère parfois nécessaire de relativiser ses dires, en vue de cerner les problèmes. Elle se lamente des poursuites des créanciers, mais nous devons réajuster ses dires en disant qu'elle a su profiter d'eux. Il lui arrive aussi de se retrancher derrière la mesure de tutelle pour se débarrasser d'eux. »

Myriam protestait : les commerçants avaient bien du culot de lui avoir fait un nouveau crédit, alors qu'elle avait déjà un plan de surendettement à la Banque de France ! C'était bien fait pour eux s'ils n'étaient pas payés, eux qui avaient voulu profiter de sa misère. Une vingtaine de créanciers lui firent un procès en 1997. « Il semble que le souci premier des Delay ne soit pas l'apurement de la dette mais la satisfaction de leurs besoins immédiats. » Les Delay venaient de racheter une salle à manger complète.

D'un mois sur l'autre, la famille vivait de petits crédits : au chauffeur de taxi Pierre Martel, à Roselyne Godard la Boulangère, à l'épicier Martineau.

Quand il n'y avait vraiment plus rien, Myriam envoyait un de ses fils au premier étage, chez Martine Goudrolles, l'amie du Nain jaune, avec un mot : « Peux-tu me dépanner de 50 francs ? » Ou alors : « Est-ce qu'il te reste du café ? » Thierry Dausque, un des ex-fiancés de Martine, s'extrayait de devant la télé. Il râlait contre les enfants Delay, toujours à venir mendier. Il promettait de les chasser la prochaine fois, il criait, il mimait de grandes claques et parfois leur en donnait. « Moi, j'ai fait les vendanges pour payer un lit superposé aux deux grands. Dis à tes parents de faire pareil. » Dausque avait presque accepté un stage en peinture, 3 000 francs par mois. Il avait fait ses calculs. Ça lui coûtait de l'argent de travailler par rapport au

RMI. « Il faut prendre le bus deux fois par jour, déjeuner dehors, les cigarettes en plus. » Il espérait que quelque chose lui tombe comme à son frère, parti jusqu'à Douai pour un intérim chez Renault. En attendant, sa mère lui glissait 20 francs dans la poche, quand elle pouvait.

En cachette, Martine donnait un paquet de sucre ou quelques couches au gamin Delay, surtout si c'était Jordan qui venait parce qu'elle était sa marraine. Martine avait un rendez-vous secret avec un nouveau fiancé près de la plage. Ils iraient faire du pédalo. Elle avait demandé à Myriam de l'accompagner pour déjouer les soupçons, comme toujours. Elles avaient acheté un pack de vingt-quatre bières à Dausque pour qu'il garde les enfants sans faire d'histoires. « Après, il était saoul mais sans exagérer : il tenait encore debout. En rentrant, on le couchait et on l'entendait plus. » Si le mari de Myriam protestait, il aurait ses canettes aussi.

Sur le chemin vers la plage, Martine demandait à Myriam si elle trompait Thierry. Myriam riait. Elle n'aurait jamais osé. Et puis elle l'aimait. Au loin, près des pédalos, on voyait déjà le rendez-vous, un grand type à la tête de gitan.

Dausque est persuadé que ce défilé permanent de voisins, de Nain jaune, de courses et de pédalo a fini par faire exploser son couple avec Martine. « Moi, je voulais pas une vie comme ça. Je voulais quelque chose de pépère avec ma femme. »

Dausque a été parmi les premiers noms donnés par les enfants Delay, avant même la rafle du 6 mars 2001.

À l'immeuble des Merles, c'est Nicolas Nord, le beau-frère de Thierry, qui a déménagé ce qui restait dans l'appartement des Delay après les arrestations puis les divers saccages. La première pièce, sur la droite, est celle dont Thierry gardait la clé autour de son cou : le « Sanctuaire ». Au fil de la procédure, Myriam l'a rebaptisée la « Chambre des tortures ». Elle soutient aux enquêteurs qu'il s'est passé là « tout ce qu'on peut imaginer sur le sexe ».

Dans le « Sanctuaire », il y a une chaise et un meuble vitré dont un carreau est cassé. On y trouve quelques cassettes porno, un vieux puzzle, une collection de baïonnettes, deux vibromasseurs, une paire de menottes, vingt-quatre photos couleurs du couple nu, trois stylos, deux loupes, un numéro de téléphone au nom de « François », un porte-bonheur arabe, un forceps, un sac contenant de la monnaie, des billets de train utilisés pour aller à Bully-les-Mines à l'enterrement d'un oncle, les radios des poumons des enfants, une photo de classe de Vlad.

Officiellement, personne n'a jamais dit à Nicolas Nord quelles charges pesaient contre son beau-frère Thierry. Il a écrit une dizaine de fois au juge d'instruction pour le lui demander. « Je n'en pouvais plus. Il ne m'a jamais reçu, jamais répondu. Est-ce qu'il nous méprisait ? » Seul le procureur de Boulogne-sur-Mer lui a envoyé une fois un courrier. « Il ne me répond pas vraiment d'ailleurs, feignant de ne pas comprendre nos réclamations et prétextant le secret entourant les enquêtes de police. Le secret en question sera bien gardé surtout quand un collaborateur a écrit au crayon de bois sur la copie du courrier "Viol sur mineurs par ascendant". Cela confine au ridicule. » Nicolas Nord se tient au courant de l'affaire en lisant les journaux.

Dans la chambre de Thierry et Myriam, une armoire déborde de papiers administratifs. Nicolas est cadre commercial, il a tout classé dans des cartons et a fait les calculs : les Delay avaient environ 50 000 francs de dettes. Le beau-frère a eu le vertige en voyant la somme. Il a toujours pensé que Thierry et Myriam étaient des « assistés ». « Mais alors, s'ils avaient vendu leurs enfants dans un réseau, pourquoi avaient-ils tous ces problèmes financiers ? Quelque chose ne collait pas dans ce dossier. »

Nicolas Nord est désemparé. Depuis les rebondissements de l'affaire, la mère de Thierry ne peut plus sortir de chez elle, à Bully-les-Mines. Les journalistes assiègent sa maison, quelques-uns ont essayé d'entrer par le garage, là où le père s'était pendu. Nicolas a manqué se battre avec un cameraman. C'est un autre encore qui lui a appris au téléphone que Myriam les accusait eux aussi – lui, sa femme et sa belle-mère – de faire partie du réseau : « Nicolas a pénétré Vlad. Il a aussi couché avec moi. Il fallait que je me taise. Il avait le bras long. » Nicolas Nord n'a jamais compris pourquoi « Myriam m'était tombée dessus ».

En ce début 2002, Thierry Delay, lui, vient d'être mis en examen pour meurtre. Le jour des fouilles dans les jardins ouvriers à la recherche du cadavre, Myriam lui a souhaité une bonne année. Thierry lui a demandé si c'était une plaisanterie. « Je suis encore tout bouleversé de tes nouvelles accusations. Je ne sais pas où tu as encore inventé cela. Là, c'est grave : si je sors indemne, ça sera grâce à Dieu même si je suis pas croyant pour autant. »

Depuis la vague d'arrestations des « notables », deux mois plus tôt, Delay est hors de lui. À sa mère, au parloir de la prison, il a dit que « l'autre, encore, elle a raconté n'importe quoi. Bin, bin, bin, la cafetière, elle explose ». La mère a grondé le fils. « C'est à toi de te défendre. » Alors Delay a écrit au juge, lui si silencieux, que « ces gens sont innocents. Ma femme a tout imaginé ». Le magistrat ne l'a pas pris au sérieux. Qui s'intéresse à ce que dit Delay ? Il nie toujours ses propres viols et les niera jusqu'à la fin de l'instruction.

Désormais, Thierry risque la perpétuité. Cela fait un an pourtant qu'il n'a pas été si heureux. Il a revu Myriam. « Même si c'était dans des mauvaises circonstances, j'étais content d'avoir l'occasion de te rencontrer : j'ai toujours une petite flamme dans mon cœur pour toi car tu sais, je t'aime encore. »

20

À Boulogne-sur-Mer, le fils Legrand est désormais installé au premier rang lors des confrontations : sur le banc des accusateurs, derrière le paravent des gendarmes, juste à côté de Myriam, Aurélie Grenon et David Delplanque. Il se comporte comme eux, il répète ce que dit Myriam, il accable l'abbé Wiel ou le chauffeur de taxi Martel quand on les leur livre les uns après les autres, dans le cabinet du juge.

« J'étais dans un engrenage, dit le jeune Legrand. J'avais décidé de mentir. J'ai cru au début que cela me donnerait la gentillesse du magistrat. Après, j'ai eu peur de sa réaction si je faisais marche arrière, qu'il me transfère en région parisienne où personne ne viendrait me voir, où les autres détenus me lyncheraient comme violeur d'enfants. »

Fabrice Burgaud fait passer les albums photos au fils Legrand pour verrouiller sa procédure. Le jeune homme pointe sans se tromper les visages des garçons Delay, qu'il s'accuse d'avoir abusés. Le greffier acte que Legrand « reconnaît formellement » ses victimes. Lui se souvient que cela avait été facile. « Le juge me donnait un coup de main, il me présentait l'album en mettant son doigt sur les bonnes photos. »

En parallèle, des télégrammes ont été envoyés aux

197

antennes Interpol à La Haye, Wiesbaden, Londres, Luxembourg, Berne et Bruxelles sur la disparition d'une enfant de 5-6 ans entre septembre et décembre 1999. Est également recherché le complice de Thierry Delay, qui aurait emmené la petite à la Tour du Renard, un homme de nationalité belge, grisonnant, légèrement dégarni.

En février 2002, un gardien de la prison de Longuenesse contacte Fabrice Burgaud. Il est affolé. Le fils Legrand dit maintenant avoir tout inventé, la petite fille, le meurtre, les viols. Il ne connaît ni Wiel, ni Martel, ni même aucun Delay, qu'il soit homme, femme ou enfant. « Tant pis si je suis foutu. Je n'en peux plus, explique Legrand. Je voulais faire éclater le mensonge de ces gens. Je m'excuse auprès de la société, de la justice et de France 3. »

Le jeune Legrand attend avec impatience la réponse d'Interpol. Elle prouvera qu'il a tout inventé. Le résultat des investigations arrive : aucune disparition de petite fille correspondant au signalement n'a été déclarée à la période donnée.

Mais le piège s'est déjà refermé. « Legrand revient sur ses premières déclarations, ce qui est démenti par Aurélie Grenon, David Delplanque et Myriam Badaoui qui confirment bien que Legrand et Wiel étaient ensemble au moment des viols », détaille un rapport de police. Aude, l'aînée de Sandrine Lavier, « décrit également une scène avec une petite fille belge sur un parking ». Et puis un procès-verbal, signé de la main de Legrand, fait foi : il a reconnu les enfants Delay sur photos. Les recherches négatives d'Interpol prouvent au contraire combien le réseau est protégé.

« J'ai découvert un monde où la folie a pris le dessus », dit le jeune Legrand.

Dans sa cellule à Loos, Myriam enrage de ces revirements. On dirait que c'est elle qui soutient le juge maintenant. Elle lui écrit : « J'ai très mal quand je les entends dire oui et après non. Ils vous font tourner en rond. » Si seulement, on la laissait faire, elle a l'impression qu'elle saurait quoi leur dire, elle, à tous ces gens « qui ne prennent pas leurs responsabilités ». Elle s'exclame : « Je voudrais être juge… » Elle a hâte qu'on la convoque. Qu'on l'interroge, encore et encore. Elle a rompu sans un soupir avec Marcel, le vigile. Elle qui implorait une liberté provisoire souhaite maintenant rester en prison. « Je ne veux pas sortir avant le procès. » Le grand amour, la liberté, tout lui paraît fade à côté de « l'affaire », qui a fait d'elle une autre Myriam. « Je ne suis plus la même, plus celle qui vivait dans le néant et qu'on lui faisait faire ce qu'on veut. »

Il y a un an à peine – cela paraît des siècles –, Myriam posait sur le juge ses grands yeux noirs mouillés. Elle lui disait : « Je n'ai que vous. » Il paraissait jouer d'elle comme un virtuose de son instrument, il l'avait fait parler là où personne n'en tirait rien, il avait réussi à lui faire dévoiler, nom après nom, le terrible réseau. Maintenant, lui aussi n'a plus qu'elle. Elle l'a compris, elle le lui dit : « Monsieur le juge, votre problème, il est là. Vous avez ni cassette ni preuve qui prouve qui l'ont fait quoi que ce soit. »

Les enquêteurs sont revenus à la Tour du Renard. Ils ont sonné aux portes. Montré les photos des Legrand, père et fils. Aucun voisin ne les a vus ici, pas plus que l'huissier ni sa femme. Le responsable de l'Office HLM connaît bien, en revanche, le chauffeur de taxi Pierre Martel. Il le trouve formidable. « Quand les clients l'appelaient, il attendait toujours en bas dans sa voiture sur le parking. On se fréquente depuis nos

16 ans. À l'époque, j'allais à la mer et lui prenait les matelots en taxi pour les emmener au port. » Martel ne montait jamais dans les étages, tous les témoignages le disent.

Des dizaines d'écoutes téléphoniques ont été branchées partout, jusqu'aux deux cabines téléphoniques de la cité. Des heures de conversations ont été enregistrées, pas une minute n'est exploitable. À son cabinet, près de la pharmacie, le docteur Lemercier supplie qu'on le laisse publier un communiqué expliquant qu'il n'est pour rien dans l'affaire. Les rumeurs font fuir ses patients. L'infirmière Dugers, à Samer, a ressorti toutes ses photos de famille. « Les enfants Delay me décrivent comme blonde et frisée, telle que je suis aujourd'hui. Mais aux dates où ils situent les faits, j'étais brune aux cheveux raides. Nous n'habitions même pas Samer, nous vivions à Lille à l'époque. Ce qu'ils décrivent est impossible. »

Dès que la procédure mollit, Myriam languit dans sa cellule. Et si, brusquement, la machine s'arrêtait ? Si les projecteurs s'éteignaient ? Si elle redevenait la « pauvre petite Myriam » ? Elle sent Burgaud fourbu, elle l'éperonne. « Je voudrais que la confrontation reprenne, je sais que vous êtes très fatigué, excusez-moi. » Elle aurait des révélations à faire, si seulement il la convoquait. « S'il vous plaît, faites-moi venir une nouvelle fois. » Elle est convoquée. Comment faire autrement ?

Maintenant, elle lui répète ses phrases, ses propres phrases à lui. « La parole de tous ces enfants est la preuve qu'ils ont vécu l'enfer. Les enfants ne mentent pas. » Elle prend l'air docte, levant la main, fronçant le sourcil. Elle ferait rire tant la pose est outrée. On jurerait qu'elle se moque de lui si on ne la savait si naïve.

À la fin, c'est elle qui le rassure. « Je ne vous laisserai pas tomber, je prouverai que les enfants ont dit la vérité. »

De preuve, elle n'a que le verbe. Elle va en dire plus, toujours plus. Là, par exemple, le prénom de la petite fille belge lui revient. « Elle s'appelait Zaya, cheveux noirs, crépus, mon mari l'a tuée. Elle gisait par terre comme une légume. » Myriam pourrait aussi en raconter davantage sur « tous ces hommes qui me sont passés dessus. Jordan, mon troisième fils, me soutenait. Et oui, ce petit bout de chou se mettait devant moi, essuyait mes larmes, le sang qui coulait de mon nez. Il retirait son pantalon et il se donnait quand il voyait l'état dans lequel j'étais ». Elle aime aussi revenir sur ce jour où « Satan », « Hitler », bref le « monstre Daniel Legrand (père) » lui grave une croix au cutter sur la cheville gauche. Il lui lance : « Tu pries Dieu ? Et bien tiens, voilà une croix, tu pourras le faire. » Elle peut montrer la cicatrice.

Les procès-verbaux s'accumulent, les auditions se succèdent, les vérifications s'empilent. Il y en a toujours une en cours, une à lancer, une à recevoir. Si le cadavre de la petite fille belge n'est pas dans le jardin de Delay, peut-être est-il dans celui du curé ? Ou au manoir de l'huissier ? Ou à sa résidence d'été à Hardelot ? Quant au nourrisson de Vlad, tout le monde semble l'avoir oublié. Les enfants livrent encore d'autres noms, d'autres lieux. Le dossier fait des milliers de pages. C'est un monstre, couvert de tentacules, bosselé d'excroissances dont plus personne n'a la maîtrise.

Les avocats de ceux qui se disent innocents travaillent sans aucune visibilité. Quelques-uns ont réclamé la copie du dossier, droit élémentaire dans toute procédure. Hubert Delarue, qui défend Alain Marécaux, n'a toujours rien.

Il insiste. En février, trois mois après l'arrestation de l'huissier, il reçoit enfin quelques photocopies à son cabinet d'Amiens. Delarue s'installe à son bureau. Ouvre l'enveloppe. La referme et écrit au juge : « Le fruit du hasard a fait que, malheureusement, ce sont précisément dans les pièces manquantes que se situent les dépositions qui mettent en cause mon client. »

Reste la possibilité de consulter le dossier original au greffe du tribunal de Boulogne-sur-Mer. L'opération se révèle tout aussi compliquée. Pour préparer un interrogatoire d'Odile Marécaux, Franck Berton, son avocat lillois, envoie un collaborateur à Boulogne. Il arrive à 14 h 30. À 17 heures, il reçoit un jeu incomplet de photocopies. Une autre fois, on lui remet le dossier pour le lui reprendre aussitôt : c'était une erreur, dit le greffier. Philippe Lescène, qui conseille Sandrine Lavier à Rouen, attendra près de six mois. Quand les premières copies arrivent enfin, en mars 2002, l'essentiel des interrogatoires et des confrontations est déjà bouclé. « Un coup classique des juges d'instruction pour paralyser la défense », dit un des avocats.

Les incohérences se sont accumulées dans ces témoignages qui s'enchevêtrent. Les deux filles aînées de Sandrine Lavier décrivent un voyage en Belgique avec leur petit frère. Colas est inclus dans la procédure. En fait, aux dates données par ses sœurs, il n'est pas encore né. D'autres racontent une expédition avec le fils Legrand au volant, alors qu'il n'a pas le permis de conduire. Et où est le fameux boulanger dont les enfants parlent sans cesse ? Et David Brunet, le compagnon de Karine Duchochois, l'ami d'enfance de Delplanque ? Il n'a jamais été arrêté, tandis qu'elle est mise en examen depuis longtemps.

Christian Godard, le mari de Roselyne la Boulangère, est finalement placé en garde à vue. Il s'est rasé la moustache quelques semaines plus tôt. Il vient d'acheter un nouveau téléphone portable. Godard proteste. Le téléphone, c'est pour son boulot ; la moustache, pour plaire à sa jeune maîtresse. Et la Tour du Renard ? Il n'y est allé qu'une fois, sur le parking, aider sa femme à décharger le pain.

Godard est emprisonné. David Brunet aussi.

À nouveau, Myriam supplie qu'on la convoque. Elle est convoquée. Quand elle n'arrive pas à répondre aux questions, elle ne se trouble plus comme avant. Elle se fâche. Burgaud lui demande : « Est-ce que ce monsieur avait un tatouage ? » Et elle : « Comment je peux me rappeler avec tous ceux qui m'ont montée ? »

Le juge : « Et cet autre, comment venait-il chez vous ? »

Myriam : « En voiture. »

Le juge : « Quelle voiture ? »

Myriam : « Je ne sais pas. Je ne campais pas sur le parking. »

Parfois, elle se trompe. Elle le reconnaît de bonne grâce, comme si elle pouvait tout se permettre. Pour le docteur Lemercier, Martine Goudrolles, l'amie du Nain jaune, ou Nicolas Nord, son beau-frère, ce n'était pas vrai. « J'ai suivi ce qu'avait dit mon fils Jordan mais je m'ai confondu. »

L'histoire du berger allemand s'est, elle, considérablement enrichie au gré des auditions. Un an plus tôt, Myriam racontait avoir refusé une relation sexuelle avec un chien, tenu en laisse par le tenancier du sexshop, alors que des Anglais attendaient dans l'entrée des Merles pour coucher avec elle. Dans la version finale, la Belgique a remplacé la Grande-Bretagne et

Papa Legrand a endossé le rôle du monsieur du sex-shop. « Legrand avait emmené un berger allemand, marron avec une tache noire et un collier. C'est moi-même qui a passé en premier. J'ai été obligée de me mettre nue à quatre pattes. Franck Lavier avait mis des bandelettes aux pattes du chien pour qu'il ne me griffe pas. Dominique Wiel le tenait. Mon mari me calait la tête dans les jambes. Cela n'a pas été pareil qu'avec un homme. Il a fallu mettre de la glace pour que le chien enlève son sexe. Les enfants sont passés ensuite. » Il y a eu d'autres scènes avec d'autres chiens « mais je ne connais pas les races », précise Myriam. Est-ce qu'on veut qu'elle continue ?

À Boulogne-sur-Mer, on attend le deuxième rapport de Freddy Van Cayseele, l'inspecteur principal de la police fédérale d'Ypres, en Belgique. De nouvelles vérifications lui ont été demandées sur des éléments de preuves avancés par Myriam ou les enfants. La mère affirme que le taxi de Pierre Martel avait été contrôlé par la police pendant une des expéditions en pays fla-mand.

Jordan Delay, lui, n'en finit pas de parler : « Il y avait quatre caméras de chaque côté et on faisait ça avec des animaux, des cochons, des vaches, des chèvres, des moutons, un cheval. Le mouton mettait sa zigou-nette dans mon derrière. »

« Où ? » demande Burgaud.

« À la ferme en Belgique. On l'a vue dans le journal avec ma tata. »

Les services de Van Cayseele ont donc été chargés de s'assurer si certaines immatriculations françaises avaient fait l'objet de contrôle ces cinq dernières années et d'interroger à nouveau les voisins de la ferme, iden-tifiée en novembre par Jordan et Vlad à côté du parc d'attractions de Bellewaerde et du supermarché « Stock Bossart ».

L'inspecteur principal Van Cayseele ne dira jamais qu'il a le sentiment que les juges de Boulogne-sur-Mer lui ont fait perdre son temps. Il regarde droit devant et lâche, stoïque : « C'est mon travail. » Mais le 1er mars 2002, lorsque toutes les enquêtes de son service se révèlent à nouveau vaines, Van Cayseele décroche son téléphone avec un certain agacement. Il appelle ses collègues français chargés du dossier. C'est le lieutenant Franck Devulder, du SRPJ de Lille, qui décroche. Devulder s'épanche, lui aussi. Des confidences de commissariat, un ton de connivence entre policiers. Oui, chez eux, parfois, ils ont également l'impression que l'enquête s'égare, que les Delay, mère et fils, disent n'importe quoi, que le juge galope derrière.

Le rapport de Van Cayseele arrive enfin à la cour d'appel de Douai, à la fin du mois de mars. Noir sur blanc, l'inspecteur principal d'Ypres étale publiquement la conversation officieuse qu'il a eue avec le lieutenant français :

> Nous apprenons par notre collègue Devulder Franck que la déclaration au sujet de l'enfant qui aurait été assassinée a été inventée de toutes pièces et qu'il ne travaillerait désormais plus sur cette affaire. En ce qui concerne [le sex-shop dans] la région d'Ostende, rien ne serait vrai non plus, étant donné qu'il y a eu une mauvaise transmission d'information entre le juge d'instruction et la presse. Pour le moment l'enquête se trouve dans une impasse étant donné que les enfants commencent à inventer toutes sortes de choses vu le nombre élevé d'auditions qu'ils ont déjà dû subir. Il s'avère que le fils Legrand Daniel a

inventé ces faits dans l'espoir d'obtenir une réduction de peine. En ce qui concerne la mère qui confirmait cela, il s'avère qu'elle donne une réponse positive à toutes les données apportées de telle sorte qu'on ne peut pas tenir compte de ses déclarations. Selon notre collègue français, il n'y a par conséquent pas de piste sérieuse en direction de la ferme en question.

Quand on demande à Van Cayseele à quel moment il a arrêté de croire à la piste belge du dossier d'Outreau, il a le petit sourire du policier entre deux âges, juste un peu cabossé, un peu roublard, comme adorent les montrer les feuilletons télévisés. Il dit que la question n'est pas de croire. C'est même là tout le problème de ce dossier. « Ce sont les éléments qu'il faut regarder. Et là, les éléments manquent. » La voiture de Martel n'a jamais été contrôlée en Belgique. Dans la ferme, il y a des vaches et un chien, mais pas de porc depuis quinze ans. Pour les chevaux et les moutons, il n'y en a jamais eu. La seule piste belge que Van Cayseele ait jamais trouvée reste ce voyage que Vlad Delay avait fait avec les œuvres sociales de la mairie au parc d'attractions de Bellewaerde, à côté du supermarché « Stock Bossart ».

21

Quand le psychologue est entré dans la bibliothèque de la prison, l'abbé Dominique Wiel regardait par la fenêtre, ostensiblement. Un sourire sarcastique flottait sur ses lèvres. L'expert s'est avancé, Wiel a insisté pour connaître ses noms et qualités. Puis, à nouveau, le prêtre-ouvrier s'est désintéressé de l'entretien sauf pour placer, de temps en temps, quelques blagues de mirliton.

« Quelles études avez-vous poursuivies ? » demande l'expert. Et l'abbé : « Je ne poursuis pas d'études, ce sont elles qui me poursuivent. »

Dominique Wiel a exaspéré le psychologue. Avant lui, le prêtre-ouvrier a déjà exaspéré les policiers, le juge d'instruction et, plus généralement, tous ceux qu'il a rencontrés dans le dossier. Avec son ton goguenard, sa manière de faire sentir à l'autre à quel point il le prend pour un imbécile, Wiel incarne exactement cette catégorie de mis en examen dont le petit monde judiciaire dit d'un ton réprobateur : « Il ne joue pas le jeu. » C'est normal. Wiel n'en a aucune envie. Pour protester contre une confrontation, l'abbé a chanté *La Marseillaise*. « J'avais d'abord pensé au *Te Deum*, mais je ne me souvenais plus des paroles. Ensuite à l'*Internationale*, mais je me suis dit que ça sonnerait comme une provocation. » Alors qu'il entonne les premiers couplets, le greffier écrit : « Wiel menace tout le monde, il prend à partie le juge d'instruction. Mme Badaoui se tient la tête et pleure. Aurélie Grenon tremble de tout son corps. Nous sommes obligés à cause de l'attitude agressive de Wiel de faire intervenir les escortes, le maîtriser, le menotter car il refuse de s'asseoir et menace de partir en hurlant. » Depuis, le juge Burgaud parle de « l'ambiance de terreur et de menaces » dans l'affaire.

Quand il écrit aux siens, l'abbé Do précise en guise de calendrier le nombre de jours de détention. En bas, il signe : *Resistencia*. Il pense qu'il est de ceux que la justice ne brise pas.

Wiel a un comité de soutien. Il est le seul du dossier. S'y retrouve un mélange d'associatifs, de militants, de travailleurs socio-éducatifs, ce milieu boulonnais dans lequel le prêtre-ouvrier a fait sa vie. « Quand Dominique a été arrêté, tout le monde se disait : "C'est pas possible" », se souvient un membre du comité.

Wiel fait des dizaines de demandes de liberté provisoire : les magistrats les rejettent l'une après l'autre. Dans l'ensemble du dossier, des centaines d'actes complémentaires, expertises, contentieux, ont été déposés pendant les trois ans d'instruction. Hubert Delarue, l'avocat de l'huissier Alain Marécaux, voudrait que l'affaire soit délocalisée. « Le recul et la rigueur n'existent plus dans cette ville au climat délétère et empoisonné. » Refusé. Philippe Lescène voudrait une confrontation entre Sandrine Lavier, sa cliente, et Aude, sa fille, qui l'accuse. Refusé. Chaque rejet va, en général, conforter le suivant. « Quand un magistrat voit qu'une, deux, trois décisions négatives ont déjà été prises dans un dossier, il se dit que cela doit être fondé, explique le collègue de Burgaud. Qui voudrait être celui qui remet en cause ce que tous les autres ont tranché avant lui, surtout dans des affaires émotionnelles comme la pédophilie ? Plus un dossier avance, moins les magistrats prennent de risques. Certains, parfois, ne se fatiguent même plus à lire. Ils suivent. Quand la machine judiciaire est lancée, elle finit par marcher toute seule. » En trois ans, 260 arrêts sont ainsi rendus auxquels ont participé 53 magistrats du siège et 11 du parquet général.

Le temps qui passe, les efforts des mis en examen pour se débattre vont jouer contre eux, les garrotter davantage au lieu de les faire entendre. « Plus Dominique restait en prison, plus certains d'entre nous ont commencé à douter, reprend ce membre du comité de soutien. Ils disaient : "S'il y a eu une erreur au départ, pourquoi ne se dissipe-t-elle pas maintenant, surtout avec toutes les protestations en sa faveur ?" » Le maire d'Outreau fait volontiers savoir qu'il a surnommé l'association « le comité de soutien des salopards ». Il tempête : « Vous croyez qu'on arrête un curé comme ça ? »

Les treize à se dire innocents ne sont d'ailleurs pas plus solidaires les uns à l'égard des autres. En général, aucun n'imagine que le réseau pourrait ne pas exister réellement. Leur seule protestation consiste à dire qu'eux, personnellement, n'en font pas partie. Le comité de soutien de Wiel ne tient pas à défendre les autres. « Nous, c'est Dominique, point. Le reste, on ne connaît pas. » Un des présidents de l'association se méfie en particulier de Daniel Legrand, père, « avec sa tête vraiment bizarre ». Devant la télé, en cellule, Roselyne Godard, « la Boulangère », applaudit l'arrestation des « notables », surtout pour le curé qui lui semble « louche ». Elle se dit que les vrais coupables sont enfin découverts et qu'elle sera blanchie. « Le dossier du juge est bien, si tant de monde est arrêté, c'est pas pour rien mais dans le cas de ma femme et moi, c'est faux », proteste Franck Lavier, au fond de sa prison.

Papa Legrand explique, lui, que ses accusateurs sont payés pour le charger et couvrir les véritables commanditaires. Le juge Burgaud lui demande : « Avez-vous voulu dire que le viol des enfants et le trafic des cassettes rapportaient de l'argent ? Comment un modeste ouvrier avec une vie tranquille que vous dites être pourrait connaître ce genre de choses ? » Legrand se débat. « Moi, j'écoute que les infos pour savoir l'affaire dans laquelle je suis. Un trafic doit bien exister, je l'ai vu qu'il y avait des arrestations sur Ostende et des cassettes vendues à 500 ou 600 francs. Je me base sur ce que dit la télé, je ne pense pas qu'ils inventent. »

À la fin du printemps 2002, la machine judiciaire s'arrête brutalement, d'elle-même pour ainsi dire. Le juge Fabrice Burgaud vient d'être nommé à un poste prestigieux, substitut à la section antiterrorisme de Paris, pour la rentrée judiciaire de septembre. Cette promotion va paradoxalement conduire à clore le dossier. Avec ses milliers de pages, plus de 200 noms, plus de 300 procès-verbaux du SRPJ de Lille, 17 enfants partie civile, il n'est pas envisagé de le passer à un autre magistrat de Boulogne. La course commence. Il s'agit de boucler les investigations de manière à ce que la procédure soit sur les rails vers la cour d'assises avant le départ de Burgaud.

Par prudence, le volet du meurtre de la petite fille avait déjà été disjoint le 11 avril 2002, notamment après le rapport désastreux de la police fédérale d'Ypres. L'enquête reste ouverte, mais fait l'objet d'une procédure séparée pour ne pas fragiliser l'ensemble. Car fragile, le dossier l'est. Dix-sept adultes risquent entre vingt ans de prison et perpétuité alors qu'il n'y a toujours aucune preuve irréfutable. Fabrice Burgaud, soutenu par sa hiérarchie, est convaincu que ce flot de paroles et d'accusations dit bien la vérité. « Les enfants ne mentent pas. » Et cette absence d'éléments matériels, n'est-ce pas justement le propre des dossiers de pédophilie ? Tous les ouvrages sur les abus sexuels le signalent. Reste que c'est un peu léger pour envoyer autant de monde devant les Assises.

Il existe une manière tentante de régler techniquement ce genre de problème. C'est un tour de passe-passe, un peu grossier, un peu usé, mais facile à faire et qui marche à tous les coups – ou presque : utiliser les expertises psychologiques, psychiatriques et médicales pour verrouiller la procédure. Autrement dit, invoquer la toute-puissance de la science pour pallier les vides de l'enquête judiciaire. Après tout, n'est-ce pas moins grave que de risquer de ressembler à ces « institutions belges en déliquescence », incapables de protéger les petits enfants contre leurs bourreaux ?

Les personnes impliquées dans le dossier vont donc être réparties en trois groupes : les gamins, les adultes qui accusent et les adultes qui nient. Pour chaque catégorie, des questions sur mesure sont posées aux experts.

Pour les enfants, il est demandé s'ils ont bien été victimes d'abus sexuels, s'ils sont susceptibles d'inventer les faits qu'ils relatent et s'ils sont crédibles. Sur les dix-sept enfants examinés, les rapports concluent de façon catégorique que tous peuvent être considérés comme « victimes », tous sont « crédibles », y compris les trois qui ne renouvellent pas leurs accusations.

Deuxième groupe, les adultes qui dénoncent : Myriam Badaoui, Aurélie Grenon, David Delplanque et le fils Legrand, qui a chargé les autres pendant cinq semaines. Cette fois, le magistrat demande aux experts s'il (ou elle) présente les traits d'un(e) mythomane, s'il (ou elle) a tendance à l'affabulation, s'il est possible de porter une appréciation sur la sincérité et la crédibilité de ses déclarations devant le magistrat instructeur. David Delplanque, Myriam Badaoui et Aurélie Grenon sont jugés parfaitement crédibles et sincères. Un seul aurait des « tendances mythomanes ». Ça tombe bien, c'est le jeune Legrand, celui qui, justement, s'est rétracté. Ses aveux sur le meurtre de la petite fille belge « lui rendaient l'image de lui-même trop difficile à assumer », estime le rapport.

Quant au troisième groupe, les adultes qui nient, la question posée aux experts est de savoir s'ils présentent des traits d'agresseurs sexuels. La réponse est oui, pour huit d'entre eux.

Conclusion : les enfants sont bien victimes. Ils dénoncent des gens et sont crédibles. Les trois adultes qui confirment ces accusations ne sont pas des mythomanes. La plupart des coupables ainsi désignés présentent en effet les traits d'agresseurs sexuels.

La boucle est bouclée. La science a bien été capable de démontrer ce que la justice n'avait pu établir. Plusieurs avocats protestent. Demandent des contre-expertises. Refusé. « Ces spécialistes sont inscrits à la cour d'appel de Douai, ils ont prêté serment et il n'y a aucune raison de mettre en doute leur objectivité. »

Quand le psychologue est sorti de la bibliothèque de la prison, l'abbé Dominique Wiel ricanait toujours, goguenard. Rédigé après quarante-cinq minutes d'entretien, le rapport est catégorique : « Détachement affectif et absence de référence aux valeurs morales. » Le profil de l'abbé est bien celui d'un agresseur sexuel.

À un de ses derniers interrogatoires, en mai 2002, Wiel se présente devant le juge avec un tee-shirt où il a tracé au feutre : INNOCENT. Il est persuadé, comme chaque fois qu'il est convoqué, qu'il va être remis en liberté.

Le juge Burgaud : « Vous avez violé les enfants de façon humiliante, dégradante et dans une grande violence avec l'aide d'animaux, notamment de chiens ? »

Dominique Wiel : « Vous croyez à tout ça ? C'est de la folie. Dites aussi que j'ai violé la reine d'Angleterre. Vous êtes cinglé, c'est pas possible. »

Le juge : « Comment des enfants de cet âge peuvent-ils faire mention de faits de zoophilie ? »

Dominique Wiel : « Même si c'est vrai, qu'est-ce qui vous prouve que je suis dedans ? Je n'y crois pas à vos histoires. »

Le juge : « N'avez-vous pas vu d'animaux emmenés en Belgique chez M. et Mme Delay ? »

Dominique Wiel : « Ça suffit, ils n'ont jamais été en Belgique. »

Le juge : « Si vous êtes étranger aux faits, comment savez-vous qu'ils n'ont jamais été en Belgique ? »

Dominique Wiel : « J'ai la télé dans ma cellule. Ils ont aussi parlé d'un cadavre. »

Le juge : « Si ce n'est pas vous, qui ? »

Dominique Wiel : « C'est des conneries, tout ça. De toute façon, ça n'a jamais existé. Vous n'avez pas des choses plus intéressantes à me dire ? »

Le juge annonce au prêtre-ouvrier que non seulement il n'est pas libéré, mais que les charges se sont aggravées. Il est aussi mis en examen pour torture, acte de barbarie, zoophilie, comme Thierry Delay, Franck Lavier, Daniel Legrand, père.

Wiel retourne en prison. « Cette histoire, je la prends comme une épreuve. Ailleurs, à d'autres époques, des gens sont tombés sous les bombardements ou les tremblements de terre. Cette fois, la tourmente a été celle-là, elle n'était possible qu'à cet endroit-là et ce moment-là. Je vivais à côté d'un trou noir et je ne le savais pas. Maintenant, je suis pris dans les tourbillons. »

Sur vingt appartements dans l'entrée 2 de l'immeuble des Merles[1], dix ont été directement touchés par l'affaire, une chance sur deux. Dans cette seule cage d'escalier, dix-huit enfants ont été placés et trois de plus considérés comme victimes, mais laissés dans leur famille. Toujours dans cette partie du bâtiment, dix adultes ont été arrêtés, quatre autres dénoncés, mais la procédure n'est pas allée au bout. « Si la justice avait continué à entendre les enfants ou Myriam, il y aurait eu d'autres dénonciations, encore et encore. Il n'y avait pas de raison que cela s'arrête », dit Dominique Wiel.

Dans le petit village de Samer, Corinne Bertrand est dans sa cuisine. Vlad est à côté d'elle. Elle ne le quitte plus, ou le moins possible. Il y a quelques semaines, Vlad ne l'a pas vue à la sortie des classes. Elle avait un peu de retard. Il a couru à travers le village, remonté les ruelles, il est passé devant la petite église, puis l'étude de maître Marécaux, déjà revendue une bouchée de pain. Vlad est arrivé dans la famille d'accueil de Melvin, son frère aîné, à l'autre bout du bourg. Il est rouge, il tremble.

Pendant ce temps, Corinne Bertrand le cherche devant l'école, éperdue. Tous les enfants sont partis. Et si Vlad avait été enlevé ? Cette fois, ce serait sa faute, elle qui

1. Chaque immeuble de la Tour du Renard comporte deux entrées desservant chacune vingt appartements : la cité compte au total deux cent quatre-vingts appartements.

214

voudrait tant le protéger. Elle a l'idée de courir jusqu'à la famille d'accueil de Melvin.

Elle voit Vlad. Elle a eu si peur qu'elle crie : « Pourquoi ne m'as-tu pas attendue devant l'école ? » Il pleure. Il demande : « Est-ce que tu m'abandonnes ? » Elle pleure aussi. Il lui dit que Mme Dugers, l'infirmière dont la petite fille est dans sa classe, cherchait à l'attraper. Elle l'a poursuivi en voiture. Vlad dit que tout allait recommencer, comme avant. « Et toi, tata, tu n'étais pas là. » Ils se serrent l'un contre l'autre.

Elle se souvient quand Vlad est arrivé, il y a plus de deux ans. Il était obèse, en sueur même en hiver. Il reculait quand elle s'approchait pour l'embrasser. Il criait quand elle entrait dans sa chambre à l'heure du coucher. Elle n'osait plus aller au McDonald's avec lui. Il voyait le ketchup, la mayonnaise, et il se mettait à raconter tout fort que sa mère mettait « ça sur ses tototes, dans son devant. Et même des frites parfois ». À la maison, Corinne Bertrand ne sert plus de carottes, de bananes, de saucisses même. Elle rougit. « Tout est immédiatement associé. »

Elle regarde Vlad. Il a 10 ans maintenant. Il est devenu saisissant de beauté, des joues pleines et roses, des cheveux blonds qui ondulent, une bouche modelée, des yeux immenses, un ange descendu du plafond des chapelles italiennes.

Corinne Bertrand se sent gonflée de fierté et d'une pitié infinie. Elle est effarée de tout ce qu'il a subi, de tout ce qu'il raconte. Et c'est vrai, tout est vrai, elle croit chaque mot de cet ange venu se poser sur une chaise, près du frigo, dans sa cuisine. La preuve : les gens qu'ils dénoncent vont en prison, même les plus haut placés comme les Maréaux. Pour l'infirmière Dugers, ce doit être une question de temps, il paraît qu'elle a déjà été convoquée au commissariat et son mari aussi. Corinne Bertrand écrit une nouvelle fois au juge. Elle lui parle de la souffrance de Vlad qui continue à croiser ceux qui lui ont fait du mal dans les rues de Samer. Que fait la justice ? Depuis quelque temps, Vlad s'est mis à désigner des inconnus dans les rayons quand elle l'emmène au supermarché. Il crie : « Lui, il m'a violé. Et lui aussi. » Elle y va seule maintenant. « Avec lui, je ne peux pas terminer mes courses. »

Vlad fait ses listes encore, des noms, de nouveaux noms. Et, main dans la main, la femme et l'enfant vont les envoyer aux services sociaux. Une des dernières fois où ils sont allés au commissariat, Vlad a dénoncé trois hommes dans la salle d'attente. À lui seul, Vlad a accusé au minimum une cinquantaine de personnes.

Maintenant l'enfant passe deux jours par semaine dans une école spéciale.

Le 18 août 2002, Myriam Badaoui envoie sa dernière lettre au juge :

> J'aurais dû vous écrire avant mes je suis tombé de mon lit et je me suis fissuré les deux doigts de la main droite. Je voulais juste vous dire une chose ; c'est pourquoi vous n'avez pas pris en compte certaines accusations de mon fils Jordan concernant le docteur Lemercier. Je ne comprends pas qu'on mettrait en doute la parole de mon fils. Je compte le dire le jour de mon procès. Merci de m'avoir écouté et d'avoir pris mon affaire bien au sérieux.

Le procès s'ouvre le 4 mai 2004, devant la cour d'assises de Saint-Omer.

22

Quand il s'entend appeler à la barre de la cour d'assises de Saint-Omer, on dirait que Pierre Martel va s'évanouir. Cet instant-là, celui de se faire entendre publiquement, il en a rêvé pendant ses trois ans de prison. Il sait chaque mot, chaque geste de cette scène, rejouée à l'infini : il se lèvera, s'avancera vers la barre et, devant tout le monde, il parlera. Les mots couleront, il sera compris, l'innocence rayonnera autour de son visage et Pierre Martel, le vrai, sera enfin reconnu.

Pierre Martel, chauffeur de taxi, 55 ans, croit en la justice. C'est ce qui lui a permis de tenir. Il est l'inverse de l'abbé Dominique Wiel, qui, lui, n'y croit pas, mais à qui sa défiance a permis de tenir tout autant. Pendant ces années d'enquête, de prison, chacun a fait comme il a pu, ou comme il n'a pas pu. Alain Marécaux et Franck Lavier ont tenté de se suicider. La femme de l'huissier et le mari de la Boulangère ont, chacun, décidé de divorcer. Dausque suppliait ses parents de ne pas venir au parloir parce que c'était trop de honte. Brunet suppliait les siens de venir parce que c'était trop de solitude.

Ils sont tous là, sur les bancs des Assises, treize qui nient, trois qui les accusent, et Thierry Delay qui ne dit toujours rien.

C'est au tour de Pierre Martel. Les jurés, les magistrats, la salle, tous font silence. Le président Jean-Louis Monier, qui dirige les débats à Saint-Omer, commence à le questionner sur de toutes petites choses avec cette dramaturgie propre à la cour d'assises. Donc, l'ulcère de Martel ? Et sa brouille avec Dédé, son frère ? Et cette course de taxi ratée un jour de bousculade ? Martel est debout, les traits bouillis, avec cette lividité de teint que donnent la prison et les insomnies. Des choses, qu'il ne pourrait nommer, l'étouffent. Il ne dit rien de ce qu'il voulait. Pierre Martel pleure.

À la Tour du Renard, Martel faisait l'essentiel de sa clientèle entre le 5 et le 7 de chaque mois, comme tous les commerçants de la cité. Ces jours-là devraient être fériés et, de fait, ils le sont : c'est la fête aux allocs, les jours où arrivent les aides pour familles nombreuses. Pour la majorité de la cité, elles constituent le plus gros revenu. Pendant quarante-huit heures, pas un adulte ne se promène sans un pack de bières qui se balance au bout des doigts. Les gamins font la file devant la camionnette de Roselyne Godard. Ils ont droit au repas des grands soirs : une canette de soda, un paquet de chips et un sachet de bonbons. En bas des immeubles, personne. Devant les boîtes aux lettres, personne. Trop de choses à faire. Les mères courent régler les ardoises les plus urgentes au magasin d'électroménager, plus haut sur le boulevard, ou chez Martineau, rue de la Meuse. Lui, il ne faut pas le laisser traîner. Sans Martineau, le quartier ne mangerait plus à partir du 15 de chaque mois. Il y a bien l'épicerie sociale de la mairie, qui fait des prix spéciaux. Ça aide à tenir, mais personne n'a le goût d'y aller. « Nous, on aime acheter et là, c'est pas comme un vrai magasin. Il n'y a que des trucs pour cas sociaux », dit un cas social. « Au début, ils ne voulaient même pas vendre de Coca, ils disaient que c'était un principe. Et puis, ils veulent toujours nous obliger à acheter des trucs à préparer, pas du tout-prêt. »

Les jours des allocs, on se bouscule sur le parking pour appeler le taxi de Martel. « Quand j'arrivais, les petits enfants couraient vers ma voiture », dit le chauffeur. Ils portent l'habit des jours de communion, les mères attendent, apprêtées, la paupière bleu hôtesse de l'air, la teinture refaite. La grande sortie du mois se prépare. Pour certaines, c'est la seule occasion où elles quittent le cercle clos de la cité. Elles se sont regroupées à plusieurs pour s'offrir les 100 francs du voyage. Myriam y allait avec Martine Goudrolles, parfois elles embarquaient Mme Tarté, la femme de ménage du troisième. Martel démarre son taxi. Il ne demande pas, il sait où elles vont : au paradis.

Il faut traverser la rivière, zigzaguer entre les bretelles d'autoroute, passer les ronds-points comme des cerceaux de cirque, couper toutes ces étendues périurbaines et arriver à la zone industrielle de Boulogne. Là, à perte de vue, c'est une démesure de hangars, de parkings, de grandes surfaces Kiloutou ou Decathlon, avec des pancartes plus imposantes que les bateaux du port. Au milieu est amarré le vaisseau amiral : un hypermarché Auchan. C'est là.

Dans le quartier, dire qu'on s'envole pour l'Amérique ferait moins d'effet que claironner : « Je vais chez Auchan. » Ça prouve qu'on a de l'argent au fond des poches, du vrai, parce que là-bas, ils ne font pas crédit comme chez Martineau. Mais surtout, on a de la classe, du goût : on se paye « des marques », pas « les produits sans nom » de chez « Tout en Stock », la supérette d'Outreau. Chez Auchan, on n'achète pas des pâtes, mais des Buitoni ; pas des saucisses, mais des Herta. C'est plus cher, mais on y vient pour parader, s'afficher entre les rayons avec le caddie qui tangue, bourré jusqu'à la gueule. Chacun se scrute comme jadis sur la promenade des Platanes, le dimanche après la messe.

Les copines s'appellent sur le portable.

« Je viens de voir Fabienne. Elle veut péter plus haut que son cul : elle essayait des Nike même pas en promo.

– T'es où ?

– Au rayon frais. On va se faire des Flanby ce mois-ci.

– T'es folle. La mode, maintenant, c'est Danao, fraise-banane. »

On prend. On soupèse. On repose. On file au rayon PlayStation. On retourne au rayon sport. On embarque, tant qu'on y est, des kilomètres de saucisson de cheval à congeler, du pain et des biscuits. Ça fera l'ordinaire.

Les hommes viennent rarement. Les femmes n'aiment pas : ils prennent une place dans le taxi. Ils n'ont pas de patience non plus. Ils disent : « Faire les magasins, c'est un truc de gonzesse. » Généralement, ils ne tiennent pas toute la journée, car la journée entière se passe là. Ils sortent sur le parking, éventrent un carton de bières et scrutent les tableaux de bord à travers les vitres des voitures garées. « Il y a de la belle caisse, pas comme sur Outreau. » Quand le soir s'approche, les femmes reviennent enfin, échevelées, riantes. « Appelle donc Martel qu'il nous ramène avec les sacs. »

Martel aide à vider le coffre. Il a son bon sourire, comme toujours. « J'aime ces gens, je les respecte, ils sont mes clients. »

Devant la cour d'assises, le président Monier prend l'air perplexe. « J'avoue que quelque chose m'échappe :

220

ces personnes-là dans ces cités ont un budget limité, n'est-ce pas ? Alors pourquoi gaspiller de l'argent en taxi ? »

Autour de lui, d'un coup, le monde vient de se couper en deux : ceux qui comprennent et ceux qui ne comprennent pas. Tous les accusés de la Tour du Renard le fixent, les yeux écarquillés. Un à un, les jurés se tournent vers lui comme s'ils avaient découvert un extra-terrestre sous la robe d'hermine. Le juré suppléant dans le fond, celui en marcel noir avec les tatouages sur le haut des épaules, essaye de ne pas rire. À côté de lui, une autre en baskets distribue des clins d'œil. Le premier jour, elle avait sorti des gâteaux et une canette de jus d'orange, comme devant la télé. Sa voisine les lui avait fait ranger.

Martel, enfin, rompt la gêne. Toujours courtois, appliqué à bien répondre. « Je crois, monsieur le président, qu'ils veulent se faire plaisir. » Et, dans les rangs des jurés, monte une toute petite voix : « Ben oui, on y a droit quand même, une fois par mois. »

Le magistrat se redresse. Presque dur maintenant : « N'est-ce pas pour éviter les soupçons contre le réseau que Myriam Badaoui a changé de chauffeur peu avant son arrestation et pris un autre taxi que le vôtre ? »

Martel : « C'est surtout, je pense, qu'elle me devait de l'argent. »

En trente ans de conduite à Outreau, Martel s'est fait sa philosophie. Pas d'ardoise au-delà de 500 francs, sans quoi, « on perd l'argent et le client ». Et quand, le 8 du mois, l'endetté n'a pas téléphoné, c'est qu'il paiera, au mieux, aux allocations suivantes. Myriam lui devait le maximum.

Le président ne lâche pas. « Vous saviez pourtant que Thierry Delay était alcoolique ? »

Martel : « Tout le monde le savait. »

Le président : « Vous pouviez alors, au moins, présumer que Delay battait ses enfants ? »

La politesse de Martel se teinte d'étonnement. « Non, monsieur. Moi, je présume que les gens aiment leurs enfants. »

Une voisine l'avait surnommé « Cœur fidèle ». Ses copains de golf, « le mari idéal ». Il faisait crédit aux pauvres. Tenait la porte aux dames. Aidait les malades. Les témoins défilent, bras ballants, bégayant d'avoir à défendre ce grand type qui leur paraissait un modèle à tous. « C'est un homme... comment dire... » François Sabatier, directeur d'école, hésite. Même village, ami d'enfance. « Un homme limpide, voilà. » Marie-Hélène, la sœur du taxi : « On allait ensemble dans la campagne chercher de l'herbe pour les lapins. Il a été enfant de chœur. Je tremble de la tête aux pieds, monsieur le président. Que puis-je vous dire ? » Elle est esthéticienne, l'aînée des quatre enfants Martel. En remontant le village, chaque matin quand ils étaient petits, le frère et la sœur devaient saluer tout le monde, ne pas déplaire. Le père était garde communal, c'était un rang à tenir. À table, la viande était réservée aux enfants.

Martel a quitté l'école à 14 ans, après le certificat. « Quand on était pauvre, on partait à l'usine », continue la sœur. Martel y va tout droit. Il est courageux, économe : il dort à peine pour avoir les moyens de s'établir taxi. Il construit de ses mains une maison irréprochable. Ses cheveux blonds sont peignés sur le côté, comme sur les photos noir et blanc en vitrine des salons de coiffure. Sa silhouette longue, élégante faisait tourner la tête aux femmes. Elles le trouvaient « distingué ». Martel ne s'en rendait même pas compte.

Pas un défaut ? Même tout petit ? « Sensible, peut-être », risque son épouse. Elle est enseignante. Trente-quatre ans de mariage, trente-quatre ans de fidélité, des roses rouges à chaque anniversaire. Elle regarde les jurés, presque confuse : « C'était une vie de bonheur. Qu'est-ce qu'on peut en dire ? » Elle a fait des milliers de kilomètres pour aller voir Pierre à Melun au parloir toutes les semaines. Les gardiens de prison disent qu'elle est « une femme remarquable, une sainte avec de l'énergie pour deux ».

À la barre, leur fille s'écrie : « Il est le père dont tout le monde rêve. » Quand leur fils continue d'un sonore : « Papa, je t'aime », ça fait longtemps que les mouchoirs sont sortis.

Tant de perfection ferait rire si on était ailleurs. « Cœur fidèle » est devant les Assises, les cheveux blanchis d'un coup en cellule, face au président Monier qui lui répète à nouveau ce que lui avait répété le juge Burgaud trois ans durant : « Si vous dites n'y être pour rien et n'avoir aucun contentieux avec les personnes ici présentes, comment expliquez-vous que trois adultes et quatre enfants qui ne se sont pas concertés vous accusent de manière convergente et circonstanciée ? »

Alors, à nouveau, le chauffeur de taxi sanglote. « Comment voulez-vous que j'explique quelque chose que moi-même je ne comprends pas ? » Myriam l'accuse de viol – trois fois en 1998 à Outreau et deux fois en Belgique. « Pour que je me défende, indiquez-moi au moins des dates. J'ai tous mes agendas, on peut vérifier. »

Martel est l'unique personne du dossier à qui, justement, une date précise – et une seule – a fini par être donnée. Melvin, l'aîné des Delay, dit qu'une des expéditions en Belgique a eu lieu le 28 mai 2000. L'enfant

223

s'en souvient : c'était le jour de la Fête des mères. Ce dimanche-là, Martel concourait au trophée Tacchini de son club de golf.

Dans le hall du palais de justice, l'avocat général Gérald Lesigne traîne son énorme sacoche. On l'entend dire qu'il ne le voyait pas comme ça, ce dossier. Il le connaît bien, pourtant. Lesigne est procureur à Boulogne-sur-Mer, où il a validé un certain nombre d'étapes de l'instruction et soutenu publiquement que la procédure avait été objective et prudente. Il dit : « Mais sur le papier, tout semblait si différent. » Il a l'air accablé. « Nous ne sommes pas là pour faire des erreurs judiciaires. Il faut regarder les choses calmement. » Pour la partie civile, Thierry Normand explique qu'il n'avait « aucun doute sur la culpabilité des uns et des autres » au moment où il a été désigné par le conseil général du Pas-de-Calais au nom des enfants. « Le choc est terrible, maintenant, en voyant entrer certains des accusés. Martel a le port de tête altier. Vraiment, dans mon for intérieur, je me demande : qu'est-ce qu'il fait là ? Il ne peut être coupable. »

Françoise Legrand vient témoigner pour son mari et son fils, les deux Daniel, les deux « Satan ». Le président lui demande si par hasard elle ne reconnaîtrait pas dans le box un autre des accusés. « Non, désolée. » Elle n'ose pas le dire fort parce qu'elle sent que ça déplaît, elle secoue la tête et agite une petite queue-de-cheval blonde, plantée haut sur le crâne comme un souvenir de ce qu'était la Françoise Legrand d'il y a longtemps, celle qui avait rencontré Daniel au bal, celle qui accrochait des rideaux neufs à la maison en location-vente, impatiente que la vie commence.

Elle est soudain si petite, si vulnérable avec son sac serré contre elle, mais pas trop fort, à cause du sandwich dedans qu'elle ira manger sur un banc tout à l'heure, et ce regard qu'elle lève vers la cour, toute palpitante d'anxiété de ne pas comprendre les questions, d'avoir nui – qui sait ? – au mari et au fils assis là-bas dans le box ou, pire, d'avoir manqué de respect à ces messieurs du tribunal.

On lui rappelle que son mari est accusé, entre autres, d'être à la tête du réseau de pédophilie et gérant d'un sex-shop. Elle n'ose même pas répéter les mots tellement elle est gênée. « On m'a demandé pendant l'enquête si j'étais déjà rentrée dans un magasin comme vous dites. Je savais même pas ce que c'était. J'ai dit oui, à Wimereux, pour louer le film *Titanic*. C'est ma fille qui m'a dit que ce n'était pas ça, que je m'étais confondue avec un vidéoclub. À 52 ans, on se trouve bête. »

À chacun de ces treize qui se lève, c'est le même saisissement, toujours recommencé. Comment en est-on arrivé là ? Ça flotte sur les bancs de la presse. La plupart des journalistes étaient venus à Saint-Omer voir défiler les monstres et les Dutroux entre la cathédrale Notre-Dame-des-Miracles et les faubourgs du Haut-Pont. À la place, ils voient se lever dans le box Odile Marécaux, la femme de l'huissier, une des six dans le dossier à avoir finalement reçu une autorisation de liberté provisoire avant le procès. « Je me suis retrouvée devant la maison d'arrêt, avec mes sacs en plastique. » Les trois enfants sont en famille d'accueil, Alain toujours en prison, le manoir anglo-normand vendu. Odile a 35 ans. Elle reprend un travail d'infirmière scolaire en Bretagne. Un soir, un élève a une torsion d'un testicule. Sa perfusion s'est arrachée. « Je n'osais pas soulever le drap. Je lui ai nettoyé le bras. Pour le reste, j'en étais incapable. Je me suis dit : "Ça y est, c'est fini. Je suis une minable. Je ne pourrai même plus faire mon travail." »

Aurélie Grenon l'accuse d'une « partouze » à la Tour du Renard, un peu avant Noël en 1998. Elle a même décrit la culotte de la femme de l'huissier : noire, en dentelle.

On demande à Aurélie si elle a eu des relations sexuelles avec Odile Marécaux. La jeune fille lisse une mèche derrière son oreille. Pour les Assises, elle s'est fait des reflets roux, mais légers. Elle regarde la femme de l'huissier dans les yeux, sans trembler. « J'ai pas souvenance. »

Franck Berton, l'avocat d'Odile Marécaux, s'est planté devant Aurélie.

« Est-ce que vous l'avez caressée ? Est-ce que vous avez eu du plaisir ? Ce sont des choses qui marquent, tout de même. Racontez-nous. »

Aurélie boude.

« S'il faut se rappeler de tout… »

La mère d'Odile entre à son tour dans la salle. Elle allait raconter sa petite merveille qui jouait de la harpe, qui montait à cheval et dont le mari avait fait une si belle carrière dans son étude de Samer. Elle se retourne. Sa fille est au banc des accusés, les yeux rougis, au milieu des gendarmes. La mère s'évanouit.

David Delplanque lève la tête de son bloc à dessin. Depuis le début des audiences, l'ex-grand amour d'Aurélie était comme absent à son propre procès, courbé sur le papier, le visage au ras des feuilles, traçant à l'infini des dents de dragons chinois. Il ne regarde jamais autour de lui tous ces gens que, lui aussi, il a accusés pendant trois ans.

Delplanque lâche son crayon. Il met la tête dans ses mains pour pleurer sur la femme de l'huissier qui pleure. Le soir, dans sa cellule, il ne peut plus dormir. Il est obsédé par ce visage, il revoit la mère d'Odile qui tombe et les policiers qui la portent.

Le lendemain, il dit à la cour d'assises qu'il veut parler. « J'ai accusé à tort et à travers. Du début jusqu'à la fin, on n'était que quatre à violer les enfants. Pas plus. »

Delplanque explique qu'il ne se rendait pas compte « de la grosse tournure des choses ». Jusque-là, il n'avait vu les accusés qu'un par un, de temps en temps, aux confrontations chez Burgaud. L'autre jour, en entrant dans la salle d'audience, ça l'a frappé de les voir là, tous ensemble. « J'ai eu un coup au cœur : tant de malheurs. On ne peut pas continuer. » Il voudrait écrire pour demander pardon à chacun d'eux, surtout à cette dame qui pleurait et à sa mère qui s'est évanouie.

Le président : « Mais alors, qu'est-ce qui s'est passé dans votre tête pour accuser ces personnes ? »

Delplanque fait le dos rond. Il a toujours l'impression qu'on l'engueule. Il aurait envie que tout soit déjà fini, qu'on lui donne sa peine et qu'il disparaisse dans l'apesanteur des jours en prison.

Il dit : « Je ne sais pas pourquoi. »

Le président : « Mais vous aviez aussi admis avoir violé vos propres enfants ? »

Delplanque : « Oui. »

Le président : « Vous l'avez fait ? »

Delplanque : « Non. »

Le président : « Alors pourquoi l'avoir dit ? »

Delplanque : « Parce que j'en avais marre. »

Le président : « Pourquoi vous n'en avez pas marre, là ? »

Delplanque : « Mais j'en ai marre aussi. »

Delplanque est allé se rasseoir. Il va ouvrir son bloc. Il sent une main dans son dos. C'est lui, c'est Brunet, le copain de classe retrouvé à la Tour du Renard, Brunet des petites voitures télécommandées, Brunet, le premier nom que Delplanque a donné au juge Burgaud, Brunet qui entre dans sa deuxième année de prison. Il glisse une cigarette à Delplanque. Puis il se penche vers son oreille, comme il le faisait en classe, il y a longtemps, quand il ne voulait pas que le prof les entende : « Je t'en veux pas, vieux. »

Après tout va très vite, il y a cette impression d'un fil qu'on tire et d'un immense ouvrage qui se détricote en quelques instants. Presque par surprise, comme s'il n'attendait que l'occasion de parler, Delay a fini par reconnaître avoir violé ses enfants. L'avocat de « la Boulangère », Éric Dupond-Moretti, était debout devant lui. Le père de Dupond était ouvrier. Celui de Delay aussi. Sa mère était femme de ménage. Celle de Delay aussi. Dupond regarde Delay. Dupond se met à parler dans ce patois du Nord et Delay tourne la tête. Saisi. Pour la première fois, ses yeux regardent autre chose que le vide. Dupond : « Si vous ne reconnaissez pas ce que vous avez fait, monsieur Delay, on ne peut pas vous croire quand vous innocentez les autres. »

Delay s'est relevé. « Oui, j'ai violé mes enfants. » La salle sursaute. Il continue, même voix monocorde : « Cela se passait deux ou trois fois par semaine. Aurélie et David sont venus de temps en temps. C'est tout. » Delay dit qu'il n'a touché à aucun autre enfant que ses quatre fils. « Ça ne me disait rien, sauf avec les miens. J'aimais leur faire mal, les dominer. »

Petit à petit, au fil des débats, l'émotion bascule, la compassion commence à changer de camp. Les premiers doutes d'abord, ces accusés qui pleurent plus fort que les victimes, puis toutes ces rétractations, ces volte-face : la presse et l'opinion ont commencé à s'apitoyer avec autant d'allant qu'elles avaient appelé au lynchage.

Chaque audience amène sa surprise. Un jour, Franck Berton, un avocat, prend à partie une des experts, qui a reçu seize des enfants. Son rapport conclut que tous sont crédibles et tous ont été abusés. Devant la cour d'assises, elle se présente comme une « victimologue sans diplôme », également hypnologue-psychologue. Elle se récrie, joue l'étonnée, dit qu'elle ne se sent pas responsable de l'utilisation de ses conclusions faite par le juge d'instruction. L'avocat s'indigne : « Ne vous cachez pas derrière votre petit doigt. Vous savez très bien que si vous déclarez un enfant crédible et qu'il dénonce quelqu'un, le magistrat va alors considérer que celui-là est coupable. Vous avez servi l'accusation. » Berton met en doute son impartialité. La cour lui en donne acte : de nouveaux experts sont nommés.

Une autre semaine, sept des accusés encore incarcérés sont remis en liberté. Dans la cour, devant le tribunal, un groupe entonne *La Marseillaise* en l'honneur de l'abbé Dominique.

Le lendemain, défile à la barre le cortège absurde et ahuri de ces dizaines de gens accusés par un enfant ou l'autre au cours des trois ans d'instruction. Ils n'en reviennent toujours pas d'avoir été mis en cause dans cette folie : Gros Paul, de la papeterie « Chez Paul », Gérard Doisnel, qui travaille au sex-shop de la rue des Religieuses-Anglaises depuis 1981 pour un petit SMIC et vit chez ses parents, les chauffeurs de taxi d'Outreau, les huissiers de Boulogne, les boulangers de la Tour du Renard, le docteur Lemercier, Nicolas Nord, le beau-frère de Thierry Delay, Martin Ledoux, qui s'intéressait aux majorettes, ou l'infirmière Dugers. Officiellement, « l'action publique est loin d'être éteinte et les investigations pourraient parfaitement être reprises ».

Le soir, à la maison d'arrêt de Loos, les détenues guettent le retour de Myriam après les audiences. Quand elle arrive, les autres crient : « Pourriture, tu as brisé la vie des innocents ! » Ça monte chaque nuit davantage. Myriam proteste. « Avant on me traitait seulement de pédophile, c'était normal. Là, elles exagèrent. » Elle est battue. La prison, cet endroit où elle se sentait si bien, « enfin entendue », sa « vraie famille », est devenue un enfer.

C'était le 18 mai 2004, Vlad Delay avait été appelé à la barre. D'une voix limpide, l'ange dit : « Je n'ai oublié aucun de leurs visages. Ils m'ont tous violé. » Le président Monier lui demande s'il connaît Roselyne, « la Boulangère ».

« Oui », dit l'ange.

On fait lever Roselyne Godard.

« Je l'ai vue tuer son mari à coups de pelle. »

Le mari est assis à côté d'elle dans le box.

Ensuite, Vlad décrit une soirée chez les Marécaux, au manoir de Wirwignes. C'est un banquet, une orgie où tout le monde a été convié, le chauffeur de taxi Pierre Martel, l'infirmière Dugers, les autres frères Delay, Myriam…

C'est là qu'elle crie : « Rien n'est vrai. Je suis une malade et une menteuse ! »

Myriam se mouche. Elle dit qu'elle ne tient plus. « Il va dire combien de noms encore et combien de fois encore je devrai dire oui, oui, oui. C'est plus possible. Leur imagination a emporté les enfants. »

Elle les pointe les uns après les autres dans le box. « Monsieur le président, quand j'entends à la radio que j'ai détruit leur vie, je veux revenir sur mes déclarations. Ces accusés sont innocents, mais je n'ai rien à leur donner. Je suis surendettée. Je ne sais pas comment cela va se dérouler, je ne sais pas où j'en suis. Je sais que vous posez des questions et que je n'arrive pas à répondre. »

Puis, à Pierre Martel : « Excuse-moi, tu n'as rien fait, Pierrot. Tu es le papa que j'aurais voulu avoir. Je me souviens, on montait dans ton taxi, tu nous disais : "Tout va bien. Ma fille a eu son examen, bientôt j'emmène toute ma petite famille en vacances." Et moi je restais là comme une conne. »

Elle jette un coup d'œil autour d'elle. « Ils doivent tous me prendre pour une dingue. »

À son tour, Aurélie Grenon dit qu'ils n'y sont pour rien. « On était quatre et seulement quatre. Il n'y avait que les enfants Delay. » Son avocate s'étrangle : « Excuse-moi, Aurélie, mais je n'arrive pas à te suivre. Une semaine avant le procès, tu me donnais encore l'autre version des faits. »

Aurélie continue : « J'ai accusé ces personnes parce que j'ai entendu Myriam les citer. Je pensais que c'était la vérité. Après je n'ai plus eu le courage de revenir en arrière. Je me suis dit que de toute manière on ne me croirait plus. »

L'ambiance tient maintenant de la kermesse. Un des accusés, David Brunet, s'installe dans le box en bermuda, le curé dort et la boulangère aussi. Certains échangent leurs numéros de téléphone portable, d'autres se passent leurs horoscopes pendant que s'étirent des audiences auxquelles plus personne ne croit.

Ça sent déjà les grandes vacances, tout le monde sera libre, ils en sont sûrs. On n'attend plus qu'une chose, avec jubilation : l'audition du juge Burgaud qui doit venir répondre de son instruction devant la cour d'assises.

23

Fabrice Burgaud arrive à Saint-Omer entouré de gendarmes, une armée entière pour lui seul, bien plus nombreuse et redoutable que celle chargée de veiller sur les dix-sept accusés et la centaine de témoins depuis des semaines.

Les vitres de la salle d'audience sont recouvertes de papier brun pour que, depuis la petite cour pavée où les greffiers et les journalistes aiment fumer leur cigarette, le juge ne puisse être guetté ni par les téléobjectifs des photographes ni par des tueurs embusqués. Nul ne précise qui pourraient être ces tueurs.

Les magistrats n'aiment pas qu'un des leurs ait à témoigner à la barre d'un procès pénal. C'est plonger un juge dans l'arène au milieu des autres acteurs – les avocats, les experts, les enquêteurs –, alors que les magistrats s'estiment au-dessus de la mêlée. Les juges dirigent les investigations, le président les débats, l'avocat général requiert les peines. Aux Assises, ils sont installés sur des estrades, dans une position surélevée d'où ils dominent la salle. Même si leur travail peut être contesté, raillé pendant des journées entières d'audience ou sur de pleines pages de journaux – c'est le cas alors de l'instruction de Fabrice Burgaud –, les magistrats n'imaginent pas se retrouver sur le même pied que les autres dans l'enceinte d'un tribunal. Dans le procès d'Outreau, l'expert hypnologue-psychologue a quitté la salle sous les railleries. Le travail de certains des policiers aussi a été chahuté. Même le tabou autour des victimes va sauter. Certains des jeunes enfants de la Tour du Renard, pourtant entourés de bienveillance et de précautions, vont se faire traiter de menteurs en pleine audience quand ils raconteront d'invraisemblables scènes de viol. Seule la Justice reste intouchable.

L'incroyable déploiement d'armes, de talkies-walkies, de muscles, de lunettes noires, de gyrophares pour entourer le juge Burgaud dans la paisible ville de Saint-Omer lui assure sans doute moins de sécurité que d'importance. Cette mise en scène restitue sa primauté au magistrat. Même s'il est appelé à la barre comme le commun des témoins, elle signifie qu'il ne faut pas s'y tromper : ce jour-là, la Justice, c'est lui.

C'est sans doute une expérience effrayante, connue de très peu d'hommes, de n'être soudain plus à soi, que votre visage, votre corps, vos mots ne vous appartiennent plus. Personne ne le choisit, cela tombe comme ça mais fugitivement, pour quelques heures peut-être – car cela ne dure pas davantage –, celui-là est la France, celui-ci la Guerre ou cette autre-là la Misère. À l'échelle de l'affaire d'Outreau, c'est ce qui est arrivé au juge Fabrice Burgaud. Le 9 juin 2004, à Saint-Omer, il était la Justice. Qu'il le pense ou non, qu'il en ait conscience ou non, qu'il l'ait voulu ou non, cela a peu d'importance.

Ce jour-là, donc, la Justice a 32 ans. Elle porte un costume gris un peu trop large qui lui donne l'air d'un novice. C'est le même costume et le même air qu'avait Fabrice Burgaud quatre ans plus tôt quand le dossier

234

d'une affaire d'inceste à la Tour du Renard est arrivé sur son bureau à Boulogne-sur-Mer.

Dans le box des accusés, Myriam Badaoui s'agite. Quelques jours plus tôt, elle a compris que Fabrice Burgaud serait debout à deux mètres d'elle dans cette même cour d'assises. Elle lui avait juré à longueur de lettres, d'interrogatoires, de confrontations, que jamais elle ne reviendrait sur ses accusations. Elle lui disait : « Je vous soutiendrai jusqu'au bout. Je me battrai, je ne baisserai jamais les bras, quelle que soit ma peine. »

Alors, devant la cour, avant qu'il vienne, elle avait rétracté ses rétractations. D'un geste large, elle avait balayé le box. Face à ceux qu'elle avait elle-même mis hors de cause la semaine précédente, elle s'était mise à hurler : « Ils y étaient toooouuuuuus. » Elle a jeté un œil derrière elle. Un scrupule lui est venu. « Sauf le mari de la Boulangère. »

Le mari en question avait sursauté. Presque inquiet : « Pourquoi moi ? » Dans le box, on se poussait du coude, oscillant entre la rage et le fou rire, l'abattement et l'espoir insensé. « Elle est complètement cinglée. C'est *Myriam 2, le Retour* », a dit le mari de la Boulangère. Alors ça s'était mis à rigoler franchement, ce qui n'est pas si fréquent entre accusés qui risquent vingt ans de prison.

Les journalistes ont pris l'habitude de guetter les prestations de Myriam comme celles d'une diva des Assises. Quand elle va parler, on se tait. Elle raconte la Tour du Renard, ce moment où « mon mari sortait du brifant et des gonichets. Est-ce que je vous ai raconté la fois où Daniel Legrand m'a fait la croix au cutter sur la cheville ? Vous voulez voir les cicatrices ? ». Le lendemain, elle dit que c'était faux. Ce n'était pas Legrand, elle se l'était faite toute seule dans sa cellule. Elle pleure

235

un peu. Crie à la Boulangère : « Tu n'es qu'une simple Ni-Touche. »

Puis elle se cale à la barre, comme elle se tiendra toujours devant les Assises de Saint-Omer, bras et jambes largement écartés, balançant d'un pied sur l'autre son quintal de fureur, un lutteur de foire qui attend l'adversaire. Elle est en piste. Elle est partie : « Au début, c'est vrai, monsieur président, on n'ose pas. On a un peu de regrets, on n'a pas trop l'envie, mais on le fait quand même. On est embobiné. Peut-être pas toutes les mamans aiment ça, monsieur président, mais cela existe de prendre du plaisir à pénétrer des enfants avec un objet. » Elle s'arrête. Ses grands yeux noirs mouillés regardent la salle sidérée comme ils regardaient les assistantes sociales sur le canapé de la Tour du Renard, comme ils regardaient le juge Burgaud dans son bureau de Boulogne-sur-Mer. « C'est bête à dire : j'ai pris goût petit à petit à faire ça sur les enfants. J'y allais de plein gré. » Un avocat lui demande combien de fois elle a menti au juge. « Cinquante fois ? Trente fois ? Vingt fois ? » Elle réfléchit. Concentrée, sérieuse : « Pas cinquante quand même. »

Ce 9 juin 2004, Fabrice Burgaud est devant la cour. Myriam se demande s'il l'a remarquée. Elle le scrute, lui dont elle répète : « Pour la première fois de ma vie, quelqu'un m'a écoutée, m'a fait confiance. » Elle voudrait tant qu'il la regarde une fois encore comme il la regardait pendant les mois d'enquête : la personne la plus importante du monde. Alors elle fait du bruit. Piétine. Parle fort. Il ne tourne pas la tête. On la fait taire. Alors elle parle plus fort encore. On la fait sortir. Il ne tourne toujours pas la tête. Il regarde devant lui. Il veut expliquer comment il a travaillé.

« Un juge d'instruction est quelqu'un chargé de faire un ensemble de vérifications, dit Burgaud. Je prenais une feuille de papier et, pour chaque personne, je mettais d'un côté les éléments à charge, de l'autre à décharge. Les choses sont assez mécaniques : quand il n'y a pas assez d'éléments à charge, on abandonne. »

Très vite, dès ses premiers mots, chacun comprend que ce n'est pas dans ce que dira Burgaud que les choses s'éclairciront. Il parle en technicien. Il pense qu'ainsi il ne donnera pas prise, nul ne pourra l'accuser de s'être laissé aveugler par la souffrance des enfants, embarquer par les propos d'une folle. Un avocat de la partie civile le questionne gentiment : « Durant la procédure, dans quelle attitude étiez-vous en entendant les enfants ? Je vous parle comme homme, pas comme magistrat. »

Burgaud : « Je suis seulement magistrat. »

À la défense, cette fois, maître Hubert Delarue : « En faisant reposer votre instruction sur la parole de Myriam Badaoui et de ses enfants, n'avez-vous pas fait prendre un risque considérable à la justice ? » Le juge : « Je ne peux répondre à cette question. » Il évoque la croix sur la cheville de Myriam Badaoui, explique que c'est Daniel Legrand, père, qui l'a faite, souligne que le récit de cette femme est tout à fait cohérent à ce propos. Il y a une grande gêne dans la salle. Certains voudraient rire, mais ils comprennent que tout est redevenu grave. Hubert Delarue : « Cette femme vous a menti tout de même, vous le saviez. Rien n'a finalement été découvert, que ce soit sur les écoutes ou la piste belge. »

Burgaud : « Ce n'est pas vrai que tout est inventé. La seule chose est que les vérifications se sont avérées vaines. Il restait une possibilité de faire disparaître les preuves. »

Burgaud pense qu'il donne l'image d'un professionnel, d'un monsieur raisonnable, compétent. Il croit s'en tirer en parlant du dossier, rien que du dossier, et en restant dans sa fonction, rien que sa fonction. La révélation de la folie de cette instruction éclate là, précisément.

Ce dossier phénoménal, gigantesque, s'est substitué à la réalité. Les procès-verbaux, les actes de justice ont fini par donner consistance à cet univers construit mot à mot par des enfants, leur mère, quelques accusateurs, d'autres enfants encore. Il est devenu plus vrai que le monde, plus palpitant que la vie. La cohérence à respecter est désormais celle de l'affaire, ses lois internes sont celles qui prévalent. Que le réel s'y plie va devenir l'enjeu de l'instruction.

« On allait en Belgique », assène Vlad Delay. Un jour, en voyant le taxi Martel tourner au coin de la rue, les quatre frères se sont enfuis. Dans la perspective du dossier, les deux éléments sont susceptibles de s'emboîter, de se conforter même. Les enfants ont peur de ce chauffeur, car c'est celui qui les emmenait en Belgique. Les expéditions en pays flamand deviennent du même coup possibles : sans ça, comment les Delay, qui n'ont pas de voiture, auraient-ils pu y aller ?

Le fait qu'aucun élément n'a été trouvé en Belgique, que rien dans la vie de Martel ne permet de dire qu'il a abusé de ces enfants, qu'aucune preuve n'existe d'éventuelles relations avec d'autres supposés complices comme les Legrand n'a aucune importance. À partir d'un certain moment, dans l'affaire d'Outreau, l'argument que les choses soient impossibles dans la réalité n'a plus fait le poids face au fait qu'elles pouvaient être vraies dans le dossier.

L'entreprise de prostitution d'enfants à l'immeuble des Merles, le sex-shop de Papa Legrand, l'argent touché par Delay, les vidéos tournées par Aurélie, les baguettes de la Boulangère, le berger allemand du curé, les culottes en dentelle noire de la femme de l'huissier, l'échelle de pompiers de Franck Lavier, la fillette belge du petit Legrand sont devenus les véritables personnages de cet autre monde, celui où Myriam Badaoui est une Mère Courage qui dénonce un réseau et Fabrice Burgaud incarne, qu'il le veuille ou non, la Justice.

On ne renonce pas si facilement à une chimère, surtout lorsqu'on y a cru, au point d'organiser un des procès les plus spectaculaires de France, où « la parole des enfants allait enfin être reconnue après des décennies de silence ».

Dès lors, la fin des audiences va tenter de faire coller des fragments du dossier dans l'univers des humains.

Si le fils Legrand a inventé cette histoire, c'est bien qu'il savait que quelque chose se passait à la Tour du Renard ?

Et Franck Lavier, s'il dit avoir vu quelque chose, c'est donc bien qu'il y était, avec sa chauve-souris dans le dos et ses chaussures bleu pétrole ? Est-ce qu'il n'aurait pas sodomisé les enfants Delay, par hasard ?

Et Dausque qui ne dit rien ? Il devient tout pâle dès que la cour prononce son nom. « Heureusement, il avait le curé à côté. Il lui prenait la main, dit Nadine, sa mère. Je trouvais que cela se passait bien. Je le voyais sauvé. »

Dans les couloirs, les marchandages ont commencé. Un des avocats de la partie civile claironne à ses confrères de la défense : « Laissez-moi le curé et je vous laisse l'huissier. »

Au bout de neuf semaines d'audience, la cour d'assises de Saint-Omer a globalement suivi les réquisitions de l'avocat général.

Gérald Lesigne a renoncé à la piste belge, mais continue d'affirmer qu'il existait bien un réseau de prostitution au cinquième étage sans ascenseur : « L'arme absolue des Delay, c'était le café. Ils faisaient monter les gens chez eux et voyaient les plus faibles. »

Sur les treize accusés à se dire innocents, l'avocat général a coupé le box en deux, ou presque : sept à acquitter, six à condamner.

24

C'était l'hiver, le 6 janvier 1999. La famille Delay au complet s'est rendue au commissariat. Vlad a 7 ans, alors. C'est lui qui témoigne.

« Un monsieur m'a fait des manières. Il m'a touché là et puis il m'a donné de l'argent. »

Myriam est assise à côté de lui. Elle dit que c'est un voisin de l'immeuble, qui a l'habitude de sortir tous les soirs après le film à la télé. Thierry est resté debout, il donne la main à Melvin, le fils aîné. Lui a vu quand Vlad s'était fait agresser. « Ils étaient dans la cave du bâtiment. »

C'est depuis ce moment que Vlad est devenu bizarre, continue Myriam. Les assistantes sociales se plaignent qu'il embrasse son petit frère sur la bouche et « fait l'amour à Mégane dans la cour de récréation ».

Le « monsieur » a été convoqué. « J'exerce la profession de Rmiste. Pour moi, ce sont des conneries. Je nie. Ce gamin a menti, je veux le rencontrer. » L'affaire a été classée sans suite.

Deux ans plus tard, Melvin est entendu dans le même commissariat. Les enfants ont dénoncé Myriam et

Thierry, les policiers veulent boucler les auditions avant les arrestations.

Cette fois, Melvin est avec son assistante maternelle. Et reviennent les souvenirs de l'année précédente : « Quand j'étais à la police, j'étais bloqué. J'avais du mal à dire "le monsieur" parce que le monsieur, c'était papa. Ma mère nous a obligés à inventer une histoire pour qu'on comprend pas que c'est lui. Il était là, il me serrait fort la main pour pas que je parle. De toute façon, je ne voulais pas qu'il aille en prison. »

À la fin du procès à Saint-Omer, une nouvelle expertise psychiatrique a été demandée. Melvin s'est énervé devant le professeur. Ces années-là, il les revoit comme une série de flashes, où il ne distingue plus ce qui est vrai. « L'huissier Marécaux n'a rien à foutre là. Si j'étais lui, je péterais les plombs. Il est malheureux ce gars-là, il souffre autant que moi. » C'est notamment sur les accusations de Melvin qu'Alain et Odile Marécaux avaient été arrêtés. Les quatre frères Delay ont dénoncé en tout près de quatre-vingts personnes entre décembre 2000 et juin 2004.

Vlad se souvient quand Thierry partait dans sa chambre après avoir fait « ça ». Vlad l'entendait pleurer. Il ne lui en veut pas. « Ce n'est pas de la faute de papa. Son père aussi lui faisait ça et sa mère l'enfermait dans un placard. » Il y avait des jours où Thierry préparait des pommes au four. Il imitait les sketches à la télévision. Il installait tout le monde pour regarder « Fort Boyard », avec des chips et des bonbons. Myriam construisait des cabanes avec des couettes et des couvertures dans la chambre des garçons. Un après-midi d'été, ils étaient allés tous ensemble sur la plage du

Portel, à quelques kilomètres d'Outreau. Certaines fois, pendant des week-ends tout entiers, « il ne se passait rien. On pouvait jouer à des jeux vidéo. C'était une belle famille ». Plus tard, Vlad voudrait fabriquer des parfums.

Il dit qu'au tribunal il a fait exprès d'accuser la Boulangère d'avoir tué son mari. « Je voulais embêter son avocat. »

Puis il se tait. Il dit que ça n'a pas d'importance. « De toute façon, tout le monde y est. Cette histoire, tout le monde l'a faite. »

Épilogue

Verdict rendu par la cour d'assises de Saint-Omer, le 2 juillet 2004 à 1 h 30 du matin.

Sept accusés sont acquittés :

David Brunet, Karine Duchochois, Roselyne Godard, Christian Godard, Daniel Legrand (père), Odile Marécaux et Pierre Martel.

Six accusés sont condamnés et ont fait appel :

Dominique Wiel : sept ans d'emprisonnement pour viols de trois enfants et agressions sexuelles sur deux des fils Delay.

Franck Lavier : six ans d'emprisonnement pour viol sur sa belle-fille Aude et quatre agressions sexuelles sur les fils Delay.

Sandrine Lavier : trois ans de prison avec sursis pour corruption de mineurs à l'encontre de trois enfants.

Thierry Dausque : quatre ans d'emprisonnement, dont un avec sursis, pour agressions sexuelles sur deux des fils Delay et corruption de mineurs.

Daniel Legrand, fils : trois ans de prison, dont un avec sursis, pour agressions sexuelles sur deux des fils Delay.

Alain Marécaux : dix-huit mois de prison avec sursis pour atteintes sexuelles sur son fils Sébastien.

Quatre accusés sont condamnés et ont accepté le verdict :

Thierry Delay : vingt ans de réclusion criminelle pour viol de neuf enfants, atteintes sexuelles sur six autres, corruption de mineurs et proxénétisme aggravé.

Myriam Badaoui : quinze ans de réclusion criminelle pour sept viols d'enfants, dix atteintes sexuelles sur des enfants et proxénétisme aggravé.

David Delplanque : six ans d'emprisonnement pour viols de trois des fils Delay, atteintes sexuelles et corruption de mineurs.

Aurélie Grenon : quatre ans d'emprisonnement pour viols et agressions sexuelles sur les quatre fils Delay et corruption de mineurs.

*

En souvenir de François Mourmand, mort à 33 ans à la prison de Douai.

Dans ce dossier, une dix-huitième personne avait été arrêtée, François Mourmand, garagiste, lui aussi un ex-compagnon de Martine Goudrolles. Mourmand avait été interpellé à la suite de la rafle du 6 mars 2001 à la Tour du Renard. Il s'est toujours proclamé innocent.

Le 9 juin 2002, François Mourmand est retrouvé dans sa cellule mort d'un excès de médicaments. Sa famille affirme qu'il s'est suicidé : les accusations injustes dans le dossier d'Outreau lui étaient insupportables.

Nous ne l'avons pas fait apparaître dans le récit, par respect pour lui.

En sa mémoire, nous publions ici une des lettres où il disait une fois de plus son innocence.

En mai 2002, il écrivait au juge Burgaud :

> Je suis extérieur à tout cela, la famille Delay n'est pas dans mes fréquentations. Monsieur le juge, depuis 1997, ma dernière sortie de prison pour vol, je m'étais juré de ne plus jamais revenir. J'ai adopté une conduite de bon père de famille, je pense avoir réussi mon équilibre puisque cela fait quatre ans et demi que je n'ai plus affaire à la justice.
>
> Cette fois-ci, quand j'ai été arrêté, je n'ai pas collaboré avec la police qui me connaît bien et sait que quand j'ai fait quelque chose de mal je ne me laisse pas arrêter aussi facilement et je prend un avocat. J'essaye de comprendre pour quel motif ces personnes me mettent en cause. Je compte sur votre bienveillance pour faire la part des choses et confondre mes accusateurs. Je suis innocent.

Postface

À Boulogne-sur-Mer, dans la nouvelle maison des Lavier, chaque enfant a sa chambre. Chaque chambre a sa décoration, Spiderman ou le Royaume des fées, peinte du sol au plafond. Et chaque meuble déborde de matériel : chaîne stéréo, télévision, Internet. Même Inès a son ordinateur, elle qui vient juste d'avoir trois ans. Elle est née tout de suite après le second procès, devant la cour d'Assises de Paris à l'hiver 2005, où Sandrine et Franck Lavier ont finalement été acquittés, comme les six derniers accusés. La Chancellerie les a reçus avec cérémonie, une commission parlementaire les a auditionnés. La France entière a pleuré devant la télévision, en écoutant les 13 d'Outreau raconter, les uns après les autres, ce qu'il est maintenant convenu d'appeler « leur calvaire judiciaire ».

Aussitôt après, les Lavier ont voulu retrouver leurs enfants, tous placés en 2001, au début de l'affaire. « On vous les rend d'un coup ou petit à petit ? », a demandé un travailleur social. Sandrine a hurlé : « Et quand vous les avez pris, c'était petit à petit ? » Sabrina et Colas, alors les deux plus jeunes, étaient âgés de 9 mois et 2 ans au moment de l'arrestation. Ils reviennent cinq ans plus tard, avec un petit sac qui contient toute leur vie. Ils regardent leurs parents et les reconnaissent parce qu'ils les ont vus dans le journal. Sandrine et Franck ont l'impression de vivre « le plus beau jour de leur vie ». Ils veulent tout pour leurs enfants. Tout.

Les deux petits commencent par raconter d'incroyables contes sur leurs familles d'accueil. Colas soutient qu'il était frappé contre un arbre. Qu'il mangeait du poisson à la fraise. Que Sabrina vivait enfermée dans un placard. Sandrine n'arrive pas à les arrêter. Elle s'effraye : « Pourquoi vous racontez tout ça ? » Les enfants la regardent. « Pour te faire plaisir. » Ils sourient rarement, même pour les photos. Parfois, ils tremblent quand les parents leur parlent. À Colas, on offre des robots, « à 150 euros chacun ». Il en a une caisse entière, tous n'ont pas été déballés. Ce que Colas préfère, c'est s'asseoir sur son lit, avec un livre. Franck le regarde, interloqué. « Il ne crie pas, ne fait jamais de bruit, ne monte même pas sur la balançoire. Pourtant, c'est un garçon. Est-ce qu'il est bien éveillé ? »

Le temps a passé. Les journaux reparlent régulièrement de l'Affaire, quand un film, un livre ou un texte de loi se prépare. On se croise de temps à autre, dans la région. Karine Duchochois fait une émission de radio à Paris, Roselyne Godard s'est lancée dans des études de droit, Alain Marécaux est à nouveau huissier. Dominique Wiel, le prêtre ouvrier, est retourné vivre à Outreau. Il est le seul.

Il croise quelquefois de grands jeunes gens, dans lesquels il doit faire un effort pour reconnaître les petits gamins qui l'ont accusé. Myriam Badaoui devrait bientôt sortir de prison.

On est en 2010. Dans la nouvelle maison de Boulogne-sur-Mer, la famille Lavier est assise autour de la table de la salle à manger. Soudain, c'est Aude qui parle : « Ce soir, j'ai envie de manger McDo. » Elle

vient d'avoir 15 ans, l'aînée des cinq enfants. Puis :
« Je voudrais des bébés, tout de suite. » Sa mère tourne
la tête. « Tu sais, tu es née quand j'avais ton âge.
C'était dur. Tu dois d'abord finir l'école. » Aude voudrait être coiffeuse, comme toutes les filles de la classe.
Elle s'est dit : « Faut pas rêver. » Elle sera « auxiliaire
de vie ».

De l'arrestation de ses parents, de sa première
famille d'accueil, Aude dit qu'elle ne se souvient de
rien, « sauf d'une grande pièce où tous les enfants du
quartier ont tout à coup été mis ensemble. On attendait
sans comprendre ». Ce sont les PV de police et les
rapports sociaux qui racontent son enfance. Une assistante maternelle note, à l'époque, que la petite fille
« se sent responsable de l'incarcération de sa mère »
et qu'elle répète : « Tous les gens me demandent si
Papa m'a touchée, mais non. » Puis il y a ce jour de
janvier 2002, au commissariat de Boulogne-sur-Mer.
« Les policiers parlaient, parlaient, raconte Aude
aujourd'hui. Ils voulaient tellement qu'on dise des
choses. À un moment, j'ai dit oui et, tout de suite, j'ai
pensé : maintenant, c'est mort. Je ne reviendrai jamais
à la maison. Dès qu'on disait un mot, les policiers
tapaient le mot sur leur ordinateur. Je mélangeais avec
des choses que j'entendais à la télé. Je me disais que
ça n'avait plus d'importance, pour moi, de toute
façon, c'était fini. » Aude est placée chez une nouvelle
assistante maternelle. « La dame s'est attachée à moi,
ça se voyait, j'étais la préférée. Moi aussi, je l'ado-
rais. »

Sans fin, Sandrine scrute le visage de ses enfants élevés loin d'elle, par des gens qu'elle ne connaît pas mais
qu'elle ne peut que détester, et selon des règles qu'elle
a du mal à déchiffrer. Elle s'inquiète surtout des deux

petits. « Est-ce qu'ils ont cru qu'on les abandonnait ? Qu'est-ce qu'on leur a dit de nous ? Des fois, on dirait qu'ils sont invités ici. » Sabrina demande : « S'il te plaît, Maman, est-ce que j'ai la permission de t'embrasser ? » Sandrine la regarde sans comprendre, elle voudrait voir sa fille se jeter à son cou à l'improviste, en effusions bruyantes et en baisers sonores. Alors Sandrine ne tient plus. Elle sort un peu trop vite de la salle à manger parce qu'elle ne voudrait pas que les enfants la voient pleurer. Franck se lève pour aller chercher les hamburgers.

On l'entend, dehors, faire hurler le moteur de la voiture. Il espère voir des policiers venir le menacer d'une amende. Alors, il pourrait leur jeter : « Moi, j'ai pas peur de vous. Tu veux que te la paye comment ta prune ? Cash ou chèque ? » Il aimerait en découdre, mais, en général, les policiers reconnaissent « l'innocent d'Outreau » et s'éloignent. Les Lavier ont été convoqués pour un « suivi psychologique ». Ils ne répondent même pas.

Aude n'a jamais revu sa famille d'accueil. « J'ai préféré couper. Je crois que ça ferait de la peine à Maman. » Il y a quelques mois, à la mairie d'Outreau, elle a croisé Pierre Martel, le chauffeur de taxi qu'elle avait accusé de viol et qui a fait trois ans de prison. Elle s'est avancée : « Je voudrais m'excuser, monsieur. » Lui répétait : « C'est rien, c'est rien. Ne t'en fais pas. »

Marina, elle, n'est jamais rentrée. « Elle ne veut pas », répondent inlassablement les assistantes sociales. C'était la deuxième fille de Sandrine. À 12 ans, maintenant, elle vit toujours dans la famille d'accueil où elle a été placée. Aude est restée proche de sa sœur. Le week-end, elles vont parfois faire les magasins, puis se séparent à la fin de la journée. Aude rentre seule dans la maison de Boulogne-sur-Mer. « Les choses qu'on a racontées sont devenues la réalité pour Marina. Elle dit qu'elle voit des images. Elle y croit. »

Paris, septembre 2010

RÉALISATION : Nord Compo à Villeneuve-d'Ascq
IMPRESSION : CPI
DÉPÔT LÉGAL : OCTOBRE 2010. N° 103178-5 (2018223)
IMPRIMÉ EN FRANCE